조용한 무더위
살인곰 서점의 사건파일

조용한 무더위

静かな炎天

살인곰 서점의 사건파일

와카타케 나나미 소설 | **문승준** 옮김

차례

파란 그늘

7월

1

그 사고가 발생한 것은 악천후가 일상이 된 2014년 6월 말이었다. 당시 게릴라성 호우가 관동 평야에 매일같이 쏟아졌다.

사람들은 일기예보 사이트에 가입하고, 낙뢰 보호 장치가 달린 콘센트를 구입했다. 뉴스에서 매일같이 침수된 건물 영상이 흘러나온 결과, 상품이 물에 젖은 정도의 피해로는 아무도 놀라지 않게 되었다. 내가 살고 있는 게이오 선 센가와 역 주변에 대량의 우박이 떨어졌을 때는 꽤 큰 소동이 벌어지긴 했다. 우박이 물과 함께 주택지로 흘러와 성인 남성의 무릎 높이까지 눈처럼 쌓였기 때문이다. 마치 묵시록에나 나올 듯한 광경이었다.

하지만 그것은 어디까지나 국지적인 현상이었다. 일주일

이 지났을 무렵, 주민들의 불만은 장마가 그치기 전에 시작된 무더위로 옮겨가 있었다. 온난화 현상은 편리한 생활을 누리는 대가였고, 게릴라성 호우나 자외선이나 우박이 쏟아지는 것도 그래서일 것이다. 머리로는 알고 있지만 실제 그런 악천후 피해를 입으면 자업자득이라는 생각은 좀처럼 들지 않는다.

내 이름은 하무라 아키라. 국적은 일본, 성별은 여자. 기치조지에 있는 '살인곰 서점MURDER BEAR BOOKSHOP'이라는 미스터리 전문서점에서 아르바이트를 하고 있다. 하지만 이는 어디까지나 부업이고, 본업은 농담처럼 시작한 '백곰 탐정사'의 탐정이다.

서른 살부터 10여 년 동안 프리랜서로 일한 니시신주쿠의 탐정사무소가 얼마 전에 문을 닫았다. 탐정 일은 돈은 벌리지만 심신이 상당히 지친다. 이참에 잠시 쉬어볼까 빈둥거릴 때 옛 지인인 도야마 야스유키를 만났다.

도야마는 살인곰 서점의 오너 중 한 명으로, 점장도 겸하고 있다. 당시 점포 이전을 하게 되어서 일을 도와줄 사람을 찾고 있었다. 그의 좌우명은 "서 있을 수만 있다면 부모라도 써먹어라"다. 정신을 차렸을 무렵에는 부모도 아닌데 혹사당하고 있었다. 물론 서점 일은 적당히 하다가 바로 탐정으로 복귀할 예정이었다.

하지만 봄에 큰 사건에 휘말려 탐정을 그만둘 생각까지 했다. 그만두기 직전에 역시 탐정이 천직이라며 마음을 고쳐먹기는 했지만, 현재 내 신분은 '미스터리 전문서점 2층에 탐정사무소를 두고 있는 탐정'일 뿐이다. 그것도 '사건 때 입은 부상 탓에 아직도 컨디션이 엉망인 탐정'이다.

나이가 마흔을 넘으면 부상이 잘 낫지 않는다. 아무것도 하지 않고 가만히 있으면 체력은 결코 돌아오지 않는다. 달리기는 무릎에 부담을 주고, 복근 운동을 하면 배에 경련이 인다. 어쨌든 이 세상은 살아가기 쉽지 않다.

그래서 조금이라도 걷자는 마음으로 집에서 서점까지 걸어 다니기 시작했다. 도보로 한 시간 남짓 걸리는 거리다 보니, 트레이닝으로 딱 좋다. 다만 센가와에서 북쪽을 향해 걷게 되므로 등에 뜨거운 햇볕을 그대로 받아야 한다. 목욕할 때 문득 거울을 보니 팔이나 목 뒤쪽이 끔찍한 상태가 되어 있었다.

별 수 없이 자외선 차단제를 떡칠하듯 바르고, 자외선 차단 셔츠를 입고, 모자를 쓰고, 장갑에 선글라스로 완전 무장. 거기에 양산까지 들었다. 온몸을 감싼 탓에 바람이 전혀 들지 않아 푹푹 찐다. 땀 방지제를 사용해도 겨드랑이가 흥건히 젖는다.

이런 불쾌한 상황을 감내하면서까지 체력 향상에 힘쓰고

있지만, 애당초 양산을 쓰고 걷는 것을 트레이닝이라 부를
수 있을까?

그날 오후, 나는 수십 번이 넘는 자문자답을 반복하면서
기치조지 길을 걸었다. 불쾌한 날씨였다. 내가 있는 곳은 맑
아서 햇볕이 가차 없이 내리쬐는데, 저 멀리 북쪽 하늘은 두
터운 검은 구름으로 가득했다. 습도와 기온이 모두 높고, 멀
리 천둥소리도 들린다. 내리면 소나기일 텐데 이 길에는 비
를 피할 장소가 별로 없다. 우산 겸용 양산으로는 세찬 소나
기를 막아내기 쉽지 않을 것이다.

잰걸음으로 교린대학병원 앞을 지났다. 언론에서 열사병
에 대해 열심히 떠들어댄 탓인지 약간 걸었을 뿐인데 목이
심하게 탔다. 편의점에서 물을 사 마시면서 도하치 도로와
히토미 가도를 지나 간신히 기쓰네쿠보 사거리에 다다랐다.
여기만 지나면 기치조지까지는 금방이다.

바로 그때 센가와와 기치조지 역을 오가는 버스가 뜨거운
공기를 내뿜으며 나를 지나쳐 갔다.

하교 시간이 지나서인지 버스 안은 혼잡해서 서 있는 승
객도 있었다. 그래도 부러울 따름이다. 나는 '저 버스를 탈
걸', '안은 시원할 텐데' 같은 생각을 하며 버스 꽁무니를 바
라보았다.

때마침 신호등이 파란불로 바뀌어 버스가 숨을 크게 내쉬

는 소리를 내며 그대로 직진한 다음 순간이었다.

천둥 같은 기분 나쁜 저음이 다가오나 싶더니, 렌자쿠 길 쪽에서 신호를 기다리던 세단 뒤에서 덤프트럭이 불쑥 나타 났다. 덤프트럭은 엄청난 스피드로 세단을 튕겨내더니 그대로 버스 뒤쪽을 들이받았다. 귀청을 찢는 듯한 소리가 났다. 버스는 엄청난 속도로 옆으로 빙글 돌았다. 순간 덤프트럭 너머로 버스가 보였다. 승객이 창문에 손을 대고 있었다. 고 등학생인지 교복을 입은 소년으로, 그 매끈한 피부와 긴장한 얼굴과 놀라서 크게 벌어진 눈이 똑똑히 보였다.

버스가 그대로 회전하여 그 얼굴은 보이지 않게 되었다. 차체는 이윽고 무언가에 부딪힌 듯 큰소리를 내며 이쪽 방향으로 타이어를 내보이며 옆으로 쓰러졌다. 대지가 흔들리는 듯했다.

덤프트럭은 멈추지 않았다. 기울어진 채 토사를 흩뿌리며 직진하다, 기치조지 방향에서 이쪽으로 사거리를 건너던 파란색 소형차에 부딪쳤다. 그럼에도 멈추지 않고 더 기울어진 상태로 남쪽으로 내려가 파출소 옆 가드레일을 뚫고 엄청난 기세로 건물을 들이받고 그제야 멈췄다.

모든 움직임이 멈춘 것처럼 느껴졌지만 그럴 리가 없다. 내 뇌세포가 정보 처리를 거부했을 뿐이다. 사실은 그 무엇 하나 정지하지 않았다. 덤프트럭 차체는 불길한 소리를 내며 부르르 떠는 듯한 움직임을 반복했으며, 클랙슨이 끊임 없이 울리고, 버스 유리창이 지면에 부딪혀 깨졌다. 횡단보도의 보행자 신호가 반짝이며 '삐요삐요' 하는 얼빠진 소리를 냈다.

그 소리에 정신이 번쩍 들었다. 순식간에 온몸에 아드레날린이 돌아 위와 손발에서 핏기가 가셨다. 심장박동이 빨라지며 머리가 어질어질했다.

"큰일이야……"

내 혼잣말에 호응하듯 대각선 앞을 걷던 남자가 크게 소리 지르며 버스를 향해 달렸다. 그것을 신호로 사고를 목격한 사람들이 일제히 움직였다. 전화를 거는 사람, 뒤쪽에서 추돌당해 찌그러진 세단 운전석의 문을 열려는 사람, 달리는 자동차를 멈춰 세우는 사람, 어찌해야 좋을지 모른 채 안절부절못하는 사람.

어딘가에서 비명이 들렸다. 울음소리와 살려달라고 외치는 소리도 들렸다. 노성도 들리고, 굉장하다며 즐거워하는 목소리도 들렸다. 불꽃이 팍팍 튀고, 기분 나쁜 금속음과 타이어가 파열되는 소리, 방해가 되는 무언가를 길가에 내던지고, 근처 건물의 문이나 창문이 열리는 그 모든 소리가 한데 울려서 엄청난 소란이 일었다.

사거리에는 많은 사람이 오가고 있었다. 나도 양산을 접고 선글라스를 벗으며 버스를 향해 달렸다. 근처 건물에서 사람이 나와서 이쪽으로 대피하라고 외쳤다. 자력으로 버스를 빠져나온 사람들을 그쪽으로 유도했다. 탄 아스팔트와 휘발유, 배기가스 등 갖가지 불쾌한 냄새가 자욱했다.

사고를 당한 승객들은 망연자실한 채 콜록거리거나, 망령처럼 비척비척 걸어 나와 털썩 주저앉았다. 내가 도와준 할머니는 콜록거리며 길가에 앉았다가 다시 일어서서는 버스로 돌아가려 했다.

"내 짐. 짐이 어딘가에……. 양배추가 들어 있었는데……. 내 짐……."

스무 명 정도 나왔을 즈음 사람의 흐름이 멈췄다.

버스 뒤쪽으로 들어가서 걸을 수 있는 사람을 밖으로 유도하던 사내가 차 밖으로 얼굴을 내밀었다. 내 대각선 앞을 걷던 블루그린 색 작업복을 입은 남자로, 30대 중반 정도로 보였다. 그가 입은 작업복 등에 빗자루를 짊어지고 양동이를 든 펭귄과 청소회사 이름이 자수로 새겨져 있었고, 가슴의 이름표에는 '아라키'라고 적혀 있었다. 아라키는 딱히 누군가를 지칭하지 않고 말을 걸었다.

"뒤쪽은 몸이 끼이거나 의식이 없는 사람들뿐이야. 나 혼자서 꺼내는 것은 힘들겠는데."

"구조대를 기다리는 편이 좋아. 섣불리 움직였다가 전신마

비라도 되면 위험하잖아."

근처에 사는 사람인지 신발을 꺾어 신은 노인이 말했다. 누군가가 그 말에 동의했고, 다른 누군가가 외쳤다.

"혹시 폭발하는 거 아냐? 버스 엔진이 멈추지 않은 것 같은데."

그 말에 모두 침묵했다. 휘발유 냄새가 코를 찌른다. 차 안을 살펴보자 바닥에 닿은 오른 창문 쪽에 몇 명인가가 쓰러진 채 움직이지 않았다. 운전석 창문 쪽으로도 차 안을 살피는 사람이 보였다. 그쪽을 통해 밖으로 나온 사람도 있는 모양이다.

"불이 나면 모두 죽어."

아라키와 같은 작업복을 입은 남자가 쇳소리를 냈다. 아라키는 말없이 버스 안으로 돌아갔고, 신발을 꺾어 신은 노인을 포함해 몇 명인가가 그 뒤를 따랐다. 말을 꺼낸 남자는 조용히 버스에서 멀어졌다.

멀리서 사이렌 소리가 들리기에 나도 버스에서 떨어지기로 했다. 이런 경우에 가장 필요한 것은 무엇보다 완력과 기동력이다. 움직임이 둔한 40대 여자가 어슬렁거려보았자 방해만 될 뿐이다. 달리 내가 할 수 있는 일을 찾으려고 했다.

사거리를 둘러보았다. 세단 운전자인 듯한 사람이 차에서 나와 도로에 무릎을 꿇고 손을 댄 채 등을 들썩이며 구토를 했다. 덤프트럭으로 달려가서 운전석을 향해 뭐라고 말을 거는 사람도 있었다. 반대쪽에서는 백발이 성성한 남자가 횡단보도에 주저앉아 피로 물든 머리를 감싸고 있었다. 그 사람에게 휴지를 꺼내 건네는 양복 차림의 남자도 보였다.

그들 뒤쪽으로는 덤프트럭에 튕겨나간 파란색 소형차가 멈춰 있었다. 토사를 잔뜩 뒤집어쓴 채 차 지붕이 움푹 들어갔다. 선글라스를 쓴 젊은 여성이 그 소형차 조수석 문을 열고 차와 같은 색의 핸드백을 꺼냈다. 모두가 긴장한 채 어찌할 바를 모르는 와중에 그녀는 핸드백을 어깨에 걸치고 뱀처럼 유유히 장애물을 피해 멀어졌다.

버스에서 떨어진 곳에는 경상자 집단이 주저앉아 있었다. 눈물을 흘리며 미친 듯이 스마트폰 화면을 손가락으로 눌러대는 소녀, 머리를 무릎 사이에 묻고 웅크린 채 움직이지 않는 남자. "타고 있던 버스가 사고가 나서 약속 시간에 늦을 것 같습니다, 죄송합니다"라며 스마트폰에 대고 거듭 사과하는 샐러리맨. 아까 그 할머니는 아직도 양배추와 짐에 대해 주절대고 있었다.

그러다 내가 해야 할 일을 발견했다.

길 건너편에 있는 자동판매기로 달려가 물을 여러 병 샀다. 고급 자전거에 걸터앉은 채 보도 한복판을 가로막고 있는 대학생처럼 보이는 안경 쓴 남자가 있어서 물을 경상자들에게 전해달라고 부탁했다. 하지만 그는 스마트폰으로 이 참상을 촬영하느라 바쁜지 귀찮다는 듯이 이쪽을 흘깃하고는 대꾸도 하지 않았다. 결국 지나가던 중년 여성 일행이 페트병을 받아 앉아 있는 사람들에게 전달해주었다.

그즈음에 첫 구급차가 도착했고, 경찰차와 소방차도 나타났다. 무슨 일을 해야 하는지 알고 있는 인간의 도착이 이렇게 고마운 일인 줄 몰랐다. 경찰이 위험지역에서 사람들을 몰아내기 시작했다. 파란색 옷을 입은 구조대원이 부상자 앞에 무릎을 꿇고, 오렌지색 옷을 입은 소방대원이 척척 버스 안으로 들어간다.

"아, 그거 매진이네요."

누군가가 그렇게 말했다. 그게 내게 한 말이라는 사실을 깨닫는 데 약간의 시간이 걸렸다. 편의점 앞치마를 두른 남자가 나를 똑바로 보고 말하고 있었다.

"자동판매기의 물 말이에요."

나는 멍하니 그를 본 후, 내 손 쪽을 보았다. 물을 사야 한다는 강박관념에 사로잡혀서 자동판매기의 생수 버튼을 반복해서 눌렀던 모양이다. 버튼에 매진이라는 불이 들어와 있었다. 둘러보니 바닥에 앉아 있던 다수의 승객들이 이미 물병을 손에 들고 있었다. 차분하게 행동하려고 했는데도 이 모양이다.

얼굴이 화끈 달아올랐다.

"이런 때는 물보다 단 음료를 마시는 게 나아요. 혈당치를 올려야 하니까요."

앞치마는 그렇게 말하고 자리를 떴다.

나는 충고대로 달착지근한 커피를 사서 어딘가에서 마시려고 인파를 헤치고 나아갔다. 길은 더 이상 건널 수 없게 되었다. 현장에 접근하려는 구경꾼과 봐서는 안 될 듯한 기분이 들어 그 자리를 떠나려는 사람과 다가오는 사람과 경찰의 지시에 따라 물러나는 사람들로 밀고 당기는 상태가 되어 있었다. 그곳에 자리한 사람의 반 정도가 스마트폰을 꺼내들고 셔터 음을 울리거나 동영상을 촬영하거나, 또는 흥분한 목소리로 누군가에게 전화를 하고 있었다. 이놈들 전부 발로 차버리고 싶었다.

아마 하늘의 누군가도 같은 생각을 한 모양이다. 묵직한 중저음이 들렸다. 처음에는 사고와 관련된 소리인가 했는데 천둥이었다. 하늘 가득 검은 구름이 펼쳐지더니 주위가 어두컴컴해졌다.

그리고 빗방울이 쏟아졌다.

2

구조 활동이 곤란해질 정도까지는 아니었지만 다소 세찬 비가 구경꾼은 물론 사고 목격자까지 치워버렸다. 나는 설명할 수 없는 충동에 휘말려 부슬비 정도나 막아줄 수 있는 겸용 양산을 들고 잔뜩 젖으면서도 그 자리에 남았다. 40분 후 비가 그쳤을 무렵 무사시노미나미 경찰서 교통과의 야베라는 경찰에게 사고를 목격했다고 말하고 살인곰 서점의 명함을 줄 수 있었다.

그녀는 나중에 연락할지도 모른다며 그때는 협력을 부탁드린다고 말했다. 사거리에는 CCTV가 설치되어 있었고, 후속 택시에도 블랙박스가 있었다. 버스에도 안과 밖을 찍는 카메라가 설치되어 있다. 목격 증언이 필요할지는 알 수 없었다.

그로부터 얼마간은 그 사고가 톱뉴스로 다루어졌다. 처음에는 사망자 한 명, 부상자 스물세 명 중 심폐정지 세 명이었는데, 시간이 흐를수록 사망자 수가 늘어, 사고 3일 후에는 사망자 수가 다섯 명이 되었다.

사망자는 버스 승객 세 명과 소형차를 운전했던 여성과 덤프트럭 운전기사였다. 운전기사는 한 달 전에 건강진단을 받았다. 몸에 이상은 없었다. 술도 담배도 하지 않고 취미는 낚시. 차량 햇빛가리개 안쪽에 손주 사진을 붙여 놓은 온화하고 평범한 남성이었다. 언론은 운수회사의 근무 상황이나 관계 법률을 조사하거나 도로 상황이나 국토교통성을 취재하거나 했는데, 그럼에도 '악의 씨앗'은 발견하지 못했다.

'사고는 병 때문에 발생했다. 누군가가 나쁜 것은 아니다.'

이런 식으로 결론짓기에는 시간이 좀 더 필요한 듯했다. 사망한 승객 중 두 명은 고등학생이었다. 뉴스에서 그들의 사진을 보았다. 덤프트럭 너머 회전하던 버스 차체, 그 창으로 순간 보인 앳된 얼굴.

어떤 비극이 일어나든 지구는 돌아간다. 일상은 계속된다. 시간은 흐른다. 사고 당사자들 또한 그렇다. 하물며 목격자는 더 말할 것도 없다. 살아가다 보면 허기가 진다. 먹기 위해서는 일할 수밖에 없다.

내가 근무하는 살인곰 서점은 도야마의 공동 경영자인 도바시 다모쓰가 모친에게 물려받은 모르타르로 지은 2층짜리 건물을 리모델링한 것이다. 1층은 서점과 창고, 2층은 살롱 겸 사무소다.

사람의 왕래가 적은 기치조지 주택가에 있기 때문에 우연히 지나던 손님이 들르는 일은 일단 없다. 매상의 대부분은 인터넷 판매. 주제를 하나 정하고, 그에 맞춘 이벤트를 기획해서 참가자를 모집한다. 그제야 손님이 온다. 바꿔 말하면 기획이 없으면 손님은 전혀 오지 않는다.

"7월 중반에 시작할 다음 페어 말인데요."

버스 사고가 있은 지 얼마 후 도야마 점장이 말했다. 미스터리 전문서점을 하고 있을 정도니 골수 마니아로, 이벤트 기획의 태반은 도야마의 머리에서 나온다.

"'달콤한 미스터리 페어'는 어떨까요? 과자가 등장하는 미스터리 특집인 거죠. 여성 독자를 노린. 여자는 욕심이 많지만 신기하게도 푼돈은 또 아낌없이 쓰더라고요. 특히 디저트류에는."

열대야 탓에 수면 부족이었다. 하품을 억지로 참았는데, 도야마는 알아차리지 못했다.

"달콤한 미스터리 페어라면 진열할 책들도 한두 종이 아니죠. 코지 미스터리 장르에는 커피 탐정, 홍차 탐정, 쿠키 탐정, 도넛 탐정, 초콜릿 탐정 등 수많은 시리즈가 있으니까요. 가벼운 팬에서 마니아까지 폭넓게 좋아할 것 같지 않나요?"

"그러고 보니 〈제시카의 추리극장〉 레시피 책이 창고에 있었는데."

계속 묵묵히 있을 수는 없어서 대답을 하니 도야마가 "오, 알아들으셨군요" 하며 말을 이었다.

"셜록 홈스, 애거서 크리스티, 제임스 M. 케인, 낸시 드류, 로알드 달의 레시피 책도 있답니다. 특이하게도 《LEN DEIGHTON'S ACTION COOKBOOK》도 있고요. 첩보소설 작가 렌 데이턴의 레시피인데 디저트 부분도 충실해요. 영국의 소울푸드인 레몬 머랭파이 레시피도 실려 있고요."

"네에……."

"표지 안쪽에는 데뷔작 《이프크레스 파일》이 영화화되었을 때, 주인공 해리 파머 역을 맡은 마이클 케인에게 달걀 깨는 법을 가르쳐주는 데이턴의 사진이 실려 있죠. 아무리 마니아라 해도 레시피 책까지는 체크하지 못했을 테니 이건 팔릴 겁니다. 이 기획, 괜찮지 않나요?"

"네에……."

"맞아, 미스터리 티파티를 개최하는 것은 어떨까요? 미스터리에 등장하는 과자를 죽 늘어놓고는 게스트를 초빙해서 친목회를 여는 거예요. 어떤 미스터리와 연결 짓느냐에 따라 다양한 종류의 티파티를 열 수 있을 것 같지 않나요? 사카키 쓰카사 소설이라면 화과자 차모임을 열 수 있고, 조앤 플루크라면 쿠키 티파티를, 애거서 크리스티라면 버트럼 호텔풍 티파티를 열 수 있죠."

"그건 좀……."

"하무라 씨, 쿠키 정도는 구울 줄 알죠?"

"……네?"

"쿠키 굽기와 머플러 짜기가 필수였던 시대에 학교를 다니지 않았던가요?"

그게 대체 무슨 소리냐며 따지려 했을 때 서점 전화가 울렸다. 상대는 무사시노미나미 경찰서 교통과의 야베라고 밝혔다. '달콤한 미스터리 페어' 이야기를 하고 있을 때는 잊었던 사고의 기억이 빛의 속도로 뇌리에 되살아났다.

야베는 기분 나쁠 정도로 정중한 말투로 가능한 빨리 경찰서를 방문해 달라고 했다. 오늘 일이 끝나는 시간은 몇 시죠? 8시라고요. 그렇다면 9시는 어떤가요? 기다리고 있겠습니다…….

9시에 경찰서를 방문했다. 사고로부터 일주일. 이제와 목격 증언을 받는다는 게 이상하다고 생각했는데 말도 안 되는 함정이 기다리고 있었다.

무사시노미나미 경찰서는 예스러운 분위기의 건물로, 안

으로 들어가니 습기 가득한 공기에 휩싸였다. 안내 데스크에서 교통과가 어디 있는지 물었다. 교통과는 '보이스 피싱 주의!', '빈집털이, 들치기 급증! 주의 요망!'이라는 글자가 점멸하는 전광판 뒤쪽 1층 끝에 있었다.

야베는 창가 책상에 앉아 있었다.

사건 당시 야베는 비옷을 걸치고 있어서 두터운 검은색 후드 너머로 얼굴을 보았었다. 제대로 보니 비슷한 나이대가 아닐까. 뺨은 볼록하고 눈은 동그래서 마치 큐피(마요네즈로 유명한 동명 회사의 마스코트를 지칭—옮긴이)가 경찰 제복을 입은 것 같았다.

야베 옆에 파이프 의자가 있었고 거기 여성이 앉아 있었다. 생기를 빼앗겨 시든 듯한 여성이었다. 희끗희끗하고 윤기 없는 머리를 뒤로 묶고 부석부석한 얼굴에 화장기도 없이, 집에서 입는 듯한 옷을 아무렇게나 걸쳤다.

다가가니 그 둘이 자리에서 일어섰다. 야베가 내게 까딱 인사를 하고 파이프 의자의 여자에게 말했다.

"이분이 아까 말씀드린 사고의 목격자입니다. 이쪽은 가도와키 히로코 씨. 지난 사고로 돌아가신 가도와키 쓰구미 씨의 어머니 되십니다."

우와.

나는 야베를 쏘아보았다. 야베는 슬쩍 시선을 돌리고는 부드러운 말투로 말했다.

"기억하고 계실지 어떨지 모르겠지만, 쓰구미 씨는 파란색 소형차를 운전하다가 사고에 휘말렸습니다."

갑자기 속이 쓰렸다. 흙으로 창이 더럽혀져 파란색 소형차 내부는 거의 보이지 않았다. 28세 여성, 가도와키 쓰구미의 사망이 보도되었을 때, 그 참상을 목격하지 않아 다행이라는 생각을 했었다.

간신히 조의를 표했다. 조의를 표한다는 말처럼 뻔뻔한 말도 없다. 상대의 심통한 마음과 뻔한 말 사이에는 몇만 광년이 넘는 거리 차가 있다.

가도와키 히로코도 거북한 듯이 고개 숙여 인사한 후 무언가 할 말이 있는 것처럼 야베를 보았다. 야베가 헛기침을 했다.

"실은 말이죠, 사고 발생 후 쓰구미 씨의 소지품이 사라져서요. 그때 구조대원이 차 좌석을 절단해서 쓰구미 씨를 구조해 병원으로 옮겼습니다. 그 난리통에 소지품이 사라진 거죠. 물론……."

야베가 서둘러 첨언했다.

"몇 번이나 현장을 확인했고, 구조대나 소방대에도 물어보았습니다. 차도 병원도 구급차도 몇십 번이나 조사했고요. 사정이 사정인 만큼 많은 분들이 협력해주셨으나 발견되지 않았습니다. 그래서 사고 목격자 분들께 여쭈었으면 하고 어머님께서 말씀하신 겁니다. 소지품 행방을 알고 계실 가능성은 낮다고 말씀드렸으나, 누군가가 뭐라도 보지 않았겠냐며 필사적으로 애원하셔서. 무엇보다 돌아가신 따님의 유품이다 보니."

"늦은 밤 회사 일로 피곤하실 텐데 죄송합니다. 보신 바를 말씀해주셨으면 합니다. 부탁드립니다. 부탁드립니다."

가도와키 히로코가 희끗희끗한 머리를 깊이 숙였다. 핑크색 맨살이 보여 가슴이 아팠다.

'이보셔요.' 나는 다시 야베를 쏘아보았다.

대충 어떤 심산인지 알겠다. 사고 현장에서 유류품이 사라졌다. 찾아도 나오지 않는다. 더 이상 찾는 것은 힘드니 포기하고 잊으라는 게 경찰의 본심일 텐데, 딸을 잃은 어머니에게 대놓고 말할 수는 없다. 딸의 유품을 경찰이 유실했다며 소동을 일으키는 것도 곤란하니 목격자 이야기를 듣고 싶다는 요청을 묵살할 수도 없다.

그렇다고는 해도 개인정보 관련으로 시끄러운 요즘 세상에 아무나 부를 수도 없다. 적당한 목격자를 찾다가 발견한 게 하무라 아키라라는 것이다. 비가 세차게 내리는데 그 현장에 남아 있다 솔선해서 담당자에게 명함을 건넨 구미에 딱 맞는 목격자.

"그때 따님의 소형차는 그다지 신경 쓰지 않았습니다."

가도와키 히로코의 애원하는 듯한 눈빛에 마지못해 입을 열었다. 기대를 저버려 미안하지만, 내 목격담은 그리 도움이 될 것 같지 않았다.

"저는 교린대학병원 쪽에서 기치조지를 향해 걷고 있었습니다. 사거리 남쪽에 있었죠. 따님의 소형차는 렌자쿠 길 오른쪽⋯⋯ 동쪽으로 튕겨나갔어요. 딱 덤프트럭 차체에 가리기도 했고, 버스 쪽에 신경을 빼앗겨서 그쪽으로 달려갔으니까."

"그러신가요. 다른 분들과 마찬가지로 덤프트럭이나 버스에 신경을 빼앗기셨군요. 딸에 대해서는 아무도 신경 쓰지 않은 거군요."

가도와키 히로코가 쓸쓸히 고개를 숙였다. 악의는 없을 테지만, 그 말을 듣고 죄악감을 느끼지 않을 사람이 있을까.

그래요. 나는 자포자기해서 생각했다. 따님 쪽은 전혀 신경 쓰지 않았어요. 내버려두었다고요. 무시했습니다. 왜냐면⋯⋯.

어라?

그러고 보니 사고 직후 나는 소형차 운전자를 전혀 신경 쓰지 않았다. 차가 심각하게 훼손되었음에도. 쏟아진 흙에 유리가 가려져 내부가 보이지 않았기 때문이 아니라⋯⋯.

"왜 그랬더라."

말이 입 밖으로 나왔다. 야베의 표정이 굳었다.

"네?"

"아뇨, 그때 저는 소형차 운전자는 신경 쓰지 않아도 된다고 생각했거든요. 사고 직후가 아니라, 버스에서 걸을 수 있는 사람들이 나온 다음의 일인데."

옆으로 쓰러진 버스 쪽에서 사거리를 돌아보았다. 덤프트럭이나 횡단보도에 주저앉은 사람과 그들을 도우려는 사람들. 그때 소형차를 보았다.

"누군가가 소형차 옆에 있었기 때문에……가 아니라. 그러니까……."

갑자기 기억이 되살아났다. 소형차 조수석 쪽 문에서 차와 같은 색의 핸드백을 꺼낸 여성이 있었기 때문이다. 파스텔 블루 소형차를 운전한 것은 여성이 틀림없다는 선입견이 있었고, 차와 핸드백이 같은 색이라 멋지다고도 생각했다. 그녀가 운전자고, 사고를 당했음에도 큰 부상 없이 차에서 내린 거라고 무의식중에 그렇게 생각해버렸다.

두 사람에게 말했다. 야베는 입을 질끈 다물고, 가도와키 히로코는 울 것 같은 얼굴이 되었다.

"혹시 따님이 잃어버린 물건이 파란색 핸드백인가요?"

가도와키 히로코가 손수건으로 얼굴을 감싼 채 "네, 네" 하며 고개를 끄덕였다. 그녀는 나도 알고 있는 고급 브랜드 이름을 대고는 그 브랜드의 한정판이라고 말했다.

"그 아이가 할머니에게 받은 돈으로 산 지 얼마 안 된 가방이었어요. 솔직히 핸드백은 아무래도 상관없습니다. 제가 되찾고 싶은 것은 수첩이에요."

"수첩……이요?"

"그 가방 안에 들어 있었을 거예요. 차나 가방과 마찬가지로 페일블루Pale Blue 색 표지에, 오래 썼기 때문에 꽤 낡긴 했지만."

가도와키 히로코의 얼굴이 눈물과 콧물로 엉망이 되었다. 그 사고 뒤 줄곧 이런 식으로 눈물을 흘렸을 것이다.

"쓰구미는 대학교에서 영문학을 전공했는데, 재학 중에 영국 유학도 다녀왔어요. 그곳에서 애프터눈 티에 빠져서는 유명한 과자 장인이나 영국에서 인기 있는 티룸이나 호텔에서 일하면서 배웠어요. 언젠가는 자신만의 티룸을 열고 싶다며 배운 것들을 재학 중에 샀던 수첩에 열심히 기록했죠. 과자 레시피나 비법 등을. '엄마, 스콘에는 데본셔 크림과 라즈베리 잼이 최고로 잘 어울려요.' 그런 이야기를 하면서 수첩에 메모했습니다."

가도와키 히로코는 딸의 말을 옮길 때 무의식적으로 다소 천천히 말했다. 순간 만난 적도 없는 가도와키 쓰구미가 같은 말을 하는 장면을 직접 본 듯한 느낌이 들었다.

"그 파란 수첩에는 그 아이의 인생 전부가 담겨 있습니다. 그런데 움직이지도 못하는 그 아이 눈앞에서 그걸 훔쳐가다니. 목숨 같은 수첩을 빼앗겨서 얼마나 괴로웠을지…….."

가도와키 히로코가 울며 주저앉았다. 진정될 때까지 기다렸으나, 도중에 호흡이 가빠지며 안색까지 변해서 진료실로 모시고 가서 쉬게 했다. 야베가 가족에게 연락해서 서까지 와달라고 부탁했다. 그 모습이 매우 익숙해 보였다. 내 생각에 가도와키 히로코는 '죽은 딸의 유품인 수첩'에 집착했고, 야베는 쭉 그런 그녀를 상대했을 것이다. 큐피 얼굴에도 다소의 피로감이 엿보였다.

소동이 일단락되었을 무렵 야베에게 말했다.

"잔인하군요."

"슬프게도 화재 현장에서의 도둑질은 그리 신기한 일도 아니랍니다. 재앙이 닥치면 이성의 허들이 내려가는 걸까요. 물론 멀쩡한 시민은 그런 생각은 하지도 않지만, 우산꽂이에 자기 우산보다 좋은 우산이 있으면 그걸 가지고 가는 게 당연하다고 생각하는 사람은 애당초 범죄 의식이 느슨한 걸지도 몰라요. 태연하게 그런 짓을 하니까요."

"그렇다면 제가 본 그 여성은 사고 발생 후 차에 다가갔고, 차 안에 있는 가방을 보고는 난리통에 훔쳤다는 건가요."

"그렇겠죠. 가도와키 쓰구미 씨 차에 동승자는 없었으니까요."

핸드백뿐만 아니라 가도와키 쓰구미의 상태도 뻔히 보였을 텐데.

야베의 얼굴이 굳어졌다.

"그 여자에 대해서 생각나는 점은 없나요? 키는? 소형차 높이에 비교했을 때 어땠나요?"

야베의 도움으로 열심히 기억을 되살렸다. 키는 160센티미터 전후. 비교적 날씬한 체형. 화이트 진에 가로 줄무늬의 긴소매 셔츠, 보통 크기의 검은색 륙색, 맨발에 오렌지색 슬립온 슈즈. 머리는 쇼트커트. 짙은 색의 커다란 선글라스를 썼었다. 그 여성이 운전자라고 착각한 것은 선글라스도 한 몫했다는 생각이 들었다. 당시 나도 선글라스를 쓰고 있었음에도.

"얼굴을 모르겠네요. 옆얼굴을 슬쩍 보았을 뿐이니까. 립스틱 색? 그다지 기억에 없어요. 기억하고 있는 거라곤 움직임이 꽤 유연하다고 느낀 점이에요. 때문에 젊은 여성이라고 생각했어요."

생각해보니 사고를 당한 직후였다면 뱀처럼 유유히 움직일 수 있을 리가 없다. 이제 와서 그 사실을 깨닫다니 나도 어떻게 되었었나 보다.

야베는 내 이야기를 메모했지만 얼굴 표정이 더 굳어졌다. 무리도 아니다. 기치조지 주변에 그런 여자는 수없이 많다. 좀 더 특징적이었다면 좋았을 텐데. 문신이 있다든가 귀가 피어스투성이라든가, 눈이 셋이라든가.

"이런 정보로는 도움이 안 되겠죠?"

"다른 목격자에게도 물어보겠습니다. 다만 단순히 개인적인 욕심으로 훔친 거라면 전당포에 팔거나 인터넷에 팔거나 하지는 않을 테니까요. 게다가……."

야베가 하려던 말을 삼켰다. 무슨 말을 하고 싶은지 알 것 같았다. 전과가 있는 절도범이 아니라면 찾기는 쉽지 않다. 찾아낸다 해도 돈이 되는 물건 이외에는 처분했을 가능성이 높다. 특히 수첩 같은 것은 이미 불타 재가 되었을지도 모른다.

야베가 형사과에 연락하자 졸린 듯한 담당자가 왔다. 같은 이야기를 반복한 후, 절도 이력이 있는 여성 전과자의 얼굴 사진까지 보게 되었다. 얼굴은 거의 보지 못했다고 거듭 말했지만 그들은 내 말을 듣지 않았다.

어쩔 수 없이 시작했지만, 경찰 시스템은 융통성이라곤 전혀 없었다. 젊은 여자라고 말했음에도 아주머니나 할머니의 사진만 보여주었다. 절도에는 소매치기나 상점의 물건을 훔치는 좀도둑질도 포함되니 의외로 중년 이상이 많다. 40세이하, 신장 155센티미터에서 165센티미터의 여자 사진만을 검색할 수는 없냐고 말했지만 그들은 내 말을 들은 체 만체 했다.

몇 시간이나 고생한 끝에 당연하게도 성과는 제로. "수고 많으셨습니다. 어쩌면 또 협력을 부탁드릴지도 모릅니다"라는 판에 박은 말과 함께 해방되었다. 경찰서 밖으로 나오니 아직 어두웠지만 동쪽 하늘의 검은색이 약간은 흐릿해져 있었다.

걸어서 돌아가는 도중 사고 현장을 지났다. 꽃과 물과 과자 등이 아직도 많이 놓여 있었다. 인기척이 없는 조용한 사거리에서 그저 신호만이 규칙적으로 파란색이 되었다 빨간색으로 바뀔 뿐이었다. 멀리서 땅울림을 울리며 다가온 대형 트럭이 신호가 바뀌자마자 속도를 올리며 방향을 바꿔 돌진해 나갔다. 그 진동에 꽃다발이 쓰러지며 땅에 꽃잎이 흩뿌려졌다.

3

"선글라스에 줄무늬 셔츠. 오렌지색 슬립온 슈즈라."

스기우라 구니오가 주먹밥을 냉장고에 솜씨 좋게 늘어놓으며 고개를 갸웃했다.

"쇼트커트 여자라고요? 그런 사람, 이 주변엔 셀 수 없이 많아요. 무엇보다 손님 수가 많으니까 매일 얼굴을 마주친다든가 상당히 인상적인 사람이 아니라면 기억 못하죠. 기억 안 하려 하는 점도 있고."

그 '뱀녀'가 가도와키 쓰구미의 가방을 훔쳐 달아난 것은 구급차 도착 전이다. 인터넷을 검색해도 그로 보이는 동영상은 찾을 수 없었다. 사고 발생 5분 정도 후였으니, 이때는 아직 찍힌 영상이 많지 않았다. 꽤 잔인한 동영상도 있었던 모양인지 사고 일주일이 지난 현재 동영상의 상당수가 삭제

된 상태다.

끈질기게 찾은 결과, 간신히 한 동영상 속에 그로 보이는 인물을 발견했다. 멀어져가는 모습. 오른손에는 아마도 핸드백, 등에는 아마도 륙색. 동영상이 지독히 흔들려서 아무리 확대해도 가방이 파란색인지 아닌지 알 수 없을 정도였다.

지도와 스트리트 뷰로 뱀녀가 향한 방향을 확인했다. 도중에 있는 편의점을 보고 앞치마 차림의 남자가 생각났다. 단것을 마셔서 혈당치를 올리라고 충고했던.

오늘은 월요일이다. 살인곰 서점은 오늘과 내일이 정기 휴일. 시간은 있다. 개인적인 응어리를 해소하기 위해 다소 조사해도 괜찮겠지. 아침에 일어났을 때 그렇게 생각했다.

찾아가니 다행히 본인이 가게에 있었다. '백곰 탐정사' 쪽의 명함을 내밀자 수상쩍은 듯이 한참을 쳐다보았으나, 사고에 관해 이야기를 하는 도중 그제야 내가 기억났는지 '점장 스기우라 구니오'라고 적힌 명함을 꺼냈다.

바쁜 듯한 스기우라의 뒤를 따라다니며 고인과 그 모친, 그리고 비극적인 핸드백 분실 이야기를 했다. 스기우라가 모친을 딱하게 느낀 모양이다. 그래서 뱀녀 이야기를 꺼냈다. 물론 핸드백 도난 이야기는 하지 않은 채 소형차 근처에 있었기 때문에 뭐라도 알고 있지 않겠냐는 식으로 말했다.

스기우라는 "따님의 유품이라니, 어머님께 꼭 돌아갔으면 좋겠네요" 하며 진지하게 말했지만…….

"기억 안 하려 하신다고요? 손님에 대해서 말인가요?"

"요 근래 편의점에는 손님의 정보가 꽤 모이거든요. 마음만 먹으면 주소나 연락처, 가족 구성원, 거기에 수입이나 지출까지 대략적으로는 알 수 있어요. 아는 척을 하면 기뻐해 주는 어르신들은 예외지만, 그 외의 경우에는 그다지 기억하지 않도록 하고 있죠. 자칫 말실수할 수도 있으니까요."

훌륭한 자세였지만 나는 실망하고 말았다.

"그렇다면 사고 당일 외부 CCTV 영상은 보여줄 수 없겠네요."

"그야 물론이죠. 하무라 씨는 경찰도 가게 관계자도 아니니까요."

스기우라는 주먹밥 진열을 끝낸 후 의미심장한 눈초리로 이쪽을 보았다.

"정오 타임에 일하는 아르바이트생이 갑자기 늦는다고 해서요. 2시에는 올 수 있다고 하는데, 그가 올 때까지 계산을 맡아 줄 사람이 필요하단 말이죠. 편의점은 점심 때인 12시 넘어서가 가장 바쁘니까요. 우리는 말이죠, 아르바이트생도 가게 관계자라고 생각해요."

5분 후, 나도 앞치마 차림이 되었다. 스기우라의 말대로 12시가 넘자 눈이 돌아갈 정도로 바빠졌다. 프리터였을 때

편의점에서 아르바이트를 했던 적이 있는데 당시와는 작업 방식이 여러모로 달랐다. 포인트 적립이나 택배, 게다가 복사기의 종이 걸림, 현금지급기 문제 등등……. 고작 두 시간 만에 녹초가 되었다. 마흔 넘은 후로는 적응능력도 떨어졌다. 앞날이 참 기대된다.

2시 넘어서 '진짜' 아르바이트생이 오자 나는 관계자 외 출입금지 구역으로 들어갈 수 있었다. 스기우라는 사고 당시의 영상을 불러와서는 CCTV 영상 보는 법을 가르쳐준 뒤 절대 보면 안 된다, 단기 아르바이트생이 멋대로 봐도 좋을 것이 아니라며 거듭 강조한 뒤 어딘가로 사라졌다. 서둘러서 영상을 보았다. 놀랐다. 보자마자 바로 뱀녀가 편의점 앞을 지나갔기 때문이다. 선글라스를 쓴 채였기 때문에 역시 얼굴은 잘 알 수 없었고, 카메라는 그녀 왼쪽에 있었기 때문에 파란색 핸드백도 확실하게 찍혀 있지 않았다.

정지 화면을 스마트폰으로 찍은 후, 스기우라나 가게 점원들에게도 보여주었다. 미리 검색해둔 파란색 핸드백 사진도 함께.

핸드백은 염색한 말 꼬리털을 사용해 만든 것으로, 손잡이에는 대모갑 세공, 그리고 브랜드를 알려주는 로고 장식이 달려 있었다. 고급 브랜드의 한정품인 만큼 인터넷 경매에도 출품된 물품은 없다. 사고가 있기 전에 한 번 출품되었을 때는 정가의 세 배 가격에 낙찰되었다.

스기우라와 아르바이트생들의 반응은 영 시원찮았다. 이 주변은 기치조지로 이어지는 길이어서 불특정 다수의 사람들이 왕래한다. 이 여성이 근처에 살고 있다는 보장은 없다.

"하지만 그녀, 슬립온 슈즈를 신고 있었거든요."

내가 말했다.

"그날은 대기 상태가 불안정해서 저녁부터 번개를 동반한 비가 내리고, 곳에 따라서는 강수량이 많다는 예보가 있었어요. 실제로 사고 직후에 세차게 쏟아지기도 했고요. 천으로 만든 슬립온 슈즈로 먼 곳까지 나오지는 않았을 거예요."

일기예보 같은 것은 신경 쓰지 않는 성격일지도 모르지만.

"점장님, 그렇다면 시가 씨를 소개해주면 어떨까요?"

아르바이트 여성이 말했다.

"시가 씨?"

"이 동네 대지주이자 부동산을 하고 계시죠."

스기우라가 말했다.

"공동주택이나 원룸 아파트를 잔뜩 소유하고 있고, 임차인 얼굴을 꼭 한 번은 봐두어야 한다고 생각하는 옛날 사람이라 어쩌면 알고 있을지도 몰라요. 전화를 해둘 테니 한번 물어보세요."

감사인사를 하고 가르쳐준 대로 '시가 부동산'을 찾아갔다. 눈매가 매서운 노파가 앉아 있었다. 그 노파가 바로 시가 씨였다.

그녀는 신문지 위에 단밤을 꺼내놓더니 껍질을 까달라고 했다. 관절염 탓에 손 마디마디가 아픈데, 오늘은 밤 껍질을 벗기는 것만으로도 고통이라며.

"이런 거 멈출 수 없어서 곤란했던 적 없나?"

껍질을 까는 족족 단밤을 입으로 가져가며 시가 씨가 말했다.

"어렸을 때 부모님이 많이 먹으면 코피가 나온다며 겁을 주었는데. 나이를 먹으면 코피도 뾰루지도 나오지 않게 된다고. 나오는 거라곤 방귀뿐. 이거 실례."

상쾌할 정도의 소리를 내며 방귀를 뀐 시가 씨는 만족한 모양이다. 밤 껍질을 신문지로 감싸고 단밤 봉지 입구를 여민 뒤 노안경을 걸치고 뱀녀 사진을 지긋이 바라보았다.

"음, 모르겠는걸."

시가 씨는 한참을 바라본 끝에 고개를 가로로 저었다.

"30년 정도 전부터 젊은 여자는 다 같은 얼굴로 보여. 아마도 우리 임차인은 아닌 것 같네."

핸드백 사진도 보여주었지만 반응은 같았다.

"이런 쪽에는 전혀 흥미가 없어서. 아, 그치만 요 앞에 의상점이 있는데. 프랑스어 이름의 의상점이야. 우리 임차인이

지. 수입 구제품을 다루니까 이런 쪽도 잘 알지 않을까. 전화해둘 테니 가서 이야기라도 한번 들어봐."

구제 옷가게 주인은 가방 사진을 보고, "아, 이거 한정품이군요" 하며 흥분했지만, 뱀녀를 본 적은 없다고 했다. 그러더니 이 동네 주민이라면 그들이 잘 알지도 모른다며 배달 피자 가게 주인을 소개해주었다. 피자 가게 주인은 배달원 전원에게 물어봐주었지만 역시 본 적이 없다는 대답뿐이었다. 하지만 사거리 근처의 건설 현장 경비원이라면 어쩌면 알고 있을지도 모른다고 했다.

"매일 그곳에 서 있고, 여자를 좋아하는 모양이니 가서 물어보면 어떨까요? 이름은 모르지만 배우 단코보 기바지 젊었을 때와 꼭 닮았으니 보면 알 거예요."

다시 사거리로 돌아갔다. 일반적으로 세상은 탐정의 탐문 수사에 이 정도로 협력적이지 않다. 대형 사고의 기억이 아직 사람들에게 생생한 덕이다.

경비원은 건설 현장 옆에 놓인 욕탕용 의자에 앉아 보온병에서 보리차를 따라 마시던 중이었다. 그는 뱀녀를 본 적이 있다고 했다.

이제야 당첨되었나 했더니 그걸로 끝이었다. 본 적은 있다. 틀림없다. 하지만 어디서 언제 어떤 상황에서 보았는지는 모른다. 이 경비 현장에서 보았다 해도 오른쪽에서 와서 왼쪽으로 갔는지, 그 반대인지 전혀 기억이 없다.

탐문은 거기서 막혔다.

사고 발생 시간과 가까운 시간이라 기쓰네쿠보 사거리로 돌아가 얼마간 행인들의 왕래를 관찰했다. 어쩌면 뱀녀는 이 시간대에 이곳을 지나는 습관이 있을지도 모른다고 생각했기 때문이다. 하지만 약 한 시간 가까이 서 있었지만 비슷한 사람은 없었고, 대신 정신이 아찔해질 정도로 수많은 젊은 여자들이 사거리를 지나다녔다. 이래서는 뱀녀가 누구인지 기억에 남지 않는 게 당연할지 모른다.

포기하고 기치조지 길에서 벗어나 주택가로 들어섰다. 아무런 수확도 없었던 탓에 피로감이 심했다. 그 누구의 부탁을 받은 것도 아니다. 내가 멋대로 하는 조사다. 하소연을 할 상대도 자신밖에 없다.

역 쪽으로 가서 카페 '유리아페무페루'에서 커피를 마시고 버스를 타고 돌아가자. 그렇게 생각해 발걸음을 서둘렀을 때 전화벨이 울렸다. 시가 씨였다.

"지인에게도 좀 물어보았는데, 이노카시라 공원 근처 주택가에 슬리퍼……가 아니라, 뭐였더라. 슬립온? 그 전문점이 있다더군. 거기 함 들러보면 어떨까. 오렌지색을 팔지도 몰라."

검색해보았다. 현재 위치에서 가까웠다.

이 근처는 '교외 주택지'라고 부를 만한 곳이다. 길이 쭉 뻗어 있고, 구획 정리도 반듯하게 되어 있으며, 곳곳에 마을 버스 정류장이나 벤치가 놓여 있다. '살고 싶은 동네 넘버원' 으로 뽑힌 주택가인 만큼 빈 집 같은 것은 전혀 없다. 낮은 담 너머로 보이는 거의 모든 집의 마당에 잔디가 깔려 있고, 개가 뛰어놀든가 텃밭이 가꾸어져 있었다.

굽은 허리에 지팡이를 짚고 실버카를 밀며 걸어가는 인생 의 대선배 몇 명을 보았다. 걸음걸이는 느리고 힘들어 보였 지만, 지팡이가 귀걸이와 보라색으로 한 쌍이라든가, 실버 카는 스테인리스 제에 운동화도 은색이라든가 하는 식으로 세련되었다. 《악마의 공놀이 노래》에 나올 듯한 허리가 굽 은 노파도 있었지만, 밀짚모자나 신발, 손톱 모두 빨간색이 었다.

스마트폰 앱에 의지해 나아가니 좀 이질적인 건물이 보였 다. 파란색과 흰색 줄무늬 차양막, 유리문, 타일. 저곳이 슬 립온 슈즈 전문점일 것이다.

가까이 다가갔을 때 자동문이 열리는 소리가 나며 여자가 나왔다. "그럼 잘 부탁해요" 하며 가게 쪽에 말하고 역 방향 으로 걸어갔다. 오렌지색 슬립온을 신고 검은색 륙색을 메 고 뱀처럼 유연한 움직임으로 길가에 주차된 차를 피해 걸 었다.

그 걸음걸이. 틀림없다. '뱀녀'다.

뒤를 쫓았다. 스쳐 지나갈 때 가게 쪽을 살펴보았다. 같은 메이커의 슬립온 슈즈 여러 종류가 상자와 함께 윈도에 진열되어 있었다. 미국제나 면제품을 주로 취급하는 셀렉트 숍인 모양이다. 문에는 필기체로 '스칼렛 핌퍼넬SCARLET PIMPERNEL'이라고 적혀 있는데 그게 가게 이름인 모양이다. 가게 안에서는 점원 한 명이 무표정한 얼굴로 화장을 고치고 있었다.

특별히 바쁜 일이 없어 보임에도 뱀녀의 발걸음은 빨랐다. 힐끗 손목시계를 보나 했더니 서둘러 근처 집의 돌로 된 문지방을 올랐다. 발소리도 없이 조용히 대문을 열고는 안으로 들어가 현관을 그냥 지나쳐서는 정원 쪽으로 돌아들어갔다.

고택 같은 느낌의 오래된 주택이었다. 문패를 확인했다. 유려한 서체로 새겨진 나무 문패였다. '야스나가'로 보였다.

뱀녀의 성이 야스나가인 건가. 그렇게 생각했을 때 택배 차량이 야스나가 저택 앞에 정차하고 젊은 남자 운전자가 차에서 내렸다. 차 뒤쪽에 '이 차의 담당자는 고우라 다카시입니다'라고 적혀 있었다. 고우라는 짐칸에서 온라인 쇼핑몰 상자를 꺼내들고 문지방을 올라 초인종을 눌렀다.

현관이 열리고 갈색 슬립온 슈즈를 신은 50대 정도의 여성이 나왔다. 기쁜 듯이 고우라에게 뭐라고 말을 걸었다. 도장을 들고 있음에도 좀처럼 인수증에 도장을 찍지 않았다. 고우라 쪽도 여성의 말에 맞장구를 쳐주며 담소를 나누었다.

그대로 서 있을 수는 없어서 약간 앞으로 걸어가며 슬쩍 야스나가 저택을 살폈다가 깜짝 놀랐다.

야스나가 저택의 정원 쪽으로 난 열린 창문을 통해 뱀녀가 스르륵 나온 것이다. 그녀는 정말 자연스러운 태도로 집 모퉁이에 멈춰 섰다. 그러고는 야스나가 씨와 택배기사 모두에게 보이지 않는 위치에 서서 잠자코 기다렸다.

이윽고 야스나가 씨가 현관문을 닫고 택배 차량이 떠나자, 왔을 때와 마찬가지로 미끄러지듯이 대문을 나와 문지방을 밟고는 아무 일도 없었다는 듯이 그 자리를 떠났다.

4

주인이 집을 비운 때를 노려 물건을 훔치는 빈집털이는 침입을 위한 기술이 필요하다. 반면 주인이 재택 중인 정원 쪽 열린 창문을 통해 실내로 들어가 거실이나 부엌에 놓인 가방 등에서 현금만을 훔쳐서 1분도 채 걸리지 않는 시간 안에 일을 끝내는 들치기는 관찰력과 무엇보다도 배짱이 필요하다. 나는 혀를 내둘렀다.

뱀녀는 생각했던 것보다 훨씬 강적이었다. 우연찮게 마주친 사고 현장에서 욕심이 생겨 가도와키 쓰구미의 가방을 훔쳐 달아난 도덕관념이 부족한 아마추어라고 생각했더니 전혀 그렇지 않았다. 뱀녀는 프로 절도범이었다. 그것도 아마 한 번도 붙잡힌 적이 없는.

나는 스마트폰을 동영상 녹화 모드로 바꾸고 뱀녀의 뒤를 쫓았다.

　가게 앞에서 목격했을 때 바로 녹화를 시작하지 않은 사실을 후회했다. 주거 침입의 자초지종을 모조리 기록해두었으면 좋았을 것을. 그 졸린 듯한 형사과 절도 담당자가 뱀녀 체포에 얼마나 진지하게 임해줄지 알 수가 없다. 일반인은 사고 차량에서 물건을 훔치는 행위를 극악한 짓이라고 느끼겠지만, 법률적인 견해는 또 다르다.

　주거 침입을 하는 결정적인 순간을 찍은 영상이 있으면 절도 담당자의 눈빛도 바뀌었을 텐데, 돌이켜 생각해도 정말 아쉽다.

　뱀녀는 이노카시라 공원 안으로 들어가 연못을 건너 지브리 미술관 쪽으로 빠져나갔다. 미행 경험을 꽤 쌓았다고 생각했지만, 뱀녀는 쉽지 않은 상대였다. 끊임없이 주위를 경계하는 데다 발도 빠르다. 젊고 예쁜 여성이지만 화사함이 없어서 군중 속에 섞이면 눈에 띄지 않는다. 오렌지색 슬립온 슈즈만이 구분할 수 있는 유일한 표식이었다.

　사람으로 붐벼서 놓칠 뻔했으나 필사적으로 따라 붙었다. 걸으면서 모자와 자외선 차단 셔츠도 벗었다. 선글라스를 끼고 스리웨이 숄더백을 등에 멨다. 변장이라 부를 정도까지는 아니지만 시야 언저리에 계속 같은 색조가 보이면 신경이 쓰이고, 그 때문에 미행을 눈치 챌 수도 있다.

기치조지 길을 남하하면 바로 그 기쓰네쿠보 사거리가 나온다. 뱀녀는 헌화탑을 피해 렌자쿠 길을 서쪽으로 나아갔다.

하치만 신사 앞에서 남서쪽으로 건너더니 버스 정류장에 섰다. 신코가네이 역으로 가는 버스가 왔다. 그 버스를 타기에 나도 뒤를 따랐다. 땀을 뻘뻘 흘리는 건장한 체격의 남자가 나를 밀치듯이 뒤따라 탔다.

뱀녀는 버스 안쪽으로 나아갔다. 그녀가 앉기 전에 뒷문 바로 뒤쪽 의자에 앉았다. 신코가네이 역까지는 이 길을 곧장 가면 된다. 역까지 갈 생각일까.

예상은 빗나갔다. 그녀는 역 직전 정류장에서 내렸다. 따라 내릴까 고민했을 때 땀을 뻘뻘 흘리던 남자가 엄청난 기세로 출구로 뛰어나갔다. 그런 상황에 나까지 뛰어내리면 너무 눈에 띈다.

버스 안에서 바깥 상황을 살폈다. 다행히 빨간불이라 버스가 멈췄고, 그녀는 바로 앞 횡단보도를 건넜다. 그대로 약간 서쪽으로 나아가 다음 골목을 오른쪽으로 꺾어서 주택가로 들어갔다.

그다음부터는 보이지 않았다. 너무나 아쉬웠지만 얼굴은 파악했다. 일하는 곳과 살고 있는 지역도 얼추 알았다. 이 정도면 큰 성과다.

버스는 종점인 신코가네이 역에 정차했다.

냉방이 빵빵한 버스에서 습도가 높은 밖으로 나온 순간 머리가 어질했다. 생각해보니 정오에 갑자기 편의점 아르바이트를 한 이래 먹지도 마시지도 못한 상태다. 적당한 가게를 찾아 들어가 샌드위치와 커피를 주문했다.

먹으면서 스칼렛 핌퍼넬의 SNS를 조사했다. 기대하지 않았는데 떡하니 뱀녀의 얼굴 사진이 떴다. "이 슬립온 슈즈는 별 것 아닌 것처럼 보이지만 신어보고 깜짝 놀랐어요. 발이 너무 편해요. 최근에는 집에서 가게까지 렌자쿠 길을 걷고 있습니다. 이거 없으면 못 살 것 같아요"라는 글. '점장 미도리카와 미사오'라고 적혀 있었다.

드디어 여기까지 도달했다. 이것이 뱀녀의 정체다.

이번에는 미도리카와 미사오를 조사해보았다. 인터넷 세상과의 연결고리는 가게뿐인지, 개인 계정의 SNS는 발견되지 않았다. 다만 그 골목길 앞쪽을 조사해보니 '미도리카와 내과의원'이 검색되었다. 홈페이지 갱신은 5년 전이 마지막이었다. 그곳에 적힌 전화번호로 전화를 걸었지만 "이 번호는 현재 사용되고 있지 않습니다"라는 음성이 흘러나왔다.

부모가 병원을 경영했지만 현재는 운영하지 않는 것일까.

이름, 얼굴, 직장, 주소까지 알아냈다. 털면 먼지가 나올 인간이라는 사실도 알았다. 이제 뒷일은 경찰에게 맡기자.

가게를 나와 통화를 할 수 있는 장소를 찾았다. 그때 눈앞을 미도리카와 미사오가 지나갔다. 류색이 없는 맨몸에 산뜻한 흰 셔츠를 입고 하얀 덱 슈즈에 카키색 카고팬츠로 갈아입었다. 생김새가 중성적인 면도 있어서 소년처럼 보였다. 스마트폰의 동영상 녹화 버튼을 누르고 뒤를 쫓았다.

전화가 걸려왔는지 미도리카와 미사오가 스마트폰을 귀로 가져갔다. 기쁜 듯이 재잘댔다. 그대로 길을 남하해 강변으로 나왔다. 이미 주위는 캄캄했다. 녹화가 제대로 되고 있는지 잠깐 스마트폰에 신경을 빼앗겼다.

눈을 뗀 것은 한순간이었는데 고개를 들었을 때 미도리카와 미사오의 모습은 보이지 않았다.

혼자 하는 미행은 역시 힘들다. 스스로를 위로하며 방향을 바꿨다. 어차피 야베에게 연락할 생각이었다. 깊이 쫓지 말고 강변을 따라 도하치 도로까지 나가 게이오 선을 탈 수 있는 역으로 가는 버스를 타자.

마음을 바꿔 느긋하게 걷기 시작했을 때 강변 건너편에서 인기척이 느껴졌다. 그냥 슬쩍 보았다가 깜짝 놀랐다.

가로등 아래에서 미도리카와 미사오가 젊은 여자와 선 채로 키스를 나누고 있었다. 그것도 상당히 찐하게. 잠시 넋을 잃고 바라보고 말았다.

두 사람은 서로의 위치를 빙글빙글 바꿨다. 그때마다 가로

등 불빛에 미도리카와의 얼굴이 떠올랐다가 상대 여자의 얼굴이 떠올랐다. 눈 사이가 벌어지고 납작한 얼굴에 몸집이 작은 여자였다. 민소매 원피스에 일본 나막신을 신었다.

그 모습을 지켜보고 있는 것은 나뿐만이 아니었다. 아직 한밤중이라기엔 이른 시간이라 시원한 강변에는 개를 산책시키는 사람이나 귀가 중인 사람들이 있었다. 그럼에도 불구하고 두 사람은 찐한 키스를 나누고 끌어안고는 다시 키스를 나누었다.

갑자기 비가 쏟아지지 않았다면 방약무인한 러브신은 한참 동안 계속되었을 것이다. 나뭇잎에 빗방울이 떨어지는 소리가 들리더니, 다음 순간에는 대야로 물을 뿌리는 것처럼 비가 세차게 쏟아졌다. 우산을 꺼낼 틈조차 없었다. 강의 수면도 보이지 않고, 빗소리 이외에는 아무 소리도 들리지 않는 위험이 느껴질 정도의 비였다. 웃음소리를 들은 듯한 느낌이 들어서 돌아보니 미도리카와의 흰 셔츠가 비의 장막 저편으로 사라지는 게 보였다.

오늘은 이것으로 정말 끝이다.

집으로 돌아가 뜨거운 물에 몸을 담그고 갈근탕을 마시며 스칼렛 핌퍼넬을 다시 한 번 더 검색했다. 내일은 화요일, 개점 시간은 12시. 점장은 저녁 6시까지 근무인 모양이다.

다음 날, 6시 약간 전에 가게 근처로 갔다.

마침 미도리카와 미사오가 커다란 쇼핑백을 들고 손님을 배웅하던 참이었다. 예쁜 백발에 기품이 느껴지는 노부인은 쇼핑백을 받고는 미도리카와 미사오의 손을 잡고 "또 올게" 라며 그녀 귓가에 입술이 닿을 정도로 얼굴을 가까이 가져다대고 말했다. 미도리카와 미사오는 천천히 미소를 지으며 손님의 귓가에 뭐라고 말했다.

점원이 단순히 친한 손님을 배웅하는 것일지도 모르지만, 어젯밤에 본 장면이 뇌리에 아로새겨진 탓인지 그렇게는 보이지 않았다. 가게로 돌아간 미도리카와 미사오는 이번에는 스툴에 앉은 다른 손님 앞에 한쪽 무릎을 꿇고 슬립온 슈즈를 신겼다.

가게 주위를 한 바퀴 돌았다. 도중에 야스나가 저택 앞을 지났는데 아무 일도 없었던 것처럼 조용했다. 그 저택을 보면서 미도리카와 미사오에 대한 것을 왜 어제 야베에게 알리지 않았는지를 자문했다. 어제 바로 알렸어야 하지 않았나. 경찰의 조직력을 이용하는 편이 가도와키 쓰구미의 핸드백을 더 빨리 찾는 길일 텐데.

투쟁심이 불타오르고 말았다. 미도리카와 미사오라는 여자에게. 이 여자의 꼬리는 반드시 내가 잡겠다.

결국, 미도리카와 미사오가 가게를 나온 것은 7시가 넘어서였다. 스칼렛 핌퍼넬 로고가 들어간 쇼핑백을 손에 들고 미도리카와 미사오에게 배웅을 받으며 가게를 나온 손님은 한 시간 남짓한 시간 동안 다섯 명이나 되었다. 주택가 안에 있는 점포에다 할인 중도 아닌데 상당한 집객력과 판매력이다. 하지만 기치조지 역을 향해 걷는 미도리카와 미사오는 역시 화사함이라고는 느껴지지 않아 집중하지 않으면 놓칠 것만 같았다.

미도리카와 미사오는 고가 밑을 지나 하모니카 요코초로 이동해서 야채 절임과 자반연어를 샀다. 아일랜드 전문점에 들러서 홍차를 사더니 이번에는 쁘띠로드 골목으로 가서 계단을 올라가 2층에 있는 카페로 들어갔다.

건너편에도 비슷한 카페가 있었다. 서둘러 올라가니 손님은 없었다. 창가 자리에 앉으니 미도리카와 미사오가 있는 점포 내부가 훤히 보였다. 나는 블렌드 커피를 주문하고 미도리카와 미사오의 움직임을 담을 수 있도록 스마트폰을 세팅했다. 다행히 적도 창가에 앉았다. 이쪽을 신경 쓰는 기척은 없다. 아이스커피에 빨대를 꽂고 거리를 바라보며 마시고 있다.

나도 1층 거리를 내려다보았다. 쁘띠로드 위쪽에서 남자가 걸어왔다. 빨간 티셔츠는 잔뜩 성난 근육으로 울룩불룩. 은 목걸이를 몇 개나 걸고, 니트 모자를 썼다. 남자의 얼굴은 본 기억이 있다. 야스나가 저택에 있었던 택배기사, 고우라 다카시.

이게 우연일 리가 없다. 둘은 공범이었다.

야스나가 씨는 미도리카와 미사오가 신은 슬립온 슈즈와 같은 스타일에 색만 다른 슬립온 슈즈를 신고 있었다. 그 가게의 단골일지도 모른다. 점장인 미도리카와 미사오라면 야스나가 씨가 낮에 집에 혼자 있는지 아닌지 같은 내부 사정 정도는 쉽게 빼낼 수 있다. 미리 말을 맞춰둔 택배기사가 도착하기 직전 미도리카와 미사오가 정원으로 침입. 고우라가 야스나가 씨에게 말을 걸어 현관에 잡아둔다. 그 틈에 미도리카와 미사오가 정원에서 실내로 침입. 정원 쪽에 접한, 아마도 거실을 물색한 뒤 도망친다.

정원에는 발자국이 남을지도 모르지만 같은 슬립온 슈즈를 그 집 사람도 신고 있다면 증거가 되기는 쉽지 않다. 그러니까 눈에 띄는 오렌지색 슬립온 슈즈를 신고 태연히 가택 침입을 한 것이다. 머리를 잘 굴린 대단한 2인조다.

고우라는 경쾌한 발걸음으로 카페로 이어지는 계단을 올랐다. 잠시 후 창가에 모습이 보이더니 미도리카와와 같은 테이블에 앉았다.

이윽고 미도리카와가 검은 류색에서 봉투 같은 것을 꺼냈다. 두께가 꽤 두툼했다. 봉투가 그대로 테이블 위를 미끄러지며 고우라 다카시의 손에 들어간 다음 순간이었다.

고우라 다카시 뒤를 이어 카페에 들어간 사내들이 있었다. 그들은 안쪽 테이블에 있었지만 갑자기 일어서서 창가까지 다가왔다. '아' 하고 생각했다. 그중 한 명은 신코가네이 역으로 향하는 버스에 뒤따라 타서는 미도리카와 미사오 다음에 뛰어내린 그 땀을 흘리던 남자였다.

그때 그 서두르는 모습에 민폐라고 생각했는데, 오늘의 그 남자는 침착했다. 자연스럽게 고우라의 손을 잡고는 뭐라 하면서 봉투를 뺏었다. 고우라의 얼굴이 새파랗게 질리는 것을 창 건너로도 확실히 알 수 있었다. 뭐라 말하면서 일어선 미도리카와 미사오도 제지당해 다시 자리에 앉았다.

이윽고 두 사람은 사내들에게 채근당하며 카페를 나왔다. 내려다보니 쁘띠로드에는 한쪽 귀에 이어폰을 꽂은 눈매가 매서운 남녀로 가득했다. 고우라 다카시와 미도리카와 미사오가 카페를 나서는 순간 도망치려 했어도 소용이 없었을 것이다. 두 사람은 그들에게 꽁꽁 둘러싸여 떠났다. 나도 서둘러 카페를 나왔다.

기치조지의 밤은 혼잡했다. 많은 사람들은 그 집단에 다소의 위화감을 느끼고 돌아보기는 해도 다시 원래 목적지를 향해 발걸음을 서둘렀다. 집단이 향하는 앞쪽을 보니 도큐 백화점 앞에 암행순찰차로 보이는 승용차가 여러 대 세워져 있었다. 고우라 다카시와 미도리카와 미사오는 그 차에 태워졌다.

나는 망연히 차량 행렬을 지켜볼 뿐이었다.

5

"올해 초부터 무사시노와 미타카 일대에 빈집털이가 급증했습니다. 우리 쪽에서도 시민들에게 많은 안내를 했지만 말이죠."

고우라 다카시와 미도리카와 미사오의 연행 소동으로부터 5일 후의 일이다.

무사시노미나미 경찰서 교통과의 야베는 살인곰 서점 전화기 너머에서 겸연쩍은 듯이 말했다.

그 말대로 경찰서에서 경계 표어를 본 기억이 있다. 안내 데스크가 있는 내부 홀 전광판에 '빈집털이, 들치기 급증! 주의 요망!'이라고 되어 있었다. 하지만 아무리 얼굴 가죽이 두터운 공무원이라도 그런 걸로 범죄 예방 효과가 있다고 주장하기는 힘들 것이다.

"들치기는 피해자가 피해를 알아차리지 못하는 경우도 있습니다. 때문에 도난 신고가 빈집털이보다 적을 수밖에 없죠. 창문이 깨졌다거나 자물쇠가 부서졌다든가 하는 눈에 띄는 침입 흔적이 없으니까요."

한낮에 사람이 있는 집을 노리는 것이니 피해자는 고령자가 많다. 현금이 없어진 사실을 알아차려도 어딘가에 잃어버린 것은 아닌지, 건망증 때문이 아닌지 착각하기 쉽다.

"게다가 많은 분들이 자신은 조심성이 많거나 신중하다고 여겨 집안이 조금이라도 달라지면 바로 알아차릴 수 있다고 자만하는 경우가 많아요. 그러니까 보이스 피싱이 근절되지 않는 거죠. '재택 중에 누군가가 집에 침입했다면 내가 모를 리가 없다.' 이렇게 생각하고 계세요. 그렇게 되면 실제로 돈이 없어져도 다른 이유를 찾지 들치기라고는 생각하지도 않죠. 특히 지갑에서 1만 엔짜리만 빼내는 수법이라면 피해는 겉으로 드러나기 쉽지 않아요."

확실히 지갑 안의 돈이 생각했던 것보다 적다고 바로 들치기를 떠올리지는 않는다. 자신이 착각했다고 생각하거나 경우에 따라서는 집을 찾았던 지인을 의심할 것이다.

"때문에 범죄가 거의 드러나지 않은 채 조용하니, 그들의 수법도 점점 대담해졌습니다. 지갑째 훔치거나 가방째 훔치거나 저금통을 들고 가거나. 이래서는 피해자도 들치기를 알아차리고 경찰에 신고하게 됩니다. 그렇게 되면 수법에 대한 정보도 늘어나게 되고요. 피해자들의 집이 고우라 다카시가 담당하는 지역과 겹친다는 사실을 미타카기타 경찰서가 알아차리고는 얼마 전부터 줄곧 그를 마크했던 거예요."

그랬군. 무사시노미나미 경찰서는 왕따였던 것이다.

고우라 다카시와 미도리카와 미사오가 연행된 직후, 나는 야베에게 연락했다. 또다시 기분 나쁠 정도로 정중한 어투로 경찰서를 방문해달라는 요청을 받아 다시 찾아갈 수밖에 없었다. 미도리카와 미사오를 찾아냈다는 사실을 말하고 목격한 사실 등도 털어놓았다. 아니나 다를까 설명은 한 번으로는 끝나지 않았다. 야베, 졸린 듯한 형사과 절도 담당자, 다른 형사과 담당자, 형사과 책임자, 기타 등등……. 미도리카와 미사오에 대해 이야기를 듣고 싶어하는 인간이 줄을 이었다.

같은 이야기도 네 번째에는 질리게 되어 재미있게 각색해볼까 생각했다. 예를 들어 '미도리카와 미사오가 강변에서 젊은 여자와 진한 키스를 나누더라고요'라든가. 이건 사실이긴 한데 그 부분은 생략했다. 사고 직후 미도리카와 미사오가 파란 핸드백을 들고 떠나는 장면을 목격하고, 야스나가 저택에 침입하는 장면을 목격하고, 연행되는 장면도 목

격했다. 목격담이 계속되면 반대로 수상쩍게 여겨 신빙성을
의심받는다.

어떤 것을 아웃풋할지는 스스로 정하고 싶다. 하물며 상대
가 경찰이라도.

감추는 것까지는 아니지만 이야기하지 않는 사실이 있다
는 것을 무사시노미나미 경찰서가 알아차렸는지 어땠는지
는 모르겠다. 이야기를 듣고 싶어하는 인간은 많았지만 그
다지 열의는 느껴지지 않았다. 어차피 타 경찰서가 해결한
사건이라는 식으로 치부하고 있을지도 모른다.

다음 날, 이번에는 미타카기타 경찰서에 호출되어 그 땀을
흘리던 남자, 이쿠타 경사가 미도리카와 미사오의 야스나가
저택 침입 목격 건에 관해 조서를 받았다. 또한 그 다음 날
에는 고우라 다카시와 미도리카와 미사오의 체포가 보도되
었다. 텔레비전 뉴스쇼에서는 게스트로 나온 전직 형사가
들치기 수법에 관해 심도 있게 설명했다.

하지만 중요한 파란 핸드백에 대한 이야기는 전혀 나오지
않았다.

"미타카기타 경찰서가 고우라 다카시를 마크하던 중 실행
범은 따로 있다고 판단한 모양이에요."

설명해줄 의무가 없음에도 야베는 기분 나쁠 정도로 친절
하게 이것저것 이야기해주었다.

"고우라 다카시가 자주 공중전화를 이용한 것을 알고 통화기록을 조사해서 미도리카와 미사오와 연결되었고, 그녀에게도 미행을 붙였다더군요. 수사 측의 인원 부족 탓도 있겠지만 두 사람은 좀처럼 만나지 않았어요. 직접 만나서 훔친 돈이나 물건을 주고받는 현장을 덮쳐서 경황이 없을 때 자백을 받는다. 그런 계획을 세우고 기회를 노리고 있었더니……"

그 기회가 왔다는 이야기다.

그렇다고 해도 그 후 옷을 갈아입은 미도리카와가 젊은 여자와 만났는데 미행을 하는 듯한 기척은 없었다. 게다가 그 땀을 흘리던 이쿠타 형사의 미행은 정말 엉망이었다. 참고인 조사를 받다 알게 되었는데 나와 같은 버스에 탔다는 사실이나, 내가 미도리카와 미사오를 미행하고 있었다는 사실을 전혀 눈치 채지 못했다.

그럼에도 용케 그 둘을 체포했다 싶다.

"고우라 다카시는 절대로 잡히지 않을 거라고 방심했었는지 수사진의 계획대로 이미 자백한 것 같아요. 야스나가 씨가 은행에서 인출한 직후에 도둑맞은 돈—당연히 관계자의 지문이 남아 있었는데—을 받은 순간에 붙잡혔으니 포기할 수밖에 없었겠죠. 두 사람의 관계는 의사였던 미도리카와 미사오의 부친이 치매에 걸려 '미도리카와 내과의원'을 휴업하면서 시작된 모양이에요. 병원에는 환자의 진료기록이 남아 있었고, 미사오는 아버지가 쓴 진료기록을 해독할 수 있었어요. 그래서 고우라 다카시 아버지의 일을 알고 공갈 협박하려고 했던 거겠죠."

"공갈이라고요?"

"고우라 다카시의 아버지는 대기업 임원이었는데 10년 전에 자택에서 목을 맸어요. 그때 호출된 게 미도리카와 의사였는데, 미도리카와 의사는 진료기록 구석에 영어로 '오토 에로틱 에스픽시에이션Autoerotic Asphyxiation'이라고 적어두었습니다."

우와.

"그 말인즉슨 자살이 아니라."

"질식 플레이. 스스로 자기 목을 졸라서 성적인 쾌감을 얻는 유희라 하더군요. 미국에서는 매년 1200명 정도가 그게 원인으로 사망한다는 말이 있어요. 미도리카와 의사는 미국 의대에서 유학한 경험도 있어서 알고 있었던 거겠죠."

야베가 담담히 말했다.

"일본에도 꽤 많은 수의 애호자가 있다고 해요. 다만 아는 법의학자가 말하기를 그런 부적절한 죽음을 맞이해도 발견한 가족이 흔적을 지우기 때문에 자살 취급당하는 일도 많다더군요. 그건 그렇고 고우라 다카시는 협박을 해도 꿈쩍

도 하지 않고 반대로 환자의 비밀누설금지조항 위반으로 미
도리카와 의사와 미사오를 고소하겠다고 말했나 봐요. 고우
라 다카시도 아버지 사망 후 유산을 탕진하고 어쩔 수 없이
택배기사를 하고 있었으니까요. 그러다…… 어느 한쪽이 깨
달은 거죠. 둘 다 돈은 없다. 협박을 하든 재판을 하든 땡전
한 푼도 나오지 않는다. 그렇다면 둘이 손을 잡고 진료기록
의 개인정보를 기반으로 들치기를 하는 것은 어떤가 하고."

"누가 먼저 말을 꺼냈나요."

"고우라 다카시는 미도리카와 미사오라고 주장하고, 미도
리카와 미사오는 고우라 다카시라고 주장하고 있어요. 미타
카기타 경찰서의 지인 말로는 어느 쪽이냐 하면 미사오 쪽
이 교활하고 머리가 잘 돌아가는 것 같다더군요. 누가 주범
이 될지는 검찰에 달렸죠."

야베가 이야기를 끝내고 길게 한숨을 쉬었다. 이끌리듯 나
도 긴 숨을 내쉬다 놓쳤던 사실을 깨달았다.

"저어, 그보다 가도와키 쓰구미 씨의 파란 핸드백은 어떻
게 되었나요?"

"하무라 씨가 알려주신 편의점의 CCTV 영상과 인터넷에
올라온 사고 직후 영상을 들이대며 추궁했더니 핸드백을 훔
친 사실에 대해서는 인정했습니다. 소형차를 들여다보았더
니 쓰구미 씨는 피투성이였고, 그 후의 일에 대해서는 자신

도 혼란스러운 상태라 잘 기억이 안 난다더군요. 나중에 정신을 차리고는 용서받지 못한 일을 저질렀다는 공포에 가방은 내용물째 소각 쓰레기 버리는 날에 버렸다며 울면서 말했다는 이야기를 들었습니다."

거짓말이다. 그녀는 그런 소심한 여자가 아니다.

말하려다 속으로 삼켰다. 미도리카와 미사오가 사실은 어떤 여자인지 내가 알 턱이 없다. 기껏해야 몇 시간 정도 미행했을 뿐이다.

"미도리카와 내과의원의 가택수색에서도 그 핸드백은 나오지 않았어요. 미타카기타 경찰서도 가도와키 모녀의 이야기를 듣고 열심히 찾았기 때문에 틀림없습니다. 지갑이나 파우치, 수첩 같은 것은 나오지 않았습니다."

"그런가요."

가도와키 히로코가 안됐다. 딸의 유품을 그렇게나 애타게 찾았는데.

야베의 말이 빨라졌다.

"그 일 말인데, 하무라 씨가 따님의 가방을 찾으려 노력했다는 이야기를 했더니 가도와키 씨가 감격해하시더군요. 많은 분들이 쓰구미를 위해서 노력해주시는데 어머니인 자신이 언제까지고 가방이나 수첩에 연연해서는 안 된다고. 범인이 버렸다고 했으니 포기하겠는데, 마지막으로 하무라 씨에게 감사인사를 드리고 싶다고."

아, 이런, 설마⋯⋯.

"제 개인정보를 알려준 것은 아니겠죠?"

"아, 그게 말이죠. 어쩌다 하무라 아키라 씨의 이름을 말했더니 어떤 사람이냐고 묻기에 받은 명함에 있던 서점 이름인 살인곰 서점을 어쩌다 보니⋯⋯."

"잠깐만요. 설마 오는 건가요. 여기에?"

"아마도."

'어쩐지.'

관할도 다르고 미타카기타 경찰서의 사건수사와는 상관이 없음에도 경찰이 먼저 전화를 걸어서 사건 내용을 술술 말하나 했더니.

전화를 끊자마자 간판 고양이와 도야마가 2층에서 내려왔다. 도야마가 기획한 달콤 미스터리 페어 준비는 착착 진행되고 있었다. 디저트가 등장하는 미스터리 소설들의 재고를 긁어모아 특집 코너에 한가득 진열해두었다. 그리고 지인에게 빌려온 페이크 과자나 과자 사진을 오려서 붙였다. 방문한 독자에게 나누어줄 특집 소책자도 이미 250부나 만들어두었다.

나는 내 일을 제대로 완수했다고 생각했다.

"하무라 씨, 이게 뭔가요."

도야마가 한 입 베어 문 쿠키를 손에 들고 미간을 찌푸렸다. 구어 온 쿠키를 2층 살롱에 두었는데, 그걸 발견하고 먹은 모양이다.

　"놀랐네요. 쿠키를 맛없게 만들기는 쉽지 않잖아요. 어떻게 하면 이렇게 되나요? 책을 사주는 손님께 선물로 줄 생각이었는데 이래서는 벌칙인데요."

　"그래서 안 한다고 했잖아요."

　나는 투덜댔다. 쿠키를 구어 오라고 억지로 시키기에 어젯밤에 집에서 만들었는데 도야마가 요구한 양이 12그로스. 일반적인 쿠키 레시피 재료를 몇 배인가 늘릴 때 어딘가에서 계산을 실수한 모양이다.

　"미스터리 티파티 모집도 했다고요. 이미 정원이 다 찼는데 어떡하죠. 렌 데이턴의 레몬머랭 파이라든가, 크레이그 라이스의 초콜릿 케이크라든가, 애거서 크리스티의 시드 케이크 등도 하무라 씨에게 부탁할 예정이었는데."

　"뭐라고요? 그런 거 만들 수 있을 리가 없잖아요."

　"어쩔 수 없군요. 미스터리 소설을 잘 알고 과자를 구울 수 있는 사람을 인터넷으로 찾아볼게요. 티파티 참가비로 한몫 챙길 예정이었는데, 예정에 없던 경비가 들게 생겼네요."

　투덜거리며 2층으로 올라가는 도야마를 쿠키를 씹으며 바라보았다. 그렇게까지 비난받을 맛은 아니라고 생각한다.

아무런 맛도 안 나고, 딱딱하고, 퍼석퍼석할 뿐.

남은 쿠키를 비닐봉지에 쓸어 담고 있을 때 가게 입구의 초인종이 울렸다.

염색한 머리를 깔끔하게 올리고, 서머울 수트를 입은 가도와키 히로코는 그날 밤과는 다른 사람 같았다. 아직 눈가가 부었고 얼굴도 부스스했지만 가볍게 화장한 얼굴은 차분해 보였다. 인사와 감사와 사양의 말 등이 지난번 애도의 말처럼 둘 사이를 오갔다. 그 말들이 중간에 끊겨 어색해지는 상황만은 피하고 싶기 때문이다.

하지만 결국 둘 다 할 말이 동이 났다. 가도와키 히로코는 장소가 장소인 만큼 서점 안을 둘러보다가 달콤 미스터리 페어 앞에서 발길을 멈추고 "어머" 하며 문고본 책을 손에 들었다. 대프니 듀 모리에의 《레베카》다.

"쓰구미는 이 책을 읽고 애프터눈 티에 푹 빠졌어요."

가도와키 히로코가 페이지를 넘기며 그리운 듯이 그렇게 말했다.

"소설 앞부분에 주인공이 만달레이를 떠올리는 장면이 있잖아요. 4시 반의 티타임을. 쓰구미는 그 장면을 정말 좋아해서 수첩에 모사를 했어요. 맛있어 보이는 과자가 잔뜩 나왔는데……."

가도와키 히로코가 울컥 치밀어 오르는 마음을 눌러 삼키고 책을 펼쳐 소리 내 읽기 시작했다.

"버터를 잔뜩 사용한 크럼펫이 지금도 눈에 선하다. 거기에 삼
각형 모양의 바삭하고 귀여운 작은 토스트, 따뜻한 스콘. 무엇
을 넣었는지 비밀에 쌓인 샌드위치는 정말 맛있었다. 그리고
그 특제 생강 쿠키도. 입 안에서 녹을 것 같은 엔젤 케이크와
오렌지필과 레이즌을 담뿍 머금은 케이크."

"실제로 이런 과자들을 늘어놓은 다과회를 여는 것이 쓰
구미의 꿈이었어요. 전부 만들어서 엄마에게도 맛보게 해주
겠다며. 눈 같은 흰 테이블보와……."

가도와키 히로코가 다시 숨을 삼켰다. 나는 가능한 밝게
말했다.

"비밀 샌드위치에 쓰구미 씨는 어떤 것을 넣을 생각이었
을까요?"

가도와키 히로코가 억지로 미소를 지었다.

"커민 시드로 밑간을 한 병아리콩 페이스트예요.《레베카》
에서 나온 것이 아니라 그 아이의 오리지널로, 제가 참 좋아
하는 거였죠. 그런 것들도 그 잃어버린 수첩에 적혀 있었는
데……."

꿀꺽 소리를 내며 침을 삼키자 그녀가《레베카》상, 하권

을 내밀었다.

"이 책을 주세요. 다시 한 번 읽고 싶어졌네요."

집에 따님의 책이 있지 않을까 생각했지만 잠자코 계산기를 두드렸다. 새 책의 냄새는 사람의 기운을 북돋아준다. 때로는 상실을 다룬 이야기가 상실감을 치유해준다.

가도와키 히로코가 《레베카》를 품에 안듯이 돌아가자 기다렸다는 듯이 도야마가 돌아와서 손에 든 태블릿 PC를 내쪽으로 내밀었다.

"찾았어요. 미스터리를 좋아하는 과자 장인. MIHARU 씨. 자택에서 구운 과자를 만들어 인터넷으로 판매하고 있더군요. 적어도 먹을 수 있는 과자를 만드는 기술을 가지고 있는 것 같아요. 글도 쓰더군요. 《레베카》의 다과회에 관해서도 상당히 상세하게 소개했어요. 크럼펫을 만드는 법이라든가, 스콘에는 데본셔 크림과 라즈베리 잼이 가장 잘 어울린다든가. 작중에 나온 비밀 샌드위치에는 커민 시드로 밑간을 한 병아리콩 페이스트를 넣으면 좋다든가."

나는 도야마의 손에서 태블릿을 낚아챘다.

그 거짓말쟁이 뱀녀. 빈사의 부상을 입은 가도와키 쓰구미의 소지품을 소각 쓰레기로 버렸다는 말은 거짓말이었다. 그녀는 핸드백을 훔친 것으로도 모자라 쓰구미의 꿈까지도 훔쳐서 애인과 함께 이용했다.

태블릿 PC 화면 속에서 자작 과자를 손에 들고 미소 짓는 여자는, 그날 밤 강변에서 미도리카와 미사오와 함께 있던 젊은 여자였다.

조용한 무더위

—

8월

1

   그 경자동차는 뙤약볕 아래에서 마치 아마존이 원산지인 개구리처럼 연두색으로 반짝였다. 혹은 슬라임 같은 색, 혹은 실수로 마셨다간 끔찍한 일이 벌어지고 말 욕실용 세제 같은. 어쨌든 위험하니 피하라고 경고하는 듯했다.

   "이 차, 사이드 브레이크가 신기한 곳에 있답니다."

   자택이 있는 지바에서부터 차를 몰고 온 도야마 야스유키가 싱글거리며 말했다. 새로 맞춘 보청기 상태가 좋단다.

   "언젠가 사이드 브레이크가 어디에 있는지를 깜박 잊고 브레이크가 걸린 채로 달린 적이 있었죠. 엄청난 탄내와 함께 차가 퍼졌답니다. 조심하세요."

   나는 할 말을 잊은 채 키를 받았다. 금요일이었던 어젯밤, '백곰 탐정사'에 의뢰인이 찾아왔다. 의뢰 내용은 어떤 사람의 행동을 확인해달라는 것으로, 당연하게도 대상이 미행을 알아차리면 안 된다. 의뢰인과 그 이야기를 하고 있을 때 도야마도 옆에서 이야기를 들었다. 의뢰인이 돌아간 후, 괜찮다면 미행용으로 자기 차를 쓰지 않겠느냐고 먼저 말을 꺼냈다. 최근에 보청기가 상태가 안 좋아서 타지 않았다면서.

그런데 이 차는 뭐람.

"휘발유는 가득 넣었고, 20만 킬로미터밖에 달리지 않았어요. 색이 참 멋지죠? 3년 전에 다시 칠했답니다."

"미행용 차가 멋져서 어디다 써요."

"차는 역시 겉모습이죠. 맞아, 이참에 일러스트레이터 스기타 히로미 씨에게 부탁해서 백곰 탐정사 스티커를 만들어 달라고 할까요."

"어머나, 멋져라. 부적 옆에 같이 붙이면 눈에 더 잘 띄겠네요."

빈정거림을 담아 말했는데 도야마는 고개를 끄덕거렸다.

"미스터리 전문서점의 전속 탐정이니, 사소한 것들도 놓칠 순 없죠. 하무라 씨도 그런 편이 의욕이 생기겠죠? 알겠습니다. 맡겨두세요."

제발 그만둬.

개구리를 발로 차버리고 싶었지만, 이제 와서 다른 차를 준비할 시간은 없다. 근처의 이목에도 신경이 쓰였다. 도야마 야스유키가 오너고, 내가 아르바이트를 하는 미스터리 전문서점 '살인곰 서점'은 기치조지에 자리하고 있다. 말 그대로 한적한 주택가라 근처의 소음이나 대화가 그대로 들린다. 이웃의 집안 사정까지 손에 잡힐듯 알 수 있다.

예를 들어 뒤쪽의 시노다 씨 댁은 낮에는 사람이 없지만, 저녁이 되면 가족 일곱 명이 모조리 귀가해 시끌벅적해진다. 맞은편 쓰루노 씨 댁은 정리해고당한 남편이 재취업했고, 딸은 국비유학 중. 무거운 짐을 내려놓은 부인은 류머티즘을 앓는 시어머니를 모시고 2박 3일로 온천 여행을 떠났다. 예를 하나 더 들자면, 두 달 전 가게 바로 이웃집이자 마을 자치회장을 맡고 있는 이토나가 씨 댁 바깥양반의 어머니가 요양시설에서 쫓겨나서 집으로 돌아왔다. 이 할머니가 엄청 깐깐하신 분인데 약도 도통 안 듣는지, 자기가 힘든 것은 너희들 탓이라며 아들과 며느리를 원망한다. 때로는 동네가 시끄럽다며 꽥꽥 소리도 지른다.

이렇게 옥외 주차장에서 장시간 떠들고 있다가는 언제 다시 할머니가 소리를 지를지 모른다. 나는 포기하고 개구리에 타서 문을 살포시 닫고 키를 돌렸다. 20만 킬로미터밖에 달리지 않은 차 엔진은 엄청난 소리를 내며 움직였다.

시작은 어쨌든 핸들을 쥔 내 마음은 가벼웠다. 서점 아르바이트도 나쁘지는 않다. 같은 취향을 가진 사람이 모여, 같은 책의 같은 부분이 맘에 들었다며 이야기를 나누는 것은 즐겁다. 책을 진열하고 이리저리 옮기는 것은 육체노동이지만 탐정 일보다는 훨씬 편했다. 죽을 것 같은 상황에 놓이는 일도— 없는 것은 아니지만— 적다.

그래도 나는 탐정이 천직이라고 생각한다. 게다가 수입 쪽도 서점 아르바이트와는 비교도 되지 않는다. 수입의 2할을 살인곰 서점이 장난처럼 세운 백곰 탐정사에 수수료 명목으로 떼이고, 남은 돈에서 국가와 시에 연금과 보험료로 빼앗겨도 꽤 남는다. 차를 몰고 가는 내내 콧노래가 멈추지 않았다.

오전 11시 좀 넘어 표적이 사는 가마타의 한 저택 앞에 도착했다. 도야마와 더 말을 섞지 않고 나오기를 잘했다. '후쿠로다'라는 팻말이 달린 호화 저택의 현관문이 열리더니 오늘 내 표적인 후쿠로다 히로쓰구가 막 계단을 내려오던 참이었다.

오래 입은 듯한 티셔츠에 화려한 무늬의 반바지, 구겨 신은 신발, 헝클어진 머리. 그는 부은 얼굴로 고개를 약간 숙인 채 터덜터덜 걸었다.

의뢰를 받은 후에 인터넷으로 조사한 바로는, 아버지는 시나가와에 있는 대형병원 원장, 누나 둘도 의사. 가정환경은 중류층 이상일 텐데, 그에게서는 단 한 톨의 품격조차 느껴지지 않았다. 그는 집에서 떨어진 주차장으로 들어갔다. 8월의 뜨거운 햇볕을 가차 없이 받은 차체에 손을 댔다 화들짝 놀랐을 때 이외에는 생기가 느껴지지 않았다. 하긴 열대야와 무더위가 계속된 관동 평야의 주민들은 모두 한낮의 좀비에 한없이 가까운 상태다.

후쿠로다는 선글라스를 쓰고 차에 탑승했다. 선글라스를 낀 상태에서는 연두색이 훨씬 짙은 색으로 보일 것이다. 덕분에 그는 이쪽을 신경 쓰지도 않고 추월해서 남쪽으로 향했다.

차에 장착한 카메라를 켜고 뒤를 쫓았다.

후쿠로다 히로쓰구는 스물세 살이었던 5년 전, 차를 몰고 버스를 기다리던 사람들을 향해 돌진해 일곱 명을 다치게 하고는 차를 버리고 도주했다. 다행히 사망자는 나오지 않았지만, 잠시 심폐정지를 일으켰을 정도의 중상자가 세 명이나 나온 사고였다.

경찰 조사를 통해 후쿠로다가 사고 직전까지 술집을 이곳저곳 옮겨가며 술을 마셨다는 사실이 판명되었지만, '위험운전 치사상죄'는 적용되지 않았다. 사고 상황이 찍힌 CCTV에는 후쿠로다가 차를 버리고 빠르게 도망치는 모습이 확실하게 찍혀 있었다. 위험운전 치사상죄 적용은 정상적인 운전이 가능했는지 아닌지로 결정된다. 얄궂게도 '그

만큼 재빨리 도망쳤으니 정상적인 운전이 가능했다'는 결론이 나왔다.

결국 뺑소니와 기타 등등으로 그에게 내려진 판결은 징역 6년. 석 달 전에 교도소에서 출소해서는 친척의 회사에 취직. 부모의 호화 저택에서 살고 있다. 중상을 입은 피해자는 지금껏 사고 후유증으로 고생하고 있는데도 말이다.

"면허 취소 후 결격기간인 6년이 지나자마자 바로 부모가 사준 새 차로 운전을 시작했다는 소문을 들었어요. 차가 없으면 생활하기 힘든 지방이라면 모를까 도쿄에서 말이에요. 정신이 멀쩡한 인간이라면 그런 사고를 일으켜 놓고는 운전대를 다시 잡을 리가 없죠."

가도노 시로라고 자신을 소개한 의뢰인의 무릎 위에 놓인 주먹이 부들거렸다. 그의 아들은 후쿠로다가 일으킨 사고에 휘말려 하반신에 장애를 입었다.

"아들은 열심히 재활치료를 계속하고 있습니다. 그런 아들이 너무 불쌍해서 그 남자를 결코 용서할 수가 없습니다."

그는 소문이 사실인지 아닌지 후쿠로다 히로쓰구의 행적을 조사하되, 다시 한 번 면허를 취소시킬 수 있는 증거를 잡는다면 더욱 좋겠다. 기간은 일단 일주일이라며 선금으로 50만 엔을 냈다.

좋은 의뢰에 군침이 흘러나올 뻔했지만, 이쪽도 이 업계에 뛰어든 지 오래다. 사전에 주의사항 등을 고지해서 혹시 모를 트러블을 피하기 위한 준비도 해두었다.

"기꺼이 착수하겠습니다. 처음 3일간은 하루에 7만 엔, 그이후에는 하루에 4만 엔, 사용 경비는 별도로 청구됩니다. 경우에 따라서는 대형 조사회사에 도움을 요청할 경우도 있고, 아예 큰 회사를 소개해드릴 수도 있습니다만."

"아뇨, 여기서 해주셨으면 합니다."

가도노가 딱 잘라 말했다. 백곰 탐정사의 어디가 맘에 들었는지는 모르겠지만, 이렇게까지 말하는데 딱히 거절할 이유는 없다. 계약서를 내밀자 가도노가 가슴주머니에서 '일본산책진흥협회 설립 30주년 기념'이라고 새겨진 볼펜을 꺼내 멋지게 펜을 돌리며 읽고는 사인했다.

살인곰 서점의 단골이자 올 봄에 대학생이 된 가가야가 소개해준 지인이 서점 일을 대신 맡아주기로 했다. 만일의 경우를 대비해 내게 빚이 있는 대형 조사회사의 지인에게도 도움을 부탁했다. 준비는 완벽. 후쿠로다 히로쓰구에게 약간의 먼지라도 있으면 모조리 털어낼 생각이다.

이토록 의욕적으로 준비했건만, 후쿠로다의 차는 5분도채 달리지 않아 방향지시등을 켜고 패밀리 레스토랑 주차장으로 들어갔다. 고민할 것 없이 그 뒤를 쫓았다. 점심 전이라 가게는 한산했다. 후쿠로다는 흡연석에 자리를 잡고는 담배에 불을 붙이며 소파에 앉았다. 나는 가방 속에 숨긴 카메라가 후쿠로다를 잘 포착할 수 있는 카운터 자리에 앉아 가게 안에서의 후쿠로다의 행적을 지켜보았다. 녀석이 계산을 마치고 나간 뒤 영상이 제대로 녹화되었는지 확인했다.

이상은 없었다. 종업원이 후쿠로다의 자리로 맥주를 가지고 왔고, 한심한 모습으로 다리를 꼬고 앉은 후쿠로다가 그 맥주를 단숨에 마시고는 맥주를 추가로 주문, 피자와 함께 생맥주를 기울이며 스마트폰을 만지작거리는 모습이 제대로 촬영되어 있었다. 한 시간이 채 안 되어 계산을 마친 후쿠로다 히로쓰구가 가게를 나서는 모습과 주차장으로 가서 차에 타 직접 운전하는 모습까지 녹화되었다.

이 정도라면 면허 취소를 위한 증거로는 충분할 터였다.

음주운전으로 다른 사람의 인생을 망가뜨린 주제에 이게 무슨 짓인가 하고 분노하는 한편 터져 나오는 웃음을 참을 수 없었다. 조사를 개시한 지 몇 시간 만에 의뢰인을 만족시킬 수 있는 성과를 내고 말았다. 이것으로 조사를 끝내도 되겠다고 생각했지만 하다못해 하루 정도는 추적하지 않으면 농땡이 쳤다고 여길 수도 있을 것 같았다. 게다가 일주일간 제대로 조사해서, 예를 들어 후쿠로다가 매일같이 음주운전을 반복한다는 사실을 밝혀내면 도망칠 곳은 없다. 받을 수 있는 조사비도 늘어난다.

후쿠로다의 새 차는 제2게이힌 국도를 타고 다마 강을 지나 가와사키로 들어갔다. 차량 두 대 너머 뒤쪽에서 본 그의 운전은 지극히 평범했다. 갓길에 경찰 오토바이가 서 있는 것도 보았지만 후쿠로다의 차를 제지하거나 하지는 않았다. 부드럽게 도시바 공장 앞을 지나 이번에는 시푸드 레스토랑 앞에서 깜박이를 켰다. 후쿠로다의 차가 빨려들 듯이 시푸드 레스토랑으로 들어갔다.

뒤따를까 했지만 주차장은 거의 만차였다. 개구리 차로 무모하게 끼어들 수는 없었다. 혀를 차며 통과하며 백미러를 들여다보았다. 같은 주차장으로 들어가는, 두 명이 탄 오토바이 앞쪽으로 후쿠로다의 차가 입구 근처 빈 공간에 주차하려는 모습이 슬쩍 보였다.

엔도마치의 교차로는 정체가 심했고 근처에 주차장도 보이지 않았다. 이후 후쿠로다는 어느 쪽으로 향할까. 만약 후추 가도를 우회전해서 신가와사키 역 쪽으로 향한다 해도 이제와 우회전 차선을 타기는 늦었다. 대형 트럭들이 가득한 상황이라 차선 변경을 하기 쉽지 않았다.

일이 잘 풀린다고 기뻐한 결과가 이 꼴이다. 하지만 이렇게 된 이상 후회해도 별 수 없다. 흐름을 거스르지 않고 차를 몰아 가와사키 역 근처 사이와이 길에서 후추 가도로 진입해 그대로 직진했다. 라디오에서 열사병 뉴스를 들으며 가와라마치에서 진출해 이번에는 일기예보를 들으며 제2게이힌 국도로 합류했다.

다시 시푸드 레스토랑 쪽으로 접어들었을 때는 시간이 이미 20분 넘게 지나 있었다. 주차장 입구에는 후쿠로다의 차가 있었다. 아까처럼 술을 마시고 있다면 족히 한 시간은 걸릴 것이다.

같은 코스를 두 번 더 돌았다. 차를 몰면서 생각했다. 오늘은 토요일이다. 친척 회사에서 일하는 후쿠로다도 토요일은 쉴 것이다. 그러니까 마시고 싶은 기분은 알겠는데 왜 패밀리 레스토랑이나 시푸드 레스토랑일까. 집에서 마시면 되지 않나. 아니면 걸어서 갈 수 있는 선술집이라든가. 음주와 운전을 함께 하지만 않는다면 누구도 뭐라 하지 않을 텐데 말이다.

음주운전 경험자 중에는 알코올 의존증 환자가 많다고 한다. 수감 중에 반강제적으로 중독이 치료되지만 사바 세상으로 돌아와 기쁜 마음에 건배하고, 한 잔 마실 게 두 잔이 되고, 결국 도로아미타불이라고 한다. 부모가 새 차를 사주었을 정도니 운전까지는 인정하지만 술은 마시지 말라고 한 것일지도 모른다. 그러니까 집이나 집 주변에서는 마시고 않고, 부모의 눈이 닿지 않는 곳에서 몰래 마시는 걸까. 최근 패밀리 레스토랑이나 덮밥 체인점이나 패스트푸드에서 가볍게 마시는 게 유행하고 있다고 하는데, 아마도 60대 후반인 부모는 잘 이해하지 못할 것이다.

제2게이힌 국도를 남하하길 네 바퀴째. 시푸드 레스토랑 앞에 접어들었을 때 후쿠로다가 차 옆에 서 있는 모습이 보였다. 멀리서도 알아볼 수 있을 정도로 불콰하게 달아오른 얼굴로 선글라스를 손에서 떨어뜨렸다. 엔도마치 교차로의 차량 정체가 고마웠다. 차량 행렬이 꼼짝도 하지 않은 덕에 후쿠로다의 앞을 달리지 않아도 될 것 같다.

이윽고 후쿠로다의 차가 주차장에서 엄청난 기세로 앞으로 나왔다. 합류 지점에 있던 아우디에 부딪치기 직전에 간신히 멈추더니 교통 흐름을 방해하며 억지로 끼어들려 했다. 난폭한 운전이라며 혀를 끌끌 찬 순간 차들이 움직이기 시작했다. 후쿠로다의 차는 앞머리를 흔들면서 빠른 속도로 나와 갑자기 브레이크를 밟았다. 가슴이 철렁했지만 그대로 차들의 흐름에 끼어들어 달리기 시작했다.

나는 중앙 쪽 차선에서 뒤를 쫓았다. 토요일인 데다 2시가 넘은 시간이라 제2게이힌 국도의 정체는 더욱 심해졌다. 얼마 못 달리고 교통 흐름이 다시 멈췄다.

개구리의 운전석은 승차감이 끔찍했다. 엉덩이가 딱딱하게 굳고 어깨도 결렸다. 카메라를 후쿠로다의 차량 쪽으로 향한 채 사이드 브레이크를 잡아당겼다. 어깨를 돌려 뭉친

근육을 풀고, 손을 엉덩이 아래에 두고 주먹으로 마사지를 했다.

좁은 운전석에서 몸을 풀면서 후쿠로다의 차량 쪽을 흘깃 보았을 때였다. 시야 속에 한 대의 오토바이가 들어왔다. 그 시푸드 레스토랑 주차장에 후쿠로다의 뒤를 이어 들어갔던, 뒤에 사람을 태운 오토바이다. 이 더운 여름에 두 명 모두 바이크 수트를 입고, 장갑을 끼고, 풀페이스 헬멧으로 중무장하고 있어서 바로 알아보았다.

오토바이는 후쿠로다의 차 옆에 멈췄다. 뒤쪽에 앉았던 사람이 내려 차 앞으로 돌아가더니 갑자기 망치 같은 것으로 앞 유리를 쳤다. 쩌억 하는 소리와 동시에 앞 유리에 금이 갔다.

"이 새끼, 무슨 짓이야."

생기라곤 없는 후쿠로다도 이 행동에는 소리를 지르며 운전석에서 내렸다. 앞 유리에 금을 낸 습격자를 잡으려 했지만, 오토바이를 운전했던 쪽이 어느 틈엔가 후쿠로다의 뒤쪽으로 돌아가 특수 경찰봉 같은 것으로 후쿠로다를 내리쳤다. 머리를 감싸 쥔 후쿠로다의 얼굴을 이번에는 최초 습격자가 망치 손잡이로 때리자 새 차에 피가 튀었다.

후쿠로다가 무릎을 꿇는 바람에 내 시야에서 사라졌지만, 그럼에도 공격은 멈추지 않은 모양이다. 두 명은 공격하는 내내 말이 없었다. 이윽고 역시 묵묵히 오토바이를 타고 사라졌다.

오토바이의 폭음이 들리지 않게 된 다음에야 내가 입을 떡 벌리고 있다는 사실을 깨달았다.

2

　나중에 녹화한 영상을 확인하자 후쿠로다 히로쓰구 습격에 소요된 시간은 고작 47초였다. 이 빼어난 수완과 후쿠로다의 뒤를 따라 시푸드 레스토랑에 들어간 점, 차 유리를 깰 수 있는 특수 망치나 특수 경찰봉을 준비한 점으로 보아 아무래도 처음부터 후쿠로다를 노린 계획적인 습격 같았다.

　물론 쓴맛을 보여주는 것이 목적일 뿐 죽일 생각은 없었을 것이다. 차들이 움직이기 시작해서 노상에 쓰러진 후쿠로다 옆을 지나갔는데, 다리가 불가능한 방향으로 꺾이기는 했으나, 몸이 움찔거렸고 의식도 있는 것 같았다.

　근처를 걷던 사람들이 놀라서 신고하는 목소리가 들렸다. 나는 얼른 그 자리를 떠났다. 안달복달하며 다시 한 바퀴 돌아서 20분 후에 돌아오니 경찰이 교통정리를 하는 가운데 구급차가 출발하는 모습이 보였다. 교통 정체가 극심해서 한 번은 구급차를 놓쳤지만, 가장 가까운 가와사키 시내 병원으로 가니 후쿠로다 히로쓰구가 응급실로 실려가는 장면을 목격할 수 있었다.

멀리서 본 것이기 때문에 부상 정도까지는 알 수 없었다. 하지만 산소마스크를 쓰고 있었고 큰소리로 부르는 구급대원의 말에 대답하는 기척도 없다. 상당히 큰 부상이 틀림없었다.

개구리와 나 자신이 의심받기 전에 병원을 나왔다. 의뢰인인 가도노 시로에게 전화를 걸어 그가 살고 있는 니시오기쿠보 상점가에 있는 갤러리 겸 카페에서 만났다.

사정을 이야기하자 가도노는 정말로 깜짝 놀란 듯 빙글빙글 돌리던 볼펜을 떨어뜨렸다. 굳이 실적이 없는 작은 탐정사를 골라 조사를 의뢰했는데, 하필 그날 조사 대상이 습격당한다. 이게 우연일 리 없다고 생각했지만, 미스터리 소설을 너무 많이 읽었기 때문에 그렇게 생각한 것일지도 모른다. 세상에는 우연이라는 것이 존재한다.

"그 남자를 증오하는 것은 우리만이 아니니까요."

가도노가 음미하듯 말했다. 사고 후유증으로 고생하는 피해자가 더 있는 모양이다. 그 피해자가 누군가에게 범행을 사주했다. 가도노 시로는 그렇게 생각하는 듯했다.

"그 상태로는 당분간 병원 신세를 져야 할 겁니다. 그러므로 조사는 일단 중지하겠습니다. 내일이라도 보고서, 녹화한 영상, 경비 및 그 밖의 명세서와 영수증, 그리고 잔금을 가져오겠습니다. 그러면 될까요."

가도노는 독기가 빠졌는지 다시 펜을 돌리며 고개를 끄덕였다. 상황을 보아하니 그 습격 영상이 경찰에 제출될 일은 없을 것 같았다. 가도노는 범인에게 감사해하며 후쿠로다 히로쓰구에 대한 일은 잊을 생각이 틀림없다.

그렇다 해도 더 이상 내가 관여할 일이 아니다. 내 일은 끝났다.

설마, 아직 해가 떠 있는 중에 살인곰 서점으로 돌아가게 될 줄은 몰랐다. 조금씩 신음소리를 내게 된 개구리에게 흠칫흠칫 놀라며 혀를 찼다. 조사가 일주일간 계속되면 3일간은 7만 엔, 4일간은 4만 엔. 이것만 해도 합계 37만 엔. 수익의 2할을 상납해도 30만 정도는 될 터였다.

나는 관리비 포함 월세 7만 엔에 조후 시 센가와에 있는 농가의 별채를 개조한 셰어하우스에서 살고 있다. 최근 이 농가의 안채가 반파되고, 6월에 센가와 부근을 덮친 우박 피해로 인접한 포도밭이 괴멸되는 등, 여러 사정이 겹쳐 재건축한다는 소문이 돌았다. 아직 집주인인 오카베 도모에의 입에서는 어떤 말도 나오지 않았지만, 그리 멀지 않은 미래에 이사할 곳을 찾아야만 할 것이다.

"30만 엔의 임시 수입이 있었다면 이사 비용으로 충분했을 텐데."

좌회전을 하면서 그렇게 중얼거릴 때 문득 왼쪽 어깨에 불편함을 느꼈다. 아프다 할 정도까지의 느낌은 아니지만 왠지 안 좋은 느낌이 든다. 좁은 운전석에서 몸을 풀던 중 습격 사건에 놀라 자신도 모르게 몸을 이상하게 움직였는지도 모른다.

개구리를 서점 부지 안에 넣고 좁은 틈으로 빠져나오려 몸을 비틀었을 때, 왼쪽 어깨에 제대로 통증을 느꼈다. 황급히 차 밖으로 나와서 왼팔을 돌려보았다.

어라. 뭐지 이거. 왠지 느낌이 안 좋은데.

어깨 전체, 특히 견갑골에서 삼두근 쪽으로 통증이 느껴졌다. 설마 이게 소문으로 듣던 '사십견'인가.

몸이 재산이라는 인식은 충분히 가지고 있기 때문에 먹는 것에 신경을 쓰고 스트레칭과 근육 트레이닝을 빼먹지 않고 있다. 봄에 입원한 뒤에는 가능한 한 걸어 다니고 있고 가벼운 조깅도 했다. 담배도 끊었고, 단것도 절제하고 체지방율을 떨어뜨렸다. 그런데 왜 이렇게 되었지.

화풀이로 주차 공간에 있는 작은 돌을 발로 찼는데 어깨가 울려서 통증만 더 심해질 뿐이었다. 게다가 돌이 이벤트

홍보물을 붙인 간판에 부딪혀 따악 소리가 울렸다.

아차 싶은 순간, 바로 근처에서 커튼과 창문이 열리는 소리가 들렸다. 동시에 "시끄러워, 날 괴롭힐 생각이야" 하는 등등의 새된 목소리가 들렸다. 나는 황급히 서점 안으로 뛰어 들었다……. 아니, 뛰어 들어가려 했다.

하지만 서점 입구의 눈에 잘 띄는 곳에 있어야 할 '세 권에 100엔' 균일가 매대가 보이지 않았다. 독서가 취미인 이웃이나 통학 길의 중고생들이 이용하는 것은 오로지 이 매대뿐이다. 게다가 도야마 점장의 방침으로 이따금 희귀한 책들을 섞어놓는 덕에 미스터리 마니아 사이에서도 화제가 되어, 이렇게 찾기 힘든 곳에 있음에도 정기적으로 손님이 찾는 계기가 되기도 하는 매대다.

그 매대가 눈에 띄지 않았다. 그뿐만 아니라 아예 서점 문이 닫혀 있었다. 토요일인 데도 서점의 불은 꺼진 채 문도 닫혀 있었다.

갖고 있던 열쇠로 안으로 들어갔다. 서점에 이상은 없었고, 계산기의 금전함도 평소와 다름없는 듯했다.

도야마 점장에게 전화를 걸었다. 조사가 끝났다는 사실을 보고하고, "서점 문이 열려 있지 않은데요?" 하고 물었다.

"오늘은 도야마 씨가 당번 아니었나요?"

"사실 하무라 씨 대신 아르바이트를 할 예정인 가가야 군의 친구가 아까 왔었는데요. 아직 열여덟 살인데 다카기 아키미쓰의 팬이라지 뭡니까. 아르바이트비로 스미노 로진 시리즈를 살 거라더군요. 그런데 재고가 있었던가요."

대체 뭔 말이야.

"저기, 그래서 오늘 서점은?"

"탐정 업무가 끝났다면 하무라 씨에게 부탁드릴게요. 이쪽은 집을 좀처럼 찾을 수가 없어서 반포기 상태예요."

전화가 끊겼다. 나는 불을 켜고 왼쪽 어깨를 부여잡은 채 매대를 바깥으로 옮겼다. 그다음 2층으로 올라갔다. 2층의 이벤트 홀은 이벤트가 없을 때는 살롱이랄까, 단골의 모임 장소 같은 곳이다. 바로 그 2층에서는 여섯 명 정도의 미스터리 팬이 시원한 에어컨 바람을 쐬며 담소 중이었다.

도야마에 관해 묻자 문제의 가가야가 손을 들었다.

"점심 때 지나서 고서 구매 의뢰 전화가 왔어요. 그래서 도야마 씨는 가게 문을 닫고 나갔어요."

"고서 구매라니. 어디로?"

"가와고에라던데요."

서점으로 내려와 계산대 뒤에서 어깨에 파스를 붙이고 밤 8시까지 홀로 서점을 지켰다. 해가 저물어 시원해지자 손님이 속속 찾아왔다. 단순히 구경하러 온 사람도 있었지만 대부분은 모처럼 여기까지 왔으니 하는 마음에 책을 구매해준다. 8월 들어서부터 '서머 홀리데이 미스터리 페어'라는 것을 시작했는데 어째서인지 오늘은 크리스티아나 브랜드의 《위험한 여로》가 세 권이나 팔렸다.

그중 한 권을 산 것은 자택에서 서예교실을 열고 있는 스도 아키코 씨였다. 그쪽도 이토나가 씨 댁과 인접해 있는 탓에, 조용히 살고 있음에도 서예교실을 다니는 아이들 목소리가 시끄럽다는 이토나가 할머니의 고함에 고생 중이다.

"오봉 연휴(우란분. 일본은 양력 8월 15일 전후―옮긴이)에는 교실도 휴무여서 내일부터는 부모님 성묘 차 규슈에 가. 이건 오가며 읽으려고."

서예 선생님인 만큼 이 더운 날씨에도 가벼운 화장을 하고 스타킹을 신은 스도 씨는 내가 책을 커버로 싸는 동안 그렇게 말했다.

"오봉에는 이 주변도 꽤 조용하겠군요."

"우리 맞은편인 다가와 씨도 하와이로 가족여행을 간다며 들으란 듯이 말했으니 이 주변 인구는 틀림없이 줄겠지. 하지만 이 서점이 오봉에도 영업을 해주니 집을 비워도 안심이야."

"오봉 기간 동안 평일에도 이벤트가 있어서요. 하지만 그런 만큼 시끄럽다는 민원이 들어올지도 모르겠네요."

"시끄럽긴 무슨. 요전에도 뭔가 이벤트가 끝난 직후였는지

이 서점에서 엄청 많은 사람들이 나와서 놀랐을 정도였는데."

"서점이라 벽이 책장과 책으로 막혀 있어서 방음 효과가 있어요. 이벤트 때는 방음 커튼도 쳐두고요."

"일반 가정집보다 소음은 더 적더라고."

"그런데 이토나가 할머니는……."

"하여튼 이토나가 할머니는……."

스도 씨와 말이 겹쳤다. 우리는 말 안 해도 알겠다는 듯 가볍게 미소 지었다.

이토나가 시즈오 씨는 동네 자치회장을 맡을 정도로 주민들의 두터운 신뢰를 받고 있다. 다들 할머니는 불편하게 생각하지만 그런 할머니를 돌보는 사람이 딱해서 입 밖으로 불평을 하지 않는 것이다.

"그런데" 하며 스도 씨가 말했다.

"이 서점, 탐정사무소도 겸하고 있다고 들었는데."

확실히 탐정이지만, 조사원은 실질적으로 나 혼자뿐이고 부족하면 큰 조사회사에 인력 요청도 한다는 사정을 설명하고, 무슨 일이 있을 경우에는 잘 부탁한다며 백곰 탐정사의 명함을 건넸다.

그것으로 끝이라고 생각했는데 스도 씨는 잘됐다며 부탁하고 싶은 일이 있다고 말했다.

"사람을 찾아주었으면 해. 이시즈카 사치코. 내 사촌동생 인데."

스도 씨가 출력한 종이를 내밀었다. 종이에는 이름과 생년 월일, 본적, 그 밖에 회사 이름이나 주소가 몇 개인가 적혀 있었다.

"이게 7년 전, 마지막으로 받은 연하장의 주소."

스도 씨가 다카시마다이라의 아파트 단지 주소를 가리키 며 말했다.

"사치코는 외사촌이야. 외가에서 현재 살아 있는 사람은 나와 걔뿐인데, 둘 다 도쿄에 살고 있지만 별로 안 친하거든. 전화를 걸었는데 없는 번호라고 나오고, 이 주소로 보낸 편 지도 반송되고, 현재 어떻게 지내고 있는지 전혀 알 수가 없 어."

규슈에 있는 외할머니의 집이 문제라고 스도 씨가 설명 했다. 외할머니는 20년 전에 돌아가셨는데, 그 직후에 스도 씨 어머니도 쓰러지셔서 외할머니의 집은 상속 절차도 제대 로 밟지 않은 채 오랫동안 방치된 상태다. 외할머니의 묘가 있는 절에는 매년 우란분과 춘분절, 추분절에 꽃값과 관리 비를 보내고 있는데, 아마도 그쪽을 통해 지역 관공서가 연 락처를 알아낸 모양이다. 외할머니가 살았던 빈집의 관리에 관해서 "이러쿵저러쿵 하지 뭐야."

스도 씨가 탄식했다.

"워낙 시골에 있는 집이라 낡아 쓰러질 때까지 놔둔들 불편할 사람 아무도 없거든. 그런데 철거하라느니 고정 자산세가 어떻다느니 시끄럽게 굴지 뭐야. 그래서 상속을 포기할까 해."

하지만 그것도 왠지 책임 회피 같고, 다른 한 명의 상속인인 사치코와 싸우고 싶지도 않다. 어쨌든 한번 그녀와 이야기를 하고 싶으니 찾아줄 수 없느냐고 스도 씨가 말했다.

비용에 대해 설명하니 스도 씨는 개의치 않았다.

"외할머니의 유품을 나누어 받을 때 항아리를 받았는데, 그게 나중에 꽤 비싸게 팔렸거든. 그 돈을 비상시를 위해서 저금해뒀지."

그런 돈은 이런 때 쓰는 거라며 스도 씨가 선금으로 현금 10만 엔을 지불했다.

이렇게 빨리 다음 일이 들어올 줄은 몰랐다. 간판을 내건 들 미스터리 전문서점에 부속된 탐정사무소에 조사를 의뢰하는 특이한 사람은 없을 거라고 생각했지만, 의외로 그렇지도 않은 모양이다. 스도 씨는 전부터 우리 서점에서 자주 책을 구입했고, 나와도 안면이 있다. 입소문을 조심해야 하는 조사가 아니라면, 아는 사람에게 부탁하는 편이 마음 편할지도 모른다.

고마운 이야기다. 최근 불행이 계속된 하무라 아키라에게 드디어 운때가 찾아온 것일지도 모른다.

다음 날 아침, 가도노 시로에게 제출할 보고서 외 기타 등등과 반납할 선금을 들고 8시 넘어 집을 나섰다. 사십견 때문에 어깨 통증이 심해 운전은 위험할 것 같아서 도보로 나섰지만, 어깨에 가방을 멜 수가 없다. 게다가 숨을 쉴 때마다 아파서 냉파스로 어깨 전체를 감쌌는데 냄새가 꽤 심했다. 이 파스는 옛날에 할머니가 애용하던 것이다. 왠지 돌아가신 할머니를 어깨에 업고 걷는 듯한 느낌이 들었다.

가도노를 만나서 줄 것을 주고, 니시오기쿠보에서 주오 선을 타고 신주쿠로 갔다. 도쿄의 교외 지역은 남북으로 이동하는 수단이 버스밖에 없다. 하지만 버스를 갈아타며 다카시마다이라까지 가는 것은 꽤 귀찮은 일이다. 게다가 이 왼쪽 어깨로는 버스의 진동을 참아낼 자신도 없었다.

전철을 여러 번 갈아탄 끝에 한 시간 이상 걸려서 간신히 다카시마다이라 단지에 도착했다. 꽤 알려진 거대 주택단지를 방문한 것은 이것으로 두 번째. 처음은 아마도 25년쯤 전, 대학시절에 아르바이트를 하러 왔었다. 그것도 벌써 사반세기 전인가. 더위 때문이 아니라 단지 안에 있으면 골짜기 아래서 산 위를 올려다보는 느낌이 들어 현기증이 인다.

일단 연하장에 적힌 마지막 주소를 찾아가보기로 했다. 오늘은 끔찍할 정도로 하늘이 맑아 아파트 골짜기 아래에는 아지랑이가 피어올랐다. 인기척도 없었다.

　역 매점에서 사두었던 물을 다 마셨을 즈음, 주소지의 건물에 도착했다. 안으로 들어가려 했을 때 어딘가에서 문이 열리는 소리가 들리며 양산을 손에 든 여성이 나왔다. 달려가서 간단히 자기소개를 하고 물었다.

　"이전에 이 단지에 살았던 이시즈카 사치코라는 분을 찾고 있는데 혹시 알고 계신가요?"

　여성이 눈을 크게 떴다.

　"이시즈카 사치코는 전데요."

3

7년 전에 빈집이 나와서 그때까지 살던 7층에서 1층으로 이사했다고 이시즈카 사치코가 말했다.

당시 남편이 병중이라 구급차를 부르는 경우가 왕왕 있어서 그렇게 했다고 한다. 그 후 남편이 죽고 다시 1층의 다른 집으로 이사했다는 것이다.

"이쪽이 혼자 살기에 딱 좋은 크기였고, 뭐 기분전환 삼아."

이시즈카 사치코가 보리차를 내주며 웃었다. 스도 아키코 쪽이 키가 크고, 이시즈카 사치코 쪽이 20킬로미터 정도 체중이 많아 보였지만, 둘 다 웃는 얼굴이 많이 닮았다.

"두 번째 이사할 때 유선 전화를 해약했거든. 연하장도 보내지 않게 되었고. 나이를 먹게 되면 게을러지거든. 아키코 언니가 보낸 편지? 최근에는 방문 판매나 불청객 등이 귀찮아서 우편함에 이름을 안 적거나 아예 문패도 떼버리거든. 아키코 언니는 어차피 그 주택에 쭉 살고 있을 테니 만일의 경우에는 언제든지 연락할 수 있을 거라고 생각한 내 생각이 짧았네. 일부러 탐정까지 고용하다니 언니에게 미안한걸."

사치코가 어깨를 으쓱했다.

이시즈카 사치코의 눈앞에서 스도 씨에게 전화를 걸었다. 막 구마모토 공항에 내렸다는 스도 씨는 이야기를 듣더니 크게 웃었다. 그래도 하루치 조사비용과 경비는 선금에서 빼라고 했다. 그 정도라면 이쪽도 만족이다.

이시즈카 사치코에게 전화를 바꿔주었는데 두세 번 정도 대화가 오가더니 통화가 바로 끝났다. 이상하게 생각하는 내게 사치코가 스마트폰을 되돌려주며 말했다.

"별로 안 친하거든, 우리. 아키코 언니네 어머니와 우리 엄마는 친자매간인데 사이가 엄청 안 좋았어. 그래서 이모 장례식에도 안 갔고, 남편이 죽었을 때도 언니에게 연락 안 했던 거야. 뭐, 규슈에서 돌아오면 언니 쪽에서 연락한다니까."

"그런가요."

또다시 이렇게 쉽게 의뢰가 해결되다니, 정말 운때가 왔나 하면서 왔던 길을 거슬러 기치조지로 돌아갔다. 오봉을 앞둔 일요일, 인파가 상당했다. 마침 12시라서 점심을 먹을까 했는데, 이래서는 어디든 만석일 것이다. 아트레 기치조지에서 슈마이 도시락을 사서 살인곰 서점으로 갔다. 햇볕이 강해 양산을 들었지만 사용할 수 있는 것은 오른팔뿐. 익숙한 숄더백이 무겁게 느껴졌다.

'서점에 돌아가면 냉파스를 갈아 붙이자. 아니, 얼음주머니를 만들자' 같은 생각을 하며 서점에 돌아왔다가 깜짝 놀랐다. 서점은 모르타르로 지은 2층 건물을 리모델링한 것이다. 2층 외부 복도 아래가 1층 통로인데 그곳에 햇볕을 피하듯이 몇 명의 손님이 모여 있었다.

"거기서 뭐해요?"

가가야를 비롯한 단골들이었다. 정말 할 일이 없는 것인지 아니면 갈 곳이 없는 것인지, 어제도 2층에서 봤던 면면들이다.

"뭐하냐뇨, 하무라 씨를 기다리고 있었죠. 개점은 12시잖아요. 하무라 씨야말로 뭐하시는 거예요."

원래 가도노에게 의뢰받은 조사 때문에 나는 이번 주에 일주일간 가게에 나오지 않기로 사전 양해를 구했다. 때문에 열여덟 살이면서 다카기 아키미쓰의 팬인 가가야의 친구를 아르바이트로 고용한 것이다.

"오늘부터 그 친구가 하기로 했었고, 일 설명이나 열쇠 때문에 도야마 씨가 나오기로 했었잖아요."

"그게 말이죠……."

가가야가 계면쩍은 듯이 말했다.

"아사카와라는 그 친구가 갑자기 오봉에 고향에 내려가게 되었다며 어젯밤에 연락이 왔어요."

뭐야 그게.

밖에서 이야기를 했던 탓에 또 어딘가에서 창문이 열리는 소리가 들렸다. 이토나가 할머니의 목소리가 들리기 전에 일단 2층을 개방하고, 에어컨을 돌리고, 커피메이커를 세팅하고, 기다리던 단골들을 안으로 들였다. 더운데 한참 기다렸다며 불평이 가득했다. 주말은 점심때부터 살롱을 개방한다고 홈페이지에 적혀 있었는데 이게 뭐냐며.

못 들은 척했다. 도야마에게는 어젯밤 스도 씨의 의뢰에 대한 문자를 보내두었다. 답신은 없었지만, 바꿔 말하면 서점 오픈을 하라는 지시도 받지 않았다. 내 탓이 아니다.

화가 치밀어서 1층 서점을 여는 것은 나중에 하기로 하고, 2층 냉장고에서 얼음을 꺼내 비닐봉지에 담아 1층으로 내려왔다. 계산대 의자에 앉아 어깨에 냉찜질을 하며 도야마에게 전화를 걸었다.

"아, 이제야 서점을 열었군요."

전화를 받자마자 도야마가 말했다.

"단골들에게서 불평하는 문자가 들어왔더라고요. 이럼 곤란합니다. 일요일은 12시 정각에 문을 열어야죠."

"어젯밤, 오늘은 다른 조사 의뢰를 받아서 출타한다고 연락했죠? 지금 여기에 제가 있는 것 자체가 말도 안 되는 일이라고요."

"정말 곤란하게 됐어요."

도야마가 한숨을 내쉬었다.

"아사카와 군 말이에요. 면접 때는 미스터리 서점에서 아르바이트를 할 수 있어서 기쁘다고 했으면서, 갑자기 본가에 다녀와야 한다며 도망쳤으니까요. 더구나 어제는 매입 의뢰가 있어서 멀리 가와고에까지 갔는데 그 집을 못 찾아 열사병에 걸리질 않나, 하무라 씨는 개점 시간을 안 지키질 않나."

"그러니까 그런 지시는 받은 적이 없다니까요. ……열사병요?"

"구급차에 실려가 수액을 맞고 바로 귀가하기는 했지만. 그래서 오늘은 서점에 못 나가요. 월요일은 밤부터 이벤트라서 반드시 가겠지만요. 맞아, 하무라 씨도 내일은 5시까지 와서 이벤트용 서적 코너를 준비해주세요."

하고 싶은 말은 많았지만 구급차로 실려 갔을 정도면 어쩔 수 없다. 통화를 마치고 매대를 꺼내놓고는 단골들에 뒤지지 않을 정도로 불만이 가득한 간판 고양이에게 밥과 물을 주고 어깨에 수건을 얹고 그 위로 얼음찜질을 하며 슈마이 도시락을 먹었다. 턱을 움직이는 것만으로도 어깨가 울렸다. 무늬목 향이 밴 살짝 딱딱한 밥을 꼭꼭 씹어 먹는 것이 취향인데, 반 정도는 어떻게든 참고 먹었지만 더 이상은 먹기 힘들었다.

사십견을 너무 얕본 모양인데, 이건 꽤 심했다. 셀프 치료로 어떻게 될 것 같지가 않다. 하지만 병원에 간다고 나을 것 같지도 않다. 쉽게 나을 병이라면 인터넷에 이렇게 많은 사십견 민간요법이 올라와 있을 리가 없다.

움직일 수도 없는 통증 탓에 계산대 앞에 앉아 아무 일도 못한 채 오후가 지났다. 저녁 무렵에 천둥이 울리고 커다란 빗줄기가 쏟아지듯 내렸다. 지붕 밑에 있다고는 하나 매대의 책이 젖을 우려가 있었다. 서둘러 가게 안으로 옮기니 왼쪽 어깨가 더 아파왔다. 기껏 고생해서 옮겼는데 비는 약 10분 정도 만에 그치고 주위는 조용해졌다.

저녁 무렵의 소나기 덕에 시원해져서 외식을 하러 나온 가족 이외에도 뜨문뜨문 손님이 찾아왔다. '서머 홀리데이 미스터리 미니 페어' 중 패트리샤 모이스의 《죽음의 천사》, 피터 벤틀리의 《조스》, 조르주 심농의 《매그레의 바캉스》, 아리스가와 아리스의 《월광 게임》이 팔렸다.

심농을 산 것은 근처의 스즈키 부부였다. 둘 다 전직 교사로, 여든이 넘었을 텐데 부부 모두 달변이다.

"서머 홀리데이라고 하니 영국에서 보낸 여름휴가가 생각나요."

스즈키 부인이 미소 지으며 말하자 남편이 통명스럽게 말했다.

"아내가 가자고 해서 시골로 갔지. 멀리서 보면 그림처럼 아름다운 주택에 묵었는데 끔찍했어. 밥은 맛없고, 카펫은 개털투성이에 뜨거운 물도 안 나오고. 그런 데다 억 소리가 날 정도로 숙박비는 비싸고."

"천개가 달린 더블베드에서 잔 것은 그때뿐이잖아요. 난 감동했는걸. 공주님이 된 기분이었으니까."

"곰팡이 냄새로 숨이 막힐 것 같더군. 그런 체험은 한 번으로 충분해."

"본고장 티타임도 체험했잖아요. 갓 구운 스콘에 본고장 데본셔 크림."

"말라비틀어진 오이 샌드위치."

"연어 파이. 한입 크기에 놀랄 만큼 맛있었는데."

"내 것까지 아내가 먹어치웠지."

"진하고 뜨겁고 맛있는 차. 어째서일까. 그 맛을 흉내 내려 해도 집에서는 절대로 본고장의 맛이 안 나요."

"그걸 핑계로 이 사람은 애프터눈 티 모임에 날 데려가려 하더군."

"초대받은 거잖아요. 이 시기는 손님이 적으니 가게도 시끌벅적한 게 좋다면서."

부인의 미소에 남편은 시무룩한 얼굴이 되었다.

"옛말에도 공짜처럼 비싼 게 없다잖아. 불필요한 호의를 입었다가 나중에 어떤 요구를 받을지도 모르기 때문에 난 싫다고 했네. 그런데 이 사람은 잠재의식 효과를 노리고 매일처럼 애프터눈 티 이야기를 하지 뭔가. 덕분에 내일 오후에는 이 더위에 밖에 나가야 해."

어깨가 울릴 거라는 것을 알았지만 웃지 않고는 견딜 수 없었다.

"여보, 뭔가 물어볼 것이 있다고 하지 않았어요?"

스즈키 부인이 웃으며 말하자 남편이 "맞아. 여기는 조사업무도 해준다고 들었는데" 하고 물었다. 백곰 탐정사 명함을 드리고 개요를 설명하자, 스즈키 남편이 일을 부탁하고 싶다고 말했다.

"먼저 이것부터 들어주게."

스즈키 남편이 스마트폰을 만지작거리더니 내밀었다. 젊은 남성의 목소리가 흘러나왔다.

"여보세요? 난데요."

스즈키 남편이 코멘소리로 "후암" 하는 하품 같은 대답을 하자 남자가 계속 말했다.

"좀 곤란한 일이 생겨서 도와주었으면 해. 지금 기치조지의 술집인데 지갑을 어디선가 잃어버린 모양인지 돈을 지불할 수가 없어서. 잠시 후에 친구가 갈 테니 현금을 좀 건네줄 수 없을까. 가능하면 30만 엔 정도 주었으면 하는데 가진 돈이 없으면 10만 엔이라도 좋아. 안 그러면 가게에서 나갈 수가 없지 뭐야."

스즈키 남편이 "대금은 당연히 지불해야 하지만, 가게에서 내보내주지 않는다는 것은 감금한 거나 마찬가지로 큰 문제다"라고 말했다. 그리고 경찰에 연락하라는 말도.

여기서 갑자기 다른 사람이 끼어들었다. 약간 걸쭉한 목소리의 남자였다.

"전화 바꿨습니다. 저기 말이죠, 일을 키우고 싶지는 않지만, 무전취식도 어엿한 범죄인 거 모르시나요? 경찰이 오게 되면 손님 장사를 하는 우리 쪽에도 민폐고. 그렇게 되면 제대로 고소를 해서 끝까지 싸울 거니까요. 이 녀석에게 전과가 붙을 겁니다. 범죄자가 되어 인생을 망치는 거죠. 곤란한 것은 오히려 이 녀석인데 그런 거 알고는 있습니까?"

"아니, 모르겠네. 지불할 의사가 있고, 도망친 것도 아니니 무전취식이라는 죄는 성립하지 않아. 경찰을 불러도 마찬가

106

지일 거고. 일단 경찰에 전화를 걸 테니 가게 이름과 장소를 말해보게."

스즈키 남편이 그렇게 말한 순간 뚝 하는 소리와 함께 통화는 끝났다. 스즈키 남편은 보상을 기다리는 강아지 같은 얼굴로 날 바라보았다.

"굉장해요. 용케도 녹음하셨네요."

"유선 전화기에 녹음 장치를 연결해서 모든 통화를 녹음하고 있네. 요즘은 좀체 방심할 수가 없는 세상이라서."

"이이는 전에 중학교 동창에게 사기를 당할 뻔했거든."

스즈키 부인이 폭로했다. 스즈키 남편이 울컥했는지 뭔가를 말하려 해서 서둘러 끼어들었다.

"이거, 언제 걸려온 전화인가요?"

"닷새 전 한밤중일세. 우리는 이미 자고 있었지. 덕분에 머리가 잘 안 돌아가서. 친구라는 녀석을 집으로 오게 하고는 경찰을 불러서 체포했어야 했어. 뭐, 그렇게 하지 않아 다행이라는 생각도 들지만."

"그게 무슨 말씀이신가요?"

"전화를 건 사람이 이이의 제자일지도 몰라서."

부인이 말했다. 남편이 고개를 끄덕이고 "오도나리 마사키라는 녀석 목소리와 닮았거든" 하고 말했다.

스즈키 남편은 정년퇴직 후 미타카에 있는 대안학교에서

봉사활동을 했다. 그때의 인연으로 학습지원 NPO 등의 요청을 받아 수년 전까지 여기저기서 아이들을 가르쳤다. 오도나리 마사키는 7년 전 집 근처 무료 학습소에서 알게 되었다고 한다.

"이혼 후 어머니가 일을 두 탕씩 뛰며 애를 키웠지. 고등학교 입시 공부를 하러 왔었는데, 영양 부족인지 열다섯 살인데도 초등학생으로 보였어. 그래서 학교가 쉬는 날이나 급식이 나오지 않을 때는 자주 집으로 불러 밥을 챙겨주었지. 그래서 그에 대해서는 부부 모두 잘 알고 있네."

고등학교에 입학한 후로도 얼마간은 연락이 되었지만, 그후 어머니가 돌아가시고 오도나리 마사키도 이사가고 말았다. 2년 정도 전에 딱 한 번 전화가 왔었다. 조리사 면허를 따서 일하고 있다는 내용이었지만, 어디서 일하고 있는지는 얼버무렸다. 얼마 뒤 학습소 동창회가 열려서 걸려왔던 번호로 걸어보았지만 전화는 연결되지 않았다.

"말투나 예의범절 같은 것을 입에 침이 마르도록 가르쳤지만 잘되지 않았네. 마사키의 말투가 딱 이랬어. 목소리도 닮았고."

말하자면 이 통화가 마사키에게서 걸려온 진짜 도움을 요청하는 전화인지, 목소리가 닮았을 뿐인 '보이스 피싱'인지 모르겠다는 것이다.

"경찰에 신고하려고도 했지만 사정을 확실히 알게 된 후가 좋을 것 같아서. 단순한 착각일 수도 있고, 만에 하나의 경우에는 마사키에게 직접 사정을 듣고 싶네."

"그 아이가 걱정되거든요."

"어떤가. 오도나리 마사키가 지금 어떻게 살고 있는지 조사해줄 수는 있나."

숨 돌릴 틈도 주지 않고 연속되는 의뢰. 대체 뭐가 어떻게 된 거지.

나는 내심 놀라면서 기본 조건을 제시하고, 이런 경우에는 대형 탐정사에 부탁하는 편이 결과가 빨리 나온다고 설명했다. 하지만 스즈키 씨는 고개를 저었다.

"만약 그가 결백하다면 그를 의심했다는 사실이 알려지는 게 싫네. 게다가 아는 탐정이라고는 댁뿐이어서. 어쨌건 자네에게 부탁하고 싶어."

스즈키 씨는 큰돈은 들일 수 없기 때문에 일단 하루만 조사를 하되, 오래 걸릴 것 같으면 그때 다시 생각해보자고 말하고는 선금 10만 엔을 냈다.

그렇다면 거절할 이유는 없다. 오도나리 마사키에 대해 알고 있는 모든 정보를 적어달라고 했다. 스즈키 부부는 일단 집으로 돌아갔지만 폐점 시간에 맞춰 돌아와서 오도나리 마사키의 사진과 정보를 주었다. 적어달라고 했더니 정말로 손글씨로 써서 주었다. 남편이 쓴 걸까. 교사 생활을 40년 한 것 치고는 꽤 악필이었다.

돌아가서 천천히 읽기로 했다. 일단 어깨를 어떻게 하지 않고서는 조사에 집중할 수가 없다.

돌아오자마자 바로 샤워를 하고 밥을 먹은 뒤 평소보다 빨리 이불 속으로 들어갔다. 사십견과 조사와 서점 업무로 체력을 평소보다 소모한 탓에 바로 잠들 수 있을 거라 생각했지만, 열대야 탓에 좀처럼 잠들지 못했다. 살짝 졸아도 몸을 뒤척이는 순간 통증으로 눈이 떠지기를 반복했다.

커튼 너머로 희미하게 빛이 보이기에 포기하고 자리에서 일어났다. 오도나리 마사키의 정보를 고생하며 해독한 다음 인터넷으로 검색을 해보았다.

바로 찾았다. 오도나리 마사키는 그저께 사기 그룹 용의자로 일당과 함께 조후히가시 경찰서에 체포되었다.

4

 오도나리라는 성을 가진 마사키가 달리 또 있을 거라는 생각은 들지 않았지만 동명이인일 가능성도 제로는 아니다. 날이 밝기를 기다려 조후히가시 경찰서에 있는 지인에게 전화를 걸었다. 사정을 설명하자 형사과 소속 시부사와 렌지는 덥고 바쁘고 잠도 못자 힘들어 죽겠는데 귀찮게 한다며 투덜댔지만 사정을 확인 후 전화해주었다.

 "본적지, 생년월일 모두 일치해. 틀림없어. 하무라의 오도나리 마사키는 이 오도나리 마사키야."

 "인터넷에는 아오모리 현의 80대 여성에게서 600만 엔을 가로챘다고 되어 있는데."

 "그래. 일단 '엄마 도와줘 사기' 용의로 체포했는데, 문제가 그뿐만이 아니야. 사기 그룹에 내부분열이 발생해 상대

측 네 명을 산으로 납치해서 집단 폭행 후 절벽 아래로 떨어뜨렸어. 한 명은 자력으로 하산했는데, 두 명이 죽고 한 명이 행방불명 상태야. 오도나리 마사키 일당은 산속 폭행사건이 드러나기 전에 이번에는 또 예전 동료였던 녀석의 부모에게까지 전화를 걸어 돈을 가져 오게 만든 악질이야. 더구나 사기를 눈치 챈 부모에게는 미리 준비해둔, 아들이 사기 전화를 거는 영상을 보여주고는 경찰에게 신고하면 이걸 인터넷에 유포하겠다고 협박했나 봐."

우와.

"실제로 녀석들을 절벽에서 차서 떨어뜨린 장본인이 오도나리 마사키라더군. 다른 멤버들의 증언이 일치해. 몸집도 작고 동안인데, 그런 녀석일수록 의외로 잔인한 법이지. 그 선생 부부에게는 안됐지만 조만간 죄목에 살인죄가 추가될 거야."

시부사와가 말했다.

시부사와에게는 백중날에 마른안주 선물 정도는 보내둘 걸 하는 후회를 했다. 어쨌든 성대하게 감사인사를 하고 전화를 끊었다. 6일 전 심야에 스즈키 댁에 걸려온 전화에 대해서는 물론 말하지 않았다.

그 전화는 정말로 음식점에서 도움을 요청하는 전화일 수도 있고, 사기의 일환이었을지도 모른다. 저간의 사정은 알 수 없지만 스즈키 부부의 의뢰는 오도나리 마사키가 현재 어떻게 지내고 있는지 조사해달라는 것이었다. 그렇다면 이 것으로 의뢰는 달성했다. 사기죄로 체포되어 조후히가시 경찰서에 구류 중. 이상 끝.

또다시 오전 중에 조사가 끝났다. 이 정도로 7만 엔을 받을 수는 없다고 생각하면서 파스를 바꿔 붙이고, 숄더백의 내용물을 최대한 줄이고는 집을 나섰다. 걸으면 아프기 때문에 기치조지까지 버스를 이용하기로 했지만, 월요일의 버스는 혼잡했다. 내릴 때 승객과 왼쪽 어깨가 부딪혀 눈물이 나왔다.

스즈키 부부는 둘 다 집에 있었다. 마사키가 자신들을 속였을 수도 있다는 각오는 했던 모양인데, 살인 용의는 전혀 예상치 못했던 모양이다. 부부는 당장이라도 조후히가시 경찰서로 가보겠다고 말했다. 담당자에게 이야기를 듣고, 경우에 따라서는 변호사 수배도 생각해야 한다, 뭣하면 직접 만나서 죄를 속죄하도록 설득도 하고 싶다며 남편이 말하고 아내도 그 말에 고개를 끄덕였다.

"티타임 초대가 오늘이지만 그럴 때가 아니네요. 아쉽게도."

"애당초 초대를 받은 것이 문제였어. 거절할 구실도 생겼으니 오히려 잘됐지."

"하무라 씨, 구류 중에 도시락을 차입 물품으로 넣어줄 수 있을까? 마사키는 스카치 에그를 좋아했거든. 치킨라이스에 비엔나소시지도."

"채소도 넣어. 건강이 제일이지."

충격은 충격이었지만 해야 할 일을 찾은 탓인지 둘 다 생기가 넘쳐 보였다. 나는 집 밖으로 한 발짝도 나가지 않고 해결했다며 요금 할인에 대해 말했지만, 스즈키 부부는 약속은 약속이라며 들으려 하지 않았다. 결국 경비 없이 7만 엔의 요금을 받기로 했다. 그 자리에서 영수증을 끊고 맡아둔 10만 엔에서 3만 엔을 돌려주었다.

콧노래를 부르며 스즈키 씨 댁을 나와 살인곰 서점으로 이동했다. 아침 일기예보에 오늘도 무덥다고 했기에 각오는 했지만 그 이상으로 더웠다. 아스팔트에 뜨거운 햇살을 받은 열풍이 부는 듯했다.

이글거리는 태양 아래, 거리엔 사람 그림자 하나 보이지 않았다. 평소에도 인파가 적은 주택가지만 더위와 오봉 연휴 탓에 고요함은 더욱 심했다. 휴가로 집을 비운 사람이 많은 탓인지 에어컨 작동 소리조차 들리지 않는다.

그 정숙 사이로 스즈키 부부가 황급히 준비를 하는 소리나, 시노다 씨 댁에서 키우는 새소리가 평소보다 명료하게 들렸다. 소리가 나지 않게 조심하며 서점 문을 열었지만 2층 창문 쪽에 서 있던 마을 자치회장과 눈이 마주치고 말았다.

평일에 서점을 찾는 사람은 적다. 살인곰 서점은 통상 월요일과 화요일이 정기 휴일이다. 다만 오늘은 밤 7시부터 이벤트가 있다. 용의자의 칼에 찔려 중상을 입고 임사체험을 했던 전직 형사인 작가, 의학용어를 사용한 범죄심리학적인 단가短歌로 주목받고 있는 전직 간호사인 가인歌人, 이 서점의 공동 경영자이자 방송국 PD인 도바시 다모쓰, 이 세 명에 의한 '괴담의 밤'이라는 납량 이벤트다. 촛불로 전등을 대신하며 목소리를 낮추고 속삭이듯 나누는 괴담. 응모가 쇄도하여 오늘 밤에는 스물다섯 명의 손님이 올 예정이다.

도야마는 이벤트를 위해서 오겠다고 말했지만 괴기소설을 골라서 미니 코너를 만들거나 주문한 음료수를 받거나 살롱에 의자를 정리하는 등 할 일은 많다. 5시에는 서점에 나와 있어야 한다. 현재 11시 약간 넘은 시각. 버스를 타고 집에 갔다가 다시 나올 생각을 하는 것만으로도 어깨가 아팠다.

준비를 하며 시간을 때우기로 했다. 서점 전등을 켜고, 문과 창문을 열어 환기를 시켰다. 살롱에 올라가서 냉장고에서 물과 사료를 꺼내 서점의 간판 고양이에게 주었다.

이어 창고를 뒤지니 단골이 선물로 준 '오타와라 어묵'에 들어 있던 보냉팩과 석 달 전 갈비뼈에 금이 갔을 때 병원에서 처방받은 진통제가 나왔다. 보냉팩을 수건으로 두른 뒤 냉방 대책용 스카프를 이용해 왼팔에 감았다. 보기 딱했지만 돌아갈 때는 이 모습으로 버스에 타기로 결심했다. 위험하니 알아서 피하라는 표식을 겸하여.

이토나가 씨 댁 쪽에서 모처럼의 초대지만 어쩌구저쩌구 하는 스즈키 부부와 이토나가 자치회장의 대화가 들렸다. 나는 1층으로 내려가서 라디오를 작게 틀고 '서머 홀리데이 미스터리 미니 페어' 코너를 정리한 뒤 오늘의 이벤트용 서적 코너를 만드는 작업에 몰두했다. 이벤트 게스트들의 저서, 괴담이나 호러 소설 등을 서가에서 찾아서 여기 모으는 것이다.

그리 어려운 일은 아니지만, 한손으로는 서가에서 책을 빼는 일도 쉽지 않았다. 혼자만 있는 서점에서 에어컨을 켜는 것도 꺼려져서 선풍기만 돌렸기 때문에 더웠다. 땀을 흘리면서 쉬엄쉬엄 조금씩 책을 모았다. 도중에 사온 샌드위치를 먹고, 라디오에서 흘러나오는 관동 지방 뉴스에 귀를 기울였다.

덥다느니, 폭염이 계속된다느니, 온열질환으로 병원에 실려 가는 사람이 급증했고, 고령자의 사망과 같은 질리게 들은 단어가 일단락되자 흥미로운 뉴스가 시작되었다.

그저께 가와사키 시의 제2게이힌 국도에서 승용차를 운

전하던 남성이 오토바이를 탄 2인조에게 폭행당해 중상을 입은 사건. 가나가와 현 경찰은 지바 현에 살고 있는 38세의 여성을 상해용의로 체포했다.

경찰 조사에서 여성은 "딸이 예전에 남성의 음주운전 때문에 중상을 입었다. 최근 교도소에서 출소한 남성이 음주운전을 반복하고 있다는 사실을 알고 화가 나 범행을 저질렀다"고 진술했으며 경찰은 공범에 대해서도 수사를 계속하고 있다는 뉴스였다.

'역시나.'

물과 함께 진통제를 삼켰다. "그 남자를 증오하는 것은 우리만이 아니니까요"라고 했던 가도노 시로의 예상이 맞았다. 설마 습격한 사람이 여성인 줄은 몰랐지만 말이다, 익숙한 범행, 자연스러운 오토바이 2인 탑승, 오토바이 수트 차림…… 젊었을 적에는 한가락 했을 것이다. 후쿠로다 히로쓰구도 엄청난 상대를 화나게 한 모양이다.

진통제 약효가 돌아서 점심 이후에는 움직이기 꽤 편해졌다. 생각난 김에 계산대 뒤에 있는 창고에서 '뼈 미스터리 페어' 때 사용한 플라스틱 인체 골격 표본을 꺼내, '크리스마스 미스터리 페어' 때 사용한 전구로 둘둘 감았다. 그 옆에 《공포의 유희》, 《환상과 괴기》, 《괴기와 환상》, 《어둠의 전람회》와 같은 호러 소설의 바이블들과 함께 진열하기로 했다.

좀처럼 구하기가 힘든 《위어드 테일즈 걸작집》은 쉽게 손이 닿지 않는 높은 곳에 고생해서 배치하고, 개인적으로 애정하는 앤솔러지 《괴기 소설 걸작집1》을 어디에 놓을지 고민하던 중 노크 소리가 들렸다.

'CLOSED' 팻말을 걸고 열어둔 문에 동네 주민이 서 있었다. 마을 자치회장인 이토나가 시즈오 씨다.

"일하시는 중에 죄송하지만 잠깐 괜찮을까요."

이토나가 회장은 레스토랑을 여럿 경영하는 오너 셰프라고 들었는데, 직업병인지 통통한 뺨에 불룩 나온 배가 특징이다. 의사와 셰프는 통통한 편이 더 신뢰감을 준다는 말처럼 가게는 대성황, 근처 주민들의 신뢰도 두텁고, 오지랖이 넓다. 마을 자치회장직을 오랫동안 역임 중이라고 들었다.

그러고 보니 이 서점이 이전 개업할 때 동네 주민들과 다툼이 좀 있었다고 들었다. 서점에는 불특정 다수—실제로는 불특정 소수지만—의 사람이 출입할 텐데 그렇게 되면 조용한 동네에 사는 권리를 침해당한다고 생각한 주민이 있어도 이상하지는 않다. 하지만 이 이토나가 자치회장이 중간에서 설득해준 덕에 살인곰 서점은 이곳에서 시작할 수 있었다.

그것을 생각하면 무시할 수는 없다.

"들어오세요. 좀 덥지만."

목에 감은 수건으로 땀을 닦고 안으로 들였다.

"에어컨은 안 켜시나요?"

서점 안으로 들어온 회장이 열린 창문을 보고 얼굴을 찡그렸다.

"우리 에어컨은 작동 소리가 너무 커서 주변에 폐가 될까 봐……."

"그럼 안 되죠. 이 날씨에 작업을 하다 열사병으로 쓰러지면 어떡하려고요..에어컨은 켜야죠."

어쩔 수 없이 서점 안을 돌며 창문과 문을 닫고 에어컨을 켰다. 예전 점포에서 가져온 낡은 업무용 에어컨이 소리를 내며 작동을 개시했다. 냉풍이 나오기를 기다리는 동안 잠자코 서점 안을 둘러보던 회장이 이윽고 입을 열었다.

"얼마 전에 옛날 지인을 만났는데요. 딸 부부와 동거하기 위해서 집을 다시 짓기로 했다나 봐요. 그걸 계기로 책을 처분할 생각이라네요. 그래서 제가 여기를 소개했습니다. 뭐, 본인은 자신이 잘 알고 있는 고서점에 맡기고 싶다고 했지만요."

"네에."

"그래도 일단 직접 만나서 물어보면 어떨까요? 매수 금액에 따라서는 교섭의 여지가 있을지도 몰라요. 그는 제 지인 중에서도 1, 2위를 다투는 독서광인데 전철 안에서 역사소설이나 추리소설을 읽곤 했죠. 베스트셀러 리스트에 올라간 책은 다 모았을 거예요."

자치회장은 미스터리 팬이 아니어도 이름 정도는 들은 적이 있을 추리작가의 이름 몇 개를 대고는, 그의 자택에는 이런 사람들의 책이 잔뜩 있다고 했다.

그래도 관심이 없냐는 듯한 얼굴이었지만 대답을 하기 애매했다. 말할 필요도 없이 그런 유명작가의 책은 세상에 널리고 널렸다. 이 서점의 안쪽 창고에도 수북히 쌓여 있다. 다른 고서점의 영역을 침범하는 데다, 이미 갖고 있거나 다른 곳에서 쉽게 살 수 있는 책을 대량으로 구매했다가는 이 서점은 망한다.

"지금 바로 가보는 편이 좋아요."

뭐라 설명해야 좋을지 고민하자 회장이 몸을 앞으로 내밀었다.

"이렇게 더운 날 일부러 찾아가면 이쪽에 팔아줄지도 모릅니다. 빨리 가보세요. 주소를 적어드릴 테니. 종이 있나요?"

이토나가 회장이 볼펜을 꺼내며 말했다.

그 볼펜…….

서점 안은 아직도 충분히 더웠다. 나는 땀에 젖은 이토나가 회장의 얼굴과 그가 손에 든 볼펜을 바라보았다. 더불어

손이 닿는 곳에 놓인 《괴기 소설 걸작집1》을 보았다. 바로 직전까지 이 책을 어디에 둘지 고민하던 참이었다. 내가 정말 좋아하는 앤솔러지. 그중에서도 가장 좋아하는 것은 윌리엄 프라이어 하비의 〈8월의 무더위〉라는 단편으로, 이는 "숨이 막힐 듯한 더운 날"에 일어난 이야기인데…….

순간 에어컨 작동 소리가 멈췄다. 지금까지 이 서점에서 느낀 적 없는 정적이 나를 둘러쌌다. 물이 귓불까지 잔뜩 찬 듯한, 바깥세상과 완전히 차단된 고요함이었다.

정신을 차렸을 때 나는 스스로도 예상치 못한 말을 입에 담고 말았다.

"이토나가 씨, 어머님은 무사하신가요?"

5

살인곰 서점의 납량 이벤트는 대성황이었다. 좋은 괴담, 나쁜 괴담은 화자에 따라 결정된다는 사실을 살롱 구석에서 실감했다. 그 점에 있어서 두 명의 게스트와 도바시의 연기력은 상당했다. 촛불이 하나 둘 꺼지자 이벤트 참가자는 공포에 질려 헛웃음을 터뜨렸다.

덕분에 이벤트 서적 코너의 책이 날개 돋친 듯 팔렸다. 《위어드 테일즈 걸작집》에는 상당한 가격이 붙어 있음에도 불구하고 치열한 경쟁이 붙었다. 도야마가 다음에 이 책을 찾게 되면 가장 먼저 연락하겠다며 가위바위보에 진 사람을 달래서 다행히 살육전은 피할 수 있었다.

손님들이 떠난 후, 도야마와 도바시는 게스트를 배웅하고 오겠다며 나갔다. 나는 뒷정리를 하고 서점을 닫았다. 쓰레기봉투를 들고 밖으로 나오니 뒤쪽 시노다 씨 댁 쪽에서 시끌벅적한 웃음소리가 들렸다. 밤이 되어 출타했던 가족이 돌아온 것이다. 건너편 쓰루노 씨 댁에도 오랜만에 집에 불이 켜져 있었다. 낮과 달리 거리는 조용한 활기로 가득 차 있었다.

이토나가 댁을 빼고는.

그때 이토나가 회장은 관자놀이에 땀을 흘리며 나를 응시했다. 고작해야 5초 남짓한 시간이었을 텐데 엄청나게 길게 느껴졌다. '만약 부정하면 어쩌지, 역정을 내면 어쩌지.' 너무나도 비약적인 사고라는 것은 잘 알고 있다. 첫 의뢰인 가도노 시로와 이토나가 시즈오가 갖고 있는 볼펜에 '일본 산책진흥협회 설립 30주년 기념'이라고 각인되었다는 이유로 두 사람이 지인일 가능성이 높을 거라고 판단한 것까지는 좋다. 그렇다고 말을 끊고 왜 그 정신 사나운 할머니의 안부를 확인하느냐고 되묻는다면 어쩌지…….

하지만 결국 이토나가 회장은 전혀 입을 열지 않았다. 에어컨이 그제야 제대로 작동을 시작해 서점 안이 점차 시원해져가는 데도 회장의 땀은 멈추지 않았고, 얼굴은 새빨갰으며, 오히려 창백해졌다. 몇 번인가 입을 뻐끔거렸지만 말은 나오지 않았다.

그리고 말없이 서점에서 나갔다.

혼자가 된 나는 몇 곳엔가 전화를 걸어 알고 싶은 정보를 얻었다. 그러는 와중에 구급차 사이렌이 들리더니 바로 옆에서 멈췄다. 밖으로 나가니 이토나가 씨 댁 현관이 열리고 들 것이 현관문 밖으로 나왔다. 수액 바늘이 꽂혀 있는 것을 보니 아직 살아 있는 모양이다.

구경꾼은 거의 없었다. 폭염이어서가 아니라, 애당초 근처에 사람이 없었다. 시노다 씨 댁은 가족 전원이 낮에는 집에 없고, 쓰루노 씨 댁은 남편은 재취업해서 근무 중이고, 딸은 유학 중, 부인은 모친을 모시고 2박 3일의 온천 여행. 돌아오는 것은 오늘, 월요일 밤이다.

홀몸인 스도 아키코 씨는 오봉 연휴에 맞춰 서예 교실을 휴강하고 규슈에 성묘하러 갔다. 스도 씨 댁 앞인 다가와 씨 댁은 가족 모두가 하와이. 스즈키 부부는 실제로는 조후히 가시 경찰서로 출타했지만, 애당초 애프터눈 티타임에 초대받았기 때문에 어차피 여기에는 없을 예정이었다.

그리고 나도.

나는 가도노 시로에게 의뢰받은 후쿠로다 히로쓰구의 행동 확인이라는 조사를 오늘도 하고 있어야 했다. 딸이 중상을 입었다는 38세 여성이 후쿠로다를 습격하지 않았다면 오늘도 하루 종일 서점에 없었을 것이다.

그렇게 근처 주민들이 없어지면 이토나가 씨 댁에서 어떤

소리가 나도 두려워할 필요가 없고 뭐든 할 수 있다.

예를 들어 요양원에서 돌아와서 큰소리로 아들이나 며느리를 매도하고, 괴롭히고, 들으란 듯이 동네 주민 험담을 하는 할머니에 대해서도다. 계단에서 밀어 떨어뜨리거나 사고를 가장할 수도 있고, 목욕탕에서의 익사도 가능했다.

하지만 최근 '숨이 막힐 듯한 무더위'가 계속되었다. 온열 증상으로 병원에 실려 가는 사람이 끊이지 않았으며, 고령자의 사망도 나왔고, 그 대다수는 실내에서 발병했다고 연일 뉴스에서 떠들어댔다. 그러니까 예를 들어 창문도 열지 않고, 에어컨도 켜지 않고, 물도 주지 않고, 뜨거운 방에 방치해 어머니를 열사병으로 살해해도 그게 살인이라고는 그 누구도 의심하지 않을 것이다.

그럴 터였다.

애당초 가도노 시로가 왜 우리 같은 선전도 하지 않는, 아니, 거의 활동도 하지 않는 개인 탐정사무소를 알게 되었을까. 의뢰를 받았을 때 든 의문은 이토나가 시즈오 자치회장과 같은 볼펜을 갖고 있는 것으로 해소되었다. 둘은 지인으로, 이토나가 회장이 나를 고용하도록 가도노에게 권유한 것이다.

일을 벌이기에 최적인 날은 바로 오늘, 월요일 낮이었다.

오봉 연휴인 데다, 주민들은 저마다의 이유로 출타 중이다. 집에 남아 있는 사람은 스즈키 부부 정도. 그래서 이토나가 회장이 두 사람을 자신이 경영하는 레스토랑의 애프터눈 티에 초대했다. "이 시기는 손님이 적으니 가게도 시끌벅적한 게 좋다"며. 신뢰가 두터운 마을 자치회장의 권유라면 거절하기 쉽지 않다.

문제는 우리 서점이다. 평소라면 월요일은 살인곰 서점의 정기 휴일이다. 하지만 가게 앞에는 이벤트를 알리는 포스터가 붙어 있었다. 이벤트 당일인 월요일 밤에는 많은 손님이 모인다. 그렇게 되면 이벤트 준비 때문에 낮에 누군가가 출근할지도 모른다.

보청기를 사용하는 도야마라면 뭔가를 알아차려도 얼버무릴 수 있다. 게다가 내쫓기도 간단하다. 예를 들어 시험 삼아 가와고에에 사는 사람이라고 거짓말을 하고서 고서 구매 의뢰 전화를 건다든가. 그 전화에 바로 뛰쳐나갈 정도라면 그 후의 대응도 간단하다. 어떻게든 월요일 낮에 서점을 비우게 하고 싶다면 다시 고서 거래를 의뢰하면 된다.

아르바이트 대학생은 약간 문제였다. 젊고, 미스터리팬이라면 쓸데없는 것을 알아차릴 가능성이 있다.

나는 가가야를 통해 아사카와의 연락처를 알아냈다. 슬쩍 유도 심문을 하니 그가 술술 불었다.

"근처 주민이라는 아저씨가 그 아르바이트를 자기 지인에게 양도해달라고 부탁하더라고요. 엄청난 미스터리팬인데, 오봉 연휴에만 상경할 수 있다며. 사정은 자기가 도야마 씨에게 설명할 테니 다른 사람에게는 말하지 말아달라고. 아르바이트비 대신이라며 10만 엔을 주더라고요. 남을 도울 수도 있고, 고향에 갈 수도 있으니 거절할 이유가 없었습니다."

그렇다면.

문제는 나다. 범행 시 바로 이웃에 탐정이 있어서는 곤란하다. 쫓아내기 위해서는 조사 의뢰를 하는 것이 최고다. 그래서 마침 탐정을 찾던 가도노 시로에게 백곰 탐정사를 소개했다.

그런데 예상과 달리 조사는 반나절 만에 끝나고 말았다. 이대로는 월요일 낮에 탐정이 있을 가능성이 있다. 그러다 스도 아키코가 생각났다.

"응, 사촌동생을 찾고 있다고 이토나가 씨에게 상담한 적이 있어."

물어보니 스도 씨가 바로 대답했다.

"그랬더니 같은 동네 주민이니 댁을 쓰는 것이 어떠냐고 하더라고. 꽤나 집요하긴 했지만, 이상한 탐정을 고용해서 문제라도 생기면 어떡하냐는 말에 마음이 움직였어. 게다가 자치회장은 믿을 수 있으니까."

그런데 스도 씨의 의뢰 또한 바로 해결하고 말았다. 이토나가 회장도 놀랐을 것이다. 그래도 아직 스즈키 부부와 그 전화 건이 있었다.

주민 간의 다툼이나 문제, 해결할 수 없는 고민이 생겼을 때 가장 먼저 찾아가는 사람은 신뢰가 두터운 자치회장이다. 오래된 주민들은 특히 그런 경향이 강하다. 돈이 드는 탐정에게 바로 상담하러 가지는 않는다. 때문에 그는 주민들의 고민거리를 잘 알고 있었다.

그래서 내게 '지인의 장서를 구매하러 가라'고 권유했을 때처럼 백곰 탐정사를 강력하게 추천하자—자치회장에 대한 신뢰, 고민 상담을 했다는 약간의 떳떳하지 못한 마음과 초대해준 회장의 마음을 거절할 수 없다는 상황도 있어서—스즈키 부부는 노린 대로 내게 조사를 의뢰했다.

이것으로 적어도 오늘 낮 정도는 탐정도 자리를 비울 것이다. 그렇게 생각했는데 말도 안 되게 아침에 조사가 끝나고 말았다. 이토나가 회장은 그 사실을 스즈키 부부가 찾아와서 애프터눈 티 초대를 거절함으로써 알게 되었다.

생각했던 것보다 훨씬 '유능한' 탐정이 바로 그날 서점에 자리를 잡고 작업을 시작했다. 에어컨도 켜지 않고 창을 열어둔 채로. 이토나가 회장은 초조해졌다. 이미 '열사병 계획'

을 시작했기 때문이다. 지금 생각해보면 거리는 너무 고요했다. 고령의 환자가 있는 이토나가 씨 댁에서조차 에어컨 소리가 들리지 않았다.

결국 이토나가 회장은 직접 살인곰 서점에 찾아올 수밖에 없었다. 그리고 어떻게든 날 쫓아내려다 반대로 실패했다……

구급차에 실린 할머니 옆에는 가방을 든 이토나가 부인이 함께였다. 요 두 달 만에 상당히 수척해진 모습이었다. 직접 얼굴을 마주치지 않는 근처 주민조차 할머니는 짜증나는 존재였다. 하물며 가까이서 수발을 드는 사람의 스트레스는 이만저만이 아닐 것이다. 동정심이 생겼다.

다만 나는 스스로도 생각지 못했던 그 한마디를 후회하지는 않는다.

나중에 할머니가 열사병으로 사망했다는 사실을 전해 들었다면 나는 역시 수상쩍게 생각했을 것이다. 실내에서 열사병에 걸리는 고령자는 적지 않지만, 아들 부부가 간병하고 있었는데 에어컨이 돌아가지 않았다면 의도적으로 할머니를 열사병에 걸리게 한 것은 아닐까 의심했을 것이다.

그게 아니더라도 잇따른 의뢰가 사실은 뒤에서 이토나가 시즈오가 조종한 것이었고, 같은 무렵 그의 어머니가 자택에서 사망했다면 역시 단순한 병사라고 납득하지 못했을 것이다.

구급차가 떠나자 이토나가 시즈오 자치회장이 차고에서 승용차를 꺼냈다. 병원으로 가는 것일까 아니면……. 그는 나와 눈을 마주치려 하지 않았다.

이토나가 회장은 본래 모두에게 신뢰받아 마땅한 삶을 살아온 사람일 것이다. 그러니까 어머니가 이웃에 폐를 끼치는 것을 부끄러워한 나머지 어떻게든 해야겠다고 생각했다. 그래도 근처 이목을 너무 신경 쓴 탓에 모두가 자리를 비웠을 때밖에 행동에 나서지 못했다. 이리저리 심하게 좌고우면을 하다 자기 구멍을 팠다. 소심하고 정직했기 때문에 너무 많이 생각하다 실수한 것이다.

빨리 막아서 다행이라고 생각했다. 지금이라면 아직 변명이 통한다. 인간과 대죄에 대한 변명. 예를 들어 윌리엄 프라이어 하비의 〈8월의 무더위〉의 마지막 한 줄처럼.

"이렇게 더워서는 인간의 머리도 대개는 이상해진다."

아타미 브라이튼 록

—

9월

1

1979년 9월 30일 목요일. 아타미는 맑았다.

이른 아침, 스물세 살의 시타라 소는 산책을 다녀오겠다며 지인의 별장을 나섰다. 흰 버뮤다팬츠에 감색 러닝셔츠, 그 위에 체크 셔츠를 걸쳤다. 별장의 일본 나막신을 신고 손에는 책을 한 권 들었다.

그리고 이 젊은 소설가는 사라지고 말았다.

시모쓰키쇼보 문예 신인상을 수상한 것은 갓 대학에 입학한 열여덟 살 때. 데뷔작 《코르데 신드롬》은 청년의 소외감을 테마로, 청년의 은어를 다수 사용한 독특한 문체, 당시에는 알려지지 않았던 불법 약물, 무차별 살인 등을 다뤄 "청년들이 직면한 고독한 미래를 치열하게 묘사했다"는 평가를 받았다.

일반에게도 알려지게 된 것은 수상한 지 2년 후의 일이다. 열일곱 살의 소년이 번화가에서 칼을 휘둘러 다섯 명을 다치게 하고 자살했다. 소년이 가지고 있던 것은 현금 235엔과 읽고 또 읽어 너덜너덜해진《코르데 신드롬》이었다.

이 사건을 계기로 시타라 소는 언론에 알려지게 되었고 시대의 총아가 되었다. 대학생들의 열광적인 지지를 받아, 라이브하우스에서 열리는 자작 낭독회 표는 매진. 작품은 물론 사진집이나 포스터까지 팔렸다. 반면 자유분방한 행동거지로 기성세대들에게는 배척을 받아 출연할 때마다 방송국 전화 회선이 항의 전화로 불이 날 정도였다.

마약 의혹으로 주간지에 실린 적도 있다. 유명 여배우나 10대 아이돌 가수와 염문설이 나기도 했다. 그로부터 얼마 뒤, 젊은 배우와 둘이서 다마 강 제방에서 의식불명 상태로 발견되는 사건을 일으킨다. 배우는 병원에서 사망이 확인되었다.

그의 실종은 사건 몇 주 뒤에 발생한다.

그가 문 밖으로 나가 언덕길을 바다 쪽으로 내려가는 모습을 지인이 세면실 창을 통해 배웅했다. 시타라 소는 전날 밤에 도착했다. 아타미는 첫 방문이었다.

당시 신문 배달을 하던 가메다 이사오(54)에게는 이런 기억이 있다. 9월이 되자 별장지의 배달처가 줄었다. 그날 아침 배달을 끝낸 가메다는 느긋하게 스쿠터를 몰고 젊은 남자를 추월했다.

"그때의 저는 별장에서 노는 비슷한 또래의 젊은이들에게 질투심을 느꼈습니다."

가메다는 말한다. "반대로 말하면 관심이 있었죠. 나막신을 보고 H저택의 손님이라는 사실을 알았습니다. 아침부터 느긋하게 산책이라니, 팔자 참 좋구나 하는 생각에 화가 났습니다."

시타라 소는 막대사탕을 입에 물고 책을 읽으며 언덕길을 내려갔다. "지친 것처럼 보이기는 했지만, 그것은 그 일이 있고 나서 생각하니 그렇지 않았나 했을 뿐이에요" 하며 가메다가 쓴웃음을 지었다. "기자들이 자살 징후는 없었냐고 하도 끈질기게 물어서."

지인이 경찰에 신고한 것은 행방불명된 후 열흘이 지난 뒤였다. 더 이상 세상을 시끄럽게 만들고 싶지 않아서였지만 역효과를 가져 왔다. 시간이 지나 사람들의 기억이 모호해졌기 때문이다. 아타미히가시 경찰서와 해상보안청이 해역을 수색했지만 헛수고로 끝났다.

일부 언론사가 목격 정보에 현상금을 걸었다. 바다에서 보았다, 산길에서 보았다, 요트를 타는 모습을 보았다 등 목격 증언이 줄을 이었다. 하지만 발견되지 않은 채 35년이라는 시간이 흘렀다.

올해 들어 작품 복간이 이어지고 있다. 은퇴했던 〈훗날의 달〉 야마히데 슈야 감독이 메가폰을 잡기로 했다. 세상은 이제야 시타라 소가 추구했던 고독을 느끼기 시작했다.

— 문예부 하나무라 료

*미니 해설 : 《코르데 신드롬》은 프랑스 혁명기 장 폴 마라를 암살한 테러리스트 샤를로트 코르데에 따왔다. 주인공은 세상을 정화하는 것이 자신의 천명이라고 생각하지만, 무엇이 악인지 알지 못한 채 이 녀석이야말로 진정한 악이라고 생각한 상대가 사소한 이유로 세상에서 왕따를 당하는 모습을 보면서 "이 세상에서 없애야 할 진정한 악을 찾았다"며 흉기를 들고 긴자 거리에서 불특정 다수의 군중을 '정화'하고자 한다.

"하무라 씨, 기사 다 읽었어요?"

서점 책장을 체크하던 가타시나 게이키가 돌아와서 쾌활한 목소리로 말했다.

"35년 전 아타미에서 사라진 젊은 소설가. 읽긴 했는데…… 혹시 이 기사, 서점에 걸어두길 원해?"

가타시나가 지난 달 석간 사회면에 실린 기사를 오려서 액자에 넣어 가져왔다. 장문의 기사인 데다 사진도 여러 장. 때문에 액자도 꽤 컸다. 상당한 민폐다.

"이 기사, 반응이 좋았거든요. 시타라 소의 복간본이 11쇄까지 찍을 줄이야. 전혀 예상 못했어요. 사진 덕분인가."

기사에는 시타라 소의 얼굴 사진도 실려 있었다. '나는 나르시스트인데 무슨 문제라도 있나요?' 하는 듯이 자신감이 넘치는 사진으로, 여자에게 인기가 있을 듯한 외모였다.

"아, 당연히 살인곰 서점이 책을 많이 깔아준 덕도 있죠."

가타시나가 뻔한 공치사를 했다.

"우리 사장님도 정말 고맙다며 말씀 잘 전해달라더군요. 시타라 소 특별 코너를 만들 때는 이 기사도 활용해주세요. 중앙 매대는 어떤가요. 계속된 증쇄에도 책이 많이 모자란 상태인데, 살인곰 서점이 '시타라 소 페어'를 개최한다면 책을 긁어모아 오겠습니다. 지금은 '감기 미스터리 페어'인가요. 재미있지만, 별로 안 팔리죠? 감기가 나오는 미스터리 같은 것을 집중해서 읽다간 진짜로 몸이 안 좋아질 것 같기도 하고."

"시타라 소는 팔려서 참 다행이네."

이쪽도 적당히 공치사로 한 말이지만 진심으로 받아들인 가타시나가 가슴을 폈다.

"우리 사장님의 선견지명이죠."

가타시나 게이키의 명함에는 직함이 '미타카 리테라 편집자'라고 인쇄되어 있지만, 기자 일도 하고, 사진도 찍고, 영업도 하고 있다. 미타카 리테라가 편집을 맡고, 신코출판이 발행하는 서브 컬처 잡지 《도쿄 FIX》 창간호에 우리 서점이 소개되었는데, 그때 취재하러 온 것이 가타시나였다. 그 이래, 도야마가 특집 기사 관련 아이디어를 주거나, 반대로 우리 이벤트를 기사로 써주는 등 이래저래 교류가 있다. 오늘도 급하게 상담할 것이 있다며 찾아왔다. 더불어 선물은 미타카 명물 매사브레였다. 나는 사브레에 관해서 만큼은 매파다. 다소의 자랑 정도는 기꺼이 들어줄 수 있다.

"작년에 시타라 소의 저작권을 갖고 있던 그의 숙모님이 돌아가셔서요. 이 숙모님이 시타라 소의 소설을 정말 싫어하셨지 뭡니까. 실종 신고 후 사망처리 기간이 되자마자 바로 사망처리를 하고, 복간도 인정하지 않았죠. 그래서 숙모님의 부보를 듣자마자 사장님이 변호사를 대동하고 달려가서 장례식장에서 시타라 소의 저작권을 사재기……가 아니라 획득한 거예요."

도수 없는 안경을 벗은 가타시나가 콧김을 내쉬고는 말을 이었다.

"우리 사장님, 광고회사 출신이라 팔릴 듯한 아이템 냄새는 기가 막히게 잘 맡거든요. 본인 또한 《직감형 마케팅》이라는 제목으로 신코출판을 통해 책을 출간하기도 했고요. 이쪽은 별로 안 팔렸지만 시타라 소의 경우엔 완전 적중이에요."

"유족은 바로 승낙했어?"

기가 막혀서 물었다.

"사장님은 레슬링 선수로 올림픽에 출전한 적도 있거든요. 강하게 밀어붙이면 상대는 '노'라고 대답하기 힘들죠. 덕분에 저작권을 무사히 획득하고, 신코출판과 상의해서 복간. 사진을 현재 기술로 가공해서 책날개에 넣고, 잡지에 특집 기사로 싣고, 야마히데 감독에게 영화화 건을 타진하고, 석간신문에 이 기사도 쓰게 했죠. 다음에는 드디어 《도쿄 FIX》에서 시타라 소 특집기사를 다루기로 했습니다."

"흐응……."

이 이야기가 언제까지 계속될까 생각하면서 건성으로 대답했다. 목요일 오후 8시가 넘은 시간. 서점 안에 있는 것은 우리뿐. 가타시나도 알아차린 것처럼 막 시작한 '감기 미스터리 페어' 손님은 별로 없었다. 뭔가 타개책을 쓸 필요가 있다. 그렇지 않으면 내 아르바이트비도 나오지 않게 된다.

그런 생각을 하고 있었던 탓에 가타시나의 이야기를 놓치고 말았다.

"……지금 뭐라고?"

"그러니까 《도쿄 FIX》의 시타라 소 특집으로 '시타라 소, 실종의 비밀을 추적하다'라는 코너를 담당하게 되었거든요."

"실종된 지 35년이나 된 사람을 찾겠다고?"

"찾는다고요? 아니에요."

가타시나가 매사브레를 와삭 씹으며 손을 저었다.

"실종의 수수께끼를 푸는 것이 아니라 실종의 비밀에 도전하는 거예요. 수많은 사람들이 혈안이 되어 찾았는데 이제 와서 시타라 소를 찾을 수 있을 리가 없잖아요. 게다가 만에 하나 살아서 나오기라도 하면 곤란하다고요. 저작권 문제가 있으니."

"하긴."

"사실 하무라 씨에게만 드리는 말씀인데 사장님이 저작권과 함께 사들인 것이 있어요."

가타시나가 사브레 가루를 바닥에 털면서 달리 손님도 없는 서점 안에서 목소리를 낮췄다.

"유족이 숙모님의 유품을 정리했더니 시타라 소의 개인 물품이 담긴 골판지 박스가 나왔어요. 그래서 이것도 사지 않겠냐고 사장님께 연락이 왔죠. 파커 볼펜과 메모, 책 몇 권, 보스턴백이나 속옷 등과 함께 일기가 나왔어요."

"엄청난 발견인걸. 어떤 일기인데?"

"사장님이 꽁꽁 숨긴 채 아무에게도 보여주지를 않아요. 회사 내에서는 시타라 소의 일기니 너무 노골적일 거라느니, 유명인과의 교류도 있었으니 세상에 나와서는 안 될 물건이라느니 여러 소문이 떠돌고 있어요. 어쨌든 아까 사장님이 호출해서 갔더니 이 메모를 주시더라고요."

가타시나가 고양이 모양으로 생긴 메모지를 팔랑거렸다.

"사장님 왈, 실종 직전의 일기에 이 다섯 명의 이름이 빈번하게 나온다고 해요. 당시, 시타라 소와 친했던 모양이죠. 애당초 일기는 어디까지나 주관적인 관점의 글이라서요. 시타라 소는 글에 청년의 은어를 많이 사용하잖아요. 다른 사람이 읽어도 무슨 말인지 잘 알 수가 없을 테죠. 때문에 일기만으로는 상품성이 없다더군요."

하지만 실종사건과 엮으면 '시타라 소 실종사건, 35년 후에 새로운 사실 밝혀지다!'라는 식으로 새롭게 띄울 재료는된다.

"그러니까 저보고 이 다섯 명을 만나서 시타라 소 실종에 관해 자세히 물어보고 오라더군요. 그리고 그걸 기사로 엮으라고요. 하지만 이게 쉬운 일이 아니잖아요. 무려 35년 전의 일이고, 거주지를 찾는 것만으로도 큰일일 테니까요. 어떻게 생각해요? 하무라 씨라면 찾아낼 수 있나요?"

가타시나가 내민 메모지를 받아들었다. 고양이 배에 다섯명의 이름과 다소의 정보가 꾹꾹 눌러쓴 필체로 적혀 있었다.

고航. 대학교 선배? 시노다 상사.

구도 야스오. 대학 동급생? 고마에. 부동산업자.

아키후미. 지인. 히다카 약국 아들.
니시 오사무. 시모쓰키쇼보 편집자.
이시모치. 언더그라운드.

"다소 돈과 시간은 들겠지만 어떻게든 될 것 같아. 마지막의 이시모치? 이쪽은 잘 모르겠지만."

"역시나."

가타시나 게이키가 가볍게 박수를 쳤다.

"사장님의 말도 안 되는 요구에 제 머릿속에는 하무라 씨 이름이 제일 먼저 떠오르더군요. 그래서 사장님께 말씀드렸습니다. 이왕 할 거면 여탐정도 엮지 않겠냐고."

"뭐?"

"그러자 사장님도 재미있을 것 같다며. 시타라 소와 관련 있는 곳들을 진상을 찾아 걷는 여탐정의 사진과 함께 싣자더군요. 영화감독 하야시 가이조 느낌으로 레트로 모던하게 정리하면 멋진 기사가 될 겁니다."

"사, 사진?"

"에이, 대역 모델을 세울 겁니다. 잡지에 실리는 건데 어느 정도는 그림이 나와야죠. 하무라 씨에게 부탁드리고 싶은 것은 이 다섯 명을 찾아서 인터뷰하는 것. 그뿐입니다. 데이터를 보내주면 기사는 저희가 정리할게요."

"그렇다면 프리랜서 기자를 고용하면 되는 거 아냐?"

"진짜 여탐정이 조사한다는 설정이 중요한 거라고요. 실종자 수색은 탐정의 업무잖아요."

가타시나 게이키가 씨익 웃었다.

"물론 보수도 지불하겠습니다. 게다가 특집 기사 구석에 백곰 탐정사 이름도 실을게요. 우리 잡지와 일을 했다는 실적은 무시 못할 걸요. 그걸 보고 일 의뢰가 들어올지도 모르고, 홍보용으로도 사용할 수 있을 테니까요."

진심일까. 나는 시험 삼아 "그렇다면 착수금 10만 엔"이라고 말해보았다.

가타시나는 그 자리에서 10만 엔을 꺼냈다.

2

집으로 돌아와 저녁밥을 먹었다. 닭고기와 야채를 쪄서 소스와 시치미 가루를 치고 깨와 셀그 새우와 다시마로 우린 인스턴트 된장국을 곁들였다.

먹는 도중 졸려서 정신이 멍했다. 최근 잠을 제대로 못 잔다. 무더위가 지나 간신히 푹 잘 수 있는 계절이 왔을 텐데 선잠이 계속된다. 악몽도 꾼다. 피로가 가시질 않는다. 텔레비전의 건강 방송이 시키는 대로 밥을 꼭꼭 씹고, 식초를 마시고, 단백질을 섭취하고, 올리브오일도 섭취하고, 등줄기를 쭉 펴고 빠른 걸음으로 걸었다. 효과가 있는지 어떤지 잘 모르겠다. 사십견의 통증은 사라졌지만 팔이 등 뒤로 잘 돌아가지 않는다.

자기 전에 블루라이트 빛을 쐬면 안 되는데 하는 생각을 하면서 사전조사를 위해 컴퓨터를 켰다.

시타라 소 붐인 것은 틀림없는지 검색 건수가 엄청났다. 문학 애호가는 물론 'BL보이즈 러브' 관련 언급이 많다. '실종', '작가'로 검색하니 애거서 크리스티, 앰브로즈 비어스 다음에 시타라 소의 이름이 등장했다.

기초 지식은 얻었다. 시타라 소說樂創. 본명은 시타라 하지메. 창創 자를 일본식으로 음독한 것이다. 1956년 3월 28일 도쿄 출생. 아버지는 기술자, 어머니는 영어교사. 외동아들. 선천적으로 몸이 약해 학교를 자주 쉬었다. 집에서는 오로지 책만 읽었다. 이윽고 지역의 최고 명문고에 진학하지만 학교를 자주 빠지고 지역 불량배들과 어울리거나, 부모님과 다투고 가출. 그런 와중에 부모님이 자동차 사고로 사망하고 만다.

보호자가 된 숙모와 사이는 좋지 않았고, 학비나 생활비 이외의 용돈은 받지 못한 채 이 시기 두 번 정도 책을 훔치다 체포된다. 담임의 권유로 소설을 쓰기 시작한다. 1974년 에이토 대학 문학부 진학과 거의 동시에 시모쓰키쇼보 문예 신인상을 수상.

수상 당시의 인터뷰는 이런 느낌이다.

"좋아하는 작가? 알프레드 베스터, 커트 보니것 2세, 노먼 메일러. 미국 작가를 좋아해서. 입시 영어 때문에 읽게 된 영국 작가의 문장은 두 번 다시 읽고 싶지 않아. 따분하고 거만해. 일본 작가? 으음…… 무라사키 시키부. 아, 농담이야."

수상 후, 장편을 두 권, 단편집을 세 권 출판했다. 2년 후 창작 활동을 위해 대학교는 휴학.

그 뒤는 거의 신문기사에 실린 그대로다. 주목할 만한 것은 배우와 다마 강 제방에서의 사건으로, 그것은 동반 자살이었다는 설과 함께 약을 하다가 일으킨 사고라는 설이 있다. 동반 자살을 지지하는 쪽은 아무래도 탐미적인 망상에 빠진 듯, 잘생겼다는 표현보다 예쁘장하다는 표현이 어울리는 작가와 늠름한 배우가 들러붙어 있는 아름다운 일러스트가 마치 약속처럼 함께 실려 있었다.

반면 사고설 쪽의 기사에는 배우의 무대 사진이 실려 있었다. 연극집단 '20세기 괴인 망토' 소속 배우로, 예명은 '오쓰고모리 와키가'. 본명인 오쓰 모리카즈를 비틀다 이렇게 된 모양이다. 허리에 도롱이를 두르고 온몸을 붉게 칠한 채 뭔가를 외치는 사진인데, 언더그라운드 연극의 느낌이 잘 드러나는 사진이다.

뭐, 사람은 보이는 것만으로 판단해서는 안 된다. 두 사람은 사랑을 하다 죽음을 선택한 것일지도 모르고, 약을 해도 자기들만은 괜찮을 거라는 청년 특유의 방만함이 이런 결과를 초래한 것일지도 모른다.

신경 쓰이는 점은 그게 어떤 약인지 어디에도 실려 있지 않았다는 사실인데, 아마도 수면제나 항억제제 같은 것이 아닐까. 그러니 죽을 생각이었는지 사고였는지 설이 분분한 것이다. 또는 경찰 발표는 없었지만, 사법해부를 하지 않아 약물을 특정 짓지 못했을지도 모른다. 다마 강 제방이라면 감찰의 제도(전염병, 중독, 범죄 등 사인이 판명되지 않은 사체를 해부하여 그 사인을 밝히는 제도—옮긴이)가 없는 지역에서의 사건이었을지도 모른다. 시신이 실려 간 병원에서 의사가 대충 사망진단서를 쓰고, 그것으로 마무리되었다는 걸까.

　알 수 없는 의문은 잠시 제쳐두고 메모지의 다섯 명을 검색해보고는 잠을 청했다.

　다음 날 아침, 버스로 고마에에 갔다.

　'구도 야스오. 대학 동급생? 고마에. 부동산업자.'

　정보가 많았기도 해서 가장 먼저 찾을 수 있었다. 고마에의 부동산을 조사했더니, 고마에 삼차로 근처에 점포가 있는 '구도 부동산'이 나왔다. 대표는 구도 야스오. 현재 단계에서는 대학 동급생인지 아닌지 알 수 없지만, 아마도 틀림없을 것이다.

　잡지 취재라며 갑자기 들이닥치는 것보다 미리 연락을 하는 편이 좋겠다는 생각에 나가기 전에 전화를 걸었지만, 혼선이 되었는지 이상한 기계음만 들렸다. 별 수 없이 그냥 집을 나섰다.

구도 부동산은 2층짜리 낡은 건물로, 점포 앞에 붙어 있는 부동산 관련 종이가 누렇게 빛이 바랜 채였다. 그리고 어째서인지 창문이나 지붕 위에 낡은 전자레인지가 열 개 넘게 죽 늘어서 있었다.

가게 안으로 들어가니 대머리에 안경, 사무용 팔 토시를 한 아저씨가 홀로 독서에 몰두 중이었다. 가게 안에는 주파수가 제대로 맞지 않은 라디오가 불쾌한 소리를 내며 흘러나오고 있었다. 오싹한 느낌을 참으며 명함과 선물용 과자를 내밀며 시타라 소에 대해서 꼭 여쭙고 싶은 것이 있다고 말하자, 아저씨…… 구도 야스오는 읽던 책을 덮고 돋보기 안경 너머로 나와 명함을 번갈아보았다.

"시타라 소? 왜 이제 와서 탐정이."

"네, 사실은."

설명하려던 순간 구도 야스오가 읽던 문고본 제목이 눈에 들어왔다. 칼 구스타프 융의《현대의 신화—유에프오 현상에 대한 심오하고 탁월한 분석심리학적 고찰》. 폴로셔츠 가슴에는 'I♥UFO' 배지가 달려 있었다.

우와.

취재 취지를 설명하자 구도 야스오가 불쾌한 내색을 숨기지 않았다.

"누가 나를 만나라고 했지?"

"시타라 씨와는 친하셨군요."

"대학 동급생일 뿐이야. 잘 들어. 작가라는 것은 말이야, 문장을 잘 쓰는 새빨간 거짓말쟁이야. 진실을 꿰뚫어보는 눈 따위는 없어."

"그 이야기를 꼭 좀 들려주세요."

"손님이 아니라면 돌아가. 우리는 영업 중이라고."

구도 야스오는 일부러 찻잔을 들고 일어서서는 안쪽으로 걸어갔다. 그 모습을 눈으로 쫓는 김에 다시 한 번 가게 안을 살펴보았다.

수많은 사진이 걸려 있었다. 크롭 서클, 나스카 평원의 지상화, 로즈웰의 우주인, 인도의 사이킥이나 달라이 라마, UFO 전문가로 알려진 전 방송국 PD 등 그 방면의 유명인사와 구도 야스오가 함께 찍은 사진.

책상 옆 책장에는 오컬트 잡지가 죽 늘어서 있고, 대예언이니 경고니 하는 제목의 소설도 잔뜩 보였다. 그중에 존 킬의 《UFO─트로이의 목마작전》이 있었다. 살인곰 서점의 손님이 찾게 되면 알려달라고 부탁했던 책이다. 도서관에서도 인터넷 헌책방에서도 찾을 수 없는 희귀하고 마니악한 UFO 책인 모양이다.

"아직도 볼 일이 남았나!"

차를 홀짝이던 구도 야스오가 가게 안쪽에서 소리를 질렀다. 나는 손으로 책을 가리켰다.

"죄송합니다. 컬렉션에 잠깐 정신이 팔려서."

구도 야스오가 서둘러 돌아왔다.

"뭐야, 자네도 흥미가 있나."

"자세히는 잘 모르지만."

"혹시 외계인에게 납치된 지인은 없나? 한 번이라도 좋으니 경험자에게 직접 이야기를 듣고 싶은데 말이야."

'그런 사람이 있을 리가 있나요' 하고 말하려다 말을 꾹 삼켰다.

"UFO 책을 모으는 지인이 있는데 그쪽을 통해 한번 물어볼까요? 찾으면 연락드릴게요."

구도 야스오가 명함을 주었다. 그 책을 찾으면 알려달라는 손님과 구도 야스오를 연결해줄 생각이다. 잘 풀리면 둘 다 행복해질 수 있고, 살인곰 서점의 평가도 오를 것이다. 더불어 이야기도 계속 이어갈 수 있다.

이런 연구를 하신 지 오래되었냐고 운을 뗐다가 지구 외 생명체에 대한 일장연설을 듣고 말았다. 삼류 SF에나 나올 듯한 대우주의 설정을 입 냄새가 나는 아저씨 입을 통해 오랜 시간 들어야 하는 일은 고문에 가깝다. 틈을 봐서 시타라 소 이야기를 슬쩍 들이밀었지만, 구도 야스오는 자신이 하고 싶은 말만 하기로 했는지 멋대로 이야기를 계속했다.

"미국 쪽 동지들과 이따금 연락을 하고 있는데, 그들은 자주 로즈웰 근처 사막에서 '해방 콘택트'를 취하고 있지."

"그게 뭔가요?"

"우주인의 레시피를 근거로 인류의 뇌기능을 한계까지 높임으로써 은하계까지 의식을 뻗는 거야. 그 결과, 고도의 존재와 콘택트할 수 있게 되는 거지. 그리고 배우는 거야. 인류의 미래를 위해서."

'무슨 말인지 도통 모르겠지만, 왠지 좀 위험하지 않나' 하고 생각한 것이 얼굴에 드러났는지 구도 야스오가 진지한 어투로 설명했다.

"개중에는 육체의 굴레를 벗어나서 지구 외 생명체와 합류한 선구자도 있어. 그들이 은하 바깥에서 우리를 지켜주고 있는 거야. 그래서 나도 꼭 거기에 합류하고 싶은 거고. 좋아. 그거야 그거. 우왓 빗나갔다."

구도 야스오가 갑자기 라디오를 향해서 소리를 질렀다.

"들었지. 방금 그거?"

"네? 뭘요."

"우주에서 온 메시지 말이야. 최근 태양 플레어 활동이 활발해져서 UFO의 통신도 자주 끊기거든. 아까웠어. 그래서 무슨 이야기를 했더라?"

아득해지는 정신줄을 붙드는 데 몇 초쯤 걸렸다.

"그러니까……. 맞아. 시타라 소는 구도 씨와는 달리 진실을 보지 못했던 것이란 말씀이죠."

"녀석은 날 배신했어."

구도 야스오가 얼굴을 찡그리며 말을 빨리했다.

"부동산업자라면 누구에게도 방해받지 않는 물건을 마음껏 고를 수 있을 거라며 먼저 접근한 주제에. 자네, 다마 강수해에 대해 알고 있나? 태풍으로 다마 강이 범람해서 고마에의 집이 십수 채나 휩쓸려버렸지. 그로부터 몇 년 지나지 않은 상황이라 집세도 상당히 쌌어. 하지만 나 역시 아버지가 두 눈 시퍼렇게 뜨고 계셨으니까. 그래도 힘껏 도와주었거든. 나는 미국에 가고 싶었어. 선구자가 될 수 있었지. 그런데 그 바보가."

무슨 말을 하는지 전혀 알 수 없었다. 시타라 소에 대한 불평인지 악담인지 알 수 없는 말은 계속 이어졌다. 어떻게든 중간에 말을 끊고 끼어들었다.

"구도 씨가 시타라 씨에게 부동산을 소개해준 거군요."

"실종이라니 젠장. 약속한 돈도 지불하지 않고. 시타라의 숙모에게 달려가서 빌려준 돈만은 돌려받았지만."

"시타라 씨는 돈이 궁했나요?"

구도가 탁한 눈으로 이쪽을 물끄러미 바라보았다.

"자네 말이야, 잡지에서 시타라에 대해 다룰 거라면 조심하는 편이 좋아. 숙모를 찾아갔을 때 나보다 훨씬 위험한 녀석이 와서 시타라를 어디에 숨겼냐며 행패를 부리더군."

"위험한 상대……?"

"삼백안에 안경을 썼고 7대 3 가르마에 목이 두텁고 덩치가 큰 남자. 사악한 기운을 가진 인간이었어."

"혹시 그 사람의 이름을 기억하나요?"

"자네, 날 대체 뭐라고 생각하나. 1년에 한 번은 정신을 정화하고 있거든. 35년이나 이전의 사악함 따위는 이미 깨끗하게……. 앗, 이쪽인가. 젠장."

구도 야스오가 라디오로 달려가서 주파수 다이얼을 돌렸다. 라디오에서 갑자기 명료한 트로트 노래가 흘러나오다 다시 끔찍한 잡음을 내기 시작했다. 구도는 만족한 듯 내게 시선을 되돌렸다.

"하나 확실히 해두지. 시타라 실종 후, 시타라가 이즈 산속에서 빛에 감싸여 하늘로 올라가는 걸 봤다는 녀석이 있었어. 자네는 그걸 믿나."

"아뇨, 전혀."

구도가 만족한 듯 고개를 끄덕였다.

"그딴 세속적인 인간이 선택받을 리가 없지. 내가 보기에 녀석은 이기적이고 주위에 폐만 끼치는 인간이었어. 녀석과 친하게 지냈던 내가 바보였지."

"그렇다면 구도 씨는 어떻게 생각하시나요? 시타라 소가 어디로 사라졌는지."

"알게 뭐야."

구도 야스오가 귀를 후비며 말했다.

"아마도 그 무서운 남자를 피해 어딘가에 몸을 숨겼겠지. 알겠나. 이것만은 단언할 수 있어. 시타라 소의 실종에 우주 인은 관여하지 않았어. 절대로."

그거라면 나도 단언할 수 있다.

3

  가게를 나와서 녹음기를 확인했다. 잡음이 엄청 심했다. 구도가 하는 말의 반 이상을 이해할 수 없었다. 가타시나에게는 음성 데이터를 통째로 보내기로 했다. 편집자라면 배경음을 없애는 앱 정도는 갖고 있겠지.

  근처에서 잠시 탐문을 했다. 구도 야스오와 소꿉친구라는 채소가게 주인을 만날 수 있었다.

  "우리가 어렸을 적에 우주인이니 초능력이니 하는 것이 유행했거든. 야스오도 그런 쪽을 좋아하기는 했지만 그 정도까지는 아니었어. 대학 졸업을 앞두고 아버지가 쓰러지셔서 어쩔 수 없이 가업을 이었더니 여자친구에게 차였지. 몇 년 후 아버지가 돌아가시고 이번에야말로 꿈을 이루기 위해 미국에 갈 돈을 모았는데, 어머니가 파친코를 하다 거액의 빚더미에. 그래서 어느 틈엔가 저렇게 되었어."

채소가게 주인은 시타라 소의 이름조차 몰랐다. 일반적으로는 유명인의 범주에 들어가지 않는 모양이다. 그 밖에도 몇 명인가에게 물어보았지만 시타라 소를 아는 사람은 찾지 못했다. 결국 시타라 소가 고마에에 집을 빌렸다는 구도 야스오의 이야기가 사실인지는 검증할 수 없었다.

정오가 지난 시간이라 근처 패스트푸드점에 들어가 정크푸드를 먹으며 앞으로의 전략을 짜기로 했다.

다음 리스트. '아키후미. 지인. 히다카 약국 아들.'

검색했더니 정보가 엄청나게 쏟아졌다. 규슈의 일개 약국에서 출발한 히다카 약국은 태평양 전쟁 후 급성장을 이루어 지금은 '히다카 약품 그룹'이 되어 전국 600여 개의 점포를 휘하에 둔 드럭 스토어 체인점이었다.

5년 전, 히다카 그룹 회장인 히다카 아키후미가 여러 명의 AV 여배우를 대동한 해외여행 중에 아이들도 있는 해변에서 저속한 행위를 하다가 체포되어 언론에 대대적으로 보도되었다.

아동에 대한 성적 학대가 될 수도 있는 일이었는데, 거금을 써서 법의 집행만은 피했다. 그 돈은 회사가 지불했고, 여행 경비나 AV 여배우의 보수도 모두 회삿돈을 사용했다는 말도 있었다. 아키후미는 오너 가문의 망나니로, 그에게 구타당해 부상당한 사원, 코뼈가 부러진 웨이터 등 폭력 피해자 또한 꽤 있었다. 그 때문에 오너 가문의 장남임에도 경영권이 없는 이름만 회장인 자리에 앉아 있다, 도박이나 섹스 의존증으로 치료를 받은 적도 있다, 그럼에도 히다카 그룹의 갓마더라 불리는 어머니가 그를 감싸는지라 해임할 수도 없다…… 등등. 알몸의 미녀들에게 둘러싸인 채 기분 좋게 웃는 초로의 남자 사진과 함께 수많은 소문이 검색되었다.

부잣집에 태어났다는 사실 하나만으로 아무런 장점도 그 어떤 노력도 없이 잘 먹고 잘 살고 있는 남자. 그런 인간을 세상이 좋아할 리가 없다.

지금은 어떻게 지내고 있나 했더니 탐정에게는 정말 고맙게도 SNS 의존증인 것 같았다. 본명으로 얼굴 사진을 내걸고, 하루에 수십 건을 업로드 중이다. 덕분에 어디에 있는지 그대로 알 수 있었다. 현재는 지바의 골프장에서 라운딩을 끝내고 클럽하우스에서 유유자적 중.

뚱뚱한 몸에 오렌지색 보더폴로 셔츠를 입은 구릿빛 피부의 남자가 화장을 진하게 한 여자가 주는 컵케이크를 받아 먹는 사진이 올라와 있다. 여론의 뭇매를 받았음에도 꿈쩍도 하지 않는 두터운 얼굴가죽이 대단했다.

업로드된 사진을 면밀히 조사했다. 일행인 듯한 사람도 여럿 찍혀 있었다. 그를 지키기 위한 경호원인지 감시역인지는 알 수 없지만, 이래서는 갑자기 찾아가도 끌려날 것이 뻔하다.

가타시나 게이키에게 취재한 음성 파일을 보낼 때 히다카 아키후미 인터뷰 예약 요청도 부탁하고는 다음으로 넘어갔다. '니시 오사무. 시모쓰키쇼보 편집자.'

시모쓰키쇼보는 20년 전에 도산했다. 버블 때 부동산 투기에 손을 댔다가 거액의 부채를 안았다. 도산 소문에 고서점들이 발 빠르게 움직여 시모쓰키쇼보가 출간한 책에는 꽤 높은 가격이 붙었다고 도야마에게 들은 적이 있다.

그럼에도 실적을 평가받아 출판사를 옮겨 다니는 편집자는 적지 않다. 실력 있는 편집자라면 찾기 쉬울 것이다.

그런데 아무리 찾아도 편집자나 출판업계에서는 이 이름이 전혀 검색되지 않았다. 그렇다면 그쪽 인맥에 의존할 수밖에.

"니시 오사무? 오랜만에 듣는 이름이군요."

다키자와 이사무가 스포츠드링크를 벌컥벌컥 마시며 그렇게 말했다. 티셔츠에 반바지, 러닝슈즈. 황거皇居의 수로가에서 만난 그는 아직 강한 9월 오후의 햇살을 받아 온몸에서 뜨거운 김을 내뿜었다.

내 주변 가까운 곳에 있는 전직 문학 편집자, 도야마 야스유키에게 물어본 것이 정답이었다. 도야마는 니시 오사무를 만난 적이 있다면서, 니시와 동기에다 시모쓰키쇼보 편집자였던 사람을 소개해주었다.

그게 이 다키자와 이사무로, 현재는 퇴직해 취미로 마라톤을 하고 있는데 대회를 휩쓸고 있다는 소문을 들었다고 도야마가 말했다. 다키자와는 히다카 아키후미처럼 자신이 있는 곳을 스스로 선전하고 있어서 만나기는 어렵지 않았다.

고생한 보람도 없이 정보는 제로. 나는 인사를 나눈 뒤 다키자와의 단련된 육체를 칭찬했다. 실제로 환갑이 넘은 나이로는 보이지 않았다. 온몸이 검게 빛을 발했다. 빙하기여도 살아남을 것 같았다.

다키자와는 칭찬하는 말을 진심으로 받아들여 겸연쩍어하면서도 기쁜 모양이었다. 덕분에 첫 대면임에도 경계심이 상당히 줄어든 듯했다.

좋아.

그렇게 생각했지만 좀 지나쳤던 모양이다. 다키자와는 갑자기 도로 옆에 누워서 흡, 흡 숨을 내쉬며 윗몸일으키기를 시작했다.

"도야마 씨의 서점에는, 흡, 한번 가보고 싶다고, 흡, 생각했습니다, 흡."

다키자와가 말했다. 힐끔힐끔 이쪽을 본다. 칭찬해주길 바라는 모양이다.

"시모쓰키쇼보라면, 흡, 니시 오사무와 다키자와 이사무라고, 흡, 도야마 씨가 말했나요? 흡."

이게 뭔 일이람 하고 생각하면서도, "흡"은 머릿속에서 지운 채 이야기를 끌어갔다.

"니시 씨에 대해서는 전혀. 시모쓰키쇼보가 도산한 뒤 다키자와 씨께는 일 의뢰가 쇄도했다고 들었습니다."

"쇄도까지는 아니고. 담당했던 작가의 소개도 있고 해서 바로 고샤도서림 출판부로 옮길 수 있었습니다. 하지만 니시는 그때 출판계를 떠났죠."

"일 의뢰가 없었던 것은 아니겠죠?"

"그게……."

다키자와가 말끝을 흐리며 윗몸일으키기를 멈추고 일어섰다.

"뭐, 상관없으려나. 옛날이야기니까. 그게 말이죠, 니시는 꽤 엄격했거든요. 신인작가에게는 더더욱. 그때는 지금보다도 각 출판사의 출간 종수가 적었어요. 원고를 손으로 썼으니. 원고를 입력하는 일에도 인력이 들어간다고 생각하면 책이란 게 결코 쉽게 만들어지는 것이 아니죠. 게다가 작가에 한정한 이야기가 아니라 신인은 단련시키는 것이 당연하다는 분위기가 아직 남아 있던 시절이었거든요. 니시가 데

160

뷔 원고를 몇십 번이나 다시 쓰게 해서 손목을 그은 작가도 있었어요."

우와.

"더구나 그렇게까지 했어도 눈에 띄는 실적은 올리지 못했죠. 기대의 신인이 좀처럼 큰 상을 타지 못했고, 니시와 대판 싸우고 다른 출판사로 옮기는 신인도 나왔고요. 더구나 옮긴 곳에서 상을 타기까지 했으니. 그럼에도 거물 편집자 행세를 하니 평판이 좋을 수가 없죠. 맞아. 오래전에 실종된 시타라 소라는 작가를 아시나요?"

"……네."

"그가 증발한 것도 담당 편집자였던 니시 때문이라는 소문이 돌았어요. 니시가 시타라 소의 인세를 착복했다든가."

"착복이라니. 그런 일이 가능한가요?"

다키자와 이사무가 어깨를 으쓱했다.

"시모쓰키쇼보의 경영은 난맥상이었거든요. 사장은 전쟁 후의 혼란통에 돈을 벌 수 있다는 이유 하나로 출판을 시작한 거니까요. 도산하기 직전에는 새끼손가락이 없는 뒤쪽 세계의 인물들이 이사진에 포진했을 정도고. 그러니까 마음만 먹으면 할 수 있지 않았을까요. 선인세니 뭐니 하면서 경리에게 돈을 받아서 시타라의 도장을 찍으면 될 뿐이니까. 시타라 소는 여러 의미에서 루즈했고요."

"니시 씨는 돈이 궁했나요?"

"원래는 좋은 댁 도련님이었거든요."

다키자와가 땀을 수건으로 닦더니 흡, 흡 호흡하면서 이번에는 스쿼트를 시작했다.

"대학 재학 중에 아버지가 사업에 실패하기 전까지는 외제차에, 별장에, 요트까지. 그 시절 셀럽 3종의 신기를 모두 갖고 있었다고 하더라고요. 다른 것은 몰라도 요트만큼은 포기하지 못했나 봐요. 시모쓰키쇼보를 다닐 때도 휴일에는 요트를 타고 새카맣게 타서 돌아왔으니까요. 게다가 그와는 2년 전 도카이도 쪽에서 우연히 만났거든요. 그 뒤 어떻게 지내고 있냐고 했더니 요트에서 살고 있다고 하더군요."

"돈이 많이 들지 않나요?"

"지금은 그 정도는 아닐 거예요. 거주 공간이 있는 배도 중고라면 수백 만 엔 정도에 살 수 있으니까요. 계류비도 주차비와 별로 차이가 없는 정도라고 하고. 맨션에 사는 비용에 아주 살짝만 보태면 되지 않을까요."

"30년 전에 편집자를 그만둔 뒤 니시 씨는 어떻게 지냈나요? 가족도 있었을 거 아녜요."

"부인과는 이혼했어요. 부모님은 형님 부부가 모시고 있다고 했으니 부양가족은 없었을 거예요."

"그럼 퇴직금과 저금으로?"

"회사가 도산했는데요? 퇴직금도 월급도 못 받았어요. 작가 인세나 원고료도 지불이 안 되어 재판까지 벌어졌고요. 피해를 입은 사람들의 원한의 화살이 니시에게 향한 경향이 좀 있어요. 작가들이 경영진과 얼굴을 마주할 기회는 거의 없지만, 비싼 양복에 명품으로 치장하고 잘난 체하던 니시와는 만났으니까."

다키자와의 육체와 멈추지 않는 노력을 극구 칭찬하며 니시 오사무에 대해서 알고 있는 바를 남김없이 들었다. 다키자와는 니시가 꽤나 싫었는지 그가 예전에 사귀었다는 여성 작가나 클럽 호스티스, 불륜 상대였던 부하 이름에, 성병 치료차 다녔던 병원까지 죄다 가르쳐주었다.

다키자와 이사무는 흥미진진하지만 도움은 되지 않는 정보를 죄 늘어놓고는 중장년층 대상의 건강기능식품 광고에써도 될 듯한 멋진 폼으로 달려서 떠났다. 하지만 시타라 소에 대한 이야기를 들을 수 있었던 것은 큰 수확이다. 만일을 위해 녹음해두길 잘했다. 이것도 가타시나에게 보내두자.

걷기 시작했을 때 휴대전화 벨이 울렸다. '도토종합리서치'라는 대형 조사회사의 사쿠라이라는 남자에게서였다.

"부탁받은 것을 조사했는데."

사쿠라이가 목소리를 낮추고 말했다. 나와 도토는 사소한 악연이 있다. 사쿠라이는 그 일 때문에 내게 빚을 졌다고 느끼는 듯 흔쾌히 내 부탁을 들어준다.

'고航. 대학교 선배? 시노다 상사.'

"이름에 항해의 항航 자를 쓰고, 1978년 이전 졸업생. 그런 조건이면 에이토 대학 명부에 다섯 명이 있더군. 그중 두 명이 시노다 상사에 입사했어. 한 명은 태평양 전쟁 전 졸업생으로, 이름은 혼야마 고이치로. 다른 한 명은 1975년 졸업생인 가토 와타루. 항 자를 쓰고 와타루라고 읽는다더군."

시타라 소가 실로 방약무인해서 개인 일기장의 호칭이라 하더라도 대선배를 막 부르지는 않았을 것이다. 1975년 졸업생이라면 다른 가토와 구별하기 위해서 성이 아니라 '와타루航 선배'라는 이름으로 적었을 가능성이 있다.

"그리고 1970년대 언더그라운드 연극계에 대해 잘 알고 있는 사람에게 이야기를 들었는데."

사쿠라이가 첨언했다.

'이시모치. 언더그라운드.'

"이시모치라는 이름은 처음 듣는다고 해. 적어도 조쿄 극장, 와세다 소극장, 지유 극장 같은 잘 알려진 곳과는 관계가 없는 것이 아닐까. 아주 잠깐 활동하다 바로 그만둔 집단도 있고, 언더그라운드는 아니지만 그런 쪽으로 보이는 연극도 있던 모양이라 한번 알아봐주겠다고는 했지만."

"오쓰고모리 와키가라는 배우가 있던 '20세기 괴인 망토'

라는 연극집단은?"

"그 잘 알고 있는 사람이 바로 거기 소속한 적이 있었어. 술집에서 알게 되었는데 '괴인 망토' 관련이라면 모르는 것이 없다더군."

실마리는 역시 없나.

가토 와타루의 연락처를 전해 받으며 크게 감사인사를 했다. 마지막으로 소유자를 통해서 요트의 선명과 있는 장소를 알아낼 수는 없는지 물었다.

"조사해볼게."

사쿠라이가 선선히 받아들였다.

"일본자동차연맹 같은 회원제 요트 조직이 있거든. 회원이 되면 제삼자가 요트가 있는 곳을 검색할 수 있는 시스템도 있어. 사례는 다음에 장어라도 한번 사."

시간을 확인했다. 3시 좀 넘은 시간. 가토 와타루는 오타구 가마타에 살고 있다. 운이 좋으면 바로 만날 수 있을지도 모른다.

전화를 걸었다. 경계심을 전혀 감추려하지 않는 여성이 받았다. 가토 와타루 씨를 찾으니 경계심이 무관심으로 변했다. 남편 말인가요. 여기에는 없습니다. 오쿠다마에 있습니다. 일? 네, 뭐 그런 용건이라면 본인에게 직접 전화해보시죠. 번호를 알려드릴게요…….

오쿠다마는 멀다. 그런 생각을 하면서 가르쳐준 번호로 전화를 걸었다. 가토 와타루는 귀찮다는 듯이 말했다. 시타라소 말인가요? 알고는 있지만 뭘 이제 와서. 별로 할 얘기도 없고, 내 소중한 시간을 방해받고 싶지 않으니 이만 끊겠습니다…….

전화를 끊으려는 것을 필사적으로 막았다. 내일 오전 중은? 예정이 있습니다. 모레는? 안 됩니다.

질기게 버티고 버틴 끝에 가토 와타루가 항복했다.

"꼭 이야기를 듣고 싶다면 오늘 오지. 밤이 더 좋겠군. 올빼미형이라."

그래서 별거 중인가. 그렇다고 해도 가마타와 오쿠다마는 너무 멀잖아. 대체 어떤 부부일까 생각하면서 도쿄 역까지 걸어가서 선물로 작은 과자를 샀다. 나를 위해서는 도쿄 역 모양의 단팥빵을 사서 오메 행 직통 쾌속전철을 탔다.

오메까지 한 시간 20분. 가토 와타루가 있는 하토노스 역은 오메에서 갈아타서 25분 정도 더 들어가야 했다. 앉아서 잔다고 해도 지치는 거리다. 최근에는 사십견 후유증인지 금방 등이 배긴다. 어깨를 조심하는 생활 탓에 몸 여기저기에 문제가 생기는 듯하다.

하토노스 역에 도착했다. 도쿄라고는 생각되지 않는 산 속으로, '곰 출현 주의!' 포스터가 있고, 로터리 어딘가에서 독경 소리가 들리고 선향 냄새가 떠돌았다.

이따금 대형 트럭이 땅울림을 내며 달려가는 것 이외에는 인기척이 없는 오메 가도를 고리 방면으로 터벅터벅 걸어가, 가르쳐준 장소, '이와이 모터스'라는 글자를 간신히 읽을 수 있는 간판을 발견했다. 가토 와타루는 이 자동차 폐공장에서 혼자 살고 있는 모양이다.

공장의 커다란 금속제 문이 30센티미터 정도 열려 있었다. 안쪽에 불빛이 보였다. 여러 번 불렀다. 몇 번째 만에 안에서 누군가가 외쳤다.

"잡지의 탐정? 들어와."

안은 캄캄했고, 양쪽에 금속 선반이 늘어서 있어 그 사이가 좁은 길처럼 되어 있었다. 앞쪽의 빛을 의지해 나아갔는데 끊임없이 사방에서 바삭바삭 하며 조릿대 잎이 흔들리는 듯한 소리가 들린다.

안에서 비치던 빛은 책상 위의 작은 스탠드였다. 가토 와타루는 숱이 적은 머리를 옆으로 길러 넘기고는 데님 셔츠 소매를 걷고 책상 앞에 앉아 거즈를 플라스틱 용기에 씌우던 중이었다.

"잠깐 기다려. 고무줄로 막을 테니까."

뭘 하고 있는 걸까. 나는 그의 손 쪽을 보았다. 플라스틱 용기 안에서 무언가가 움직이고 있다. 갈색…… 곤충?

시선을 주위로 돌렸다. 공간은 대량의 선반에 점령되어 있고, 선반에는 수조가 몇십 개나 늘어서 있다. 책상 옆에는 사슴벌레 젤리라고 적힌 상자가 있었다. 그제야 깨달았다. 아까부터 바스락거리던 것은 사슴벌레였던 건가. 사슴벌레를 번식시켜서 돈을 벌고 있는 건가. 왕사슴벌레는 꽤 돈이 되니까.

그렇게 생각했을 때 수조 안쪽 벽을 무언가가 재빠르게 기어가는 것이 보였다. 사슴벌레의 턱보다도 더 얇은 수염 같은 것이 좌우로 흔들거렸다.

나를 둘러 싼 수조 안에서 키우고 있던 것은 사슴벌레가 아니었다.

4

으아아아아아아.

치밀어 오르는 비명을 간신히 억눌렀다. 온몸에 소름이 돋았다. 최근에는 감동했을 때도 소름이 돋는다는 표현을 사용하지만, 지금은 당연히 원래 의미의 소름이다. 몇백 몇천이라는 수의 바퀴벌레에 둘러싸여 있다는 사실을 깨닫고 멀어져가던 의식이 빛의 속도로 되돌아왔다. 쓰러진 내 몸에 바퀴벌레가 올라타기라도 한다면? 그것만은 절대로 싫었다.

"이걸로 오케이."

가토 와타루는 거즈로 감싼 용기를 빛에 비춰 보았다. 접힌 종이가 용기 안에 들어 있고, 종이 그늘에 바퀴벌레가 숨어 있다.

"이 아이들은 갈색바퀴라고 해. 추위에 약해서 일본에는 별로 없었지만 최근에는 홋카이도에서도 볼 수 있지. 암컷만으로도 번식이 가능해서 따뜻하게 해주면 금세 불어나."

불리지 마.

가토 와타루가 용기를 선반에 두고 다른 수조를 손가락으로 가리켰다.

"이 아이는 듀비아. 파충류 먹이로 팔려. 그리고 이 아이. 녹색이 참 예쁘지. 초록바나나바퀴라고 해. 날개가 약하긴 한데 성충은 아주 잘 날지. 나는 것을 보고 싶어? 꺼내볼까."

팔지 마. 날리지 마. 절대로 꺼내지 마.

바퀴벌레를 애완용으로 기르는 애호가 이야기를 들은 적이 있다. 바퀴벌레 사진집도 있다는 사실 역시 안다. 하지만 내 두 눈으로 확인하고 싶지는 않았다.

아까 한 말 취소. 가마타와 오쿠다마는 절대 멀지 않아.

"……아뇨, 괜찮습니다."

간신히 목소리가 나왔다. 동시에 상대의 기분이 상하기라도 하면 곤란하다고 생각했다. 자신이 사랑하는 것을 바보 취급당하면 누구라도 화가 난다. 바퀴벌레를 사랑하는 마음 따위는 알고 싶지 않지만.

"우리 잡지의 편집자에게, 그러니까…… 이 아이들에 대한 이야기를 하겠습니다. 흥미를 가질 것 같네요. 하지만 지금은 시타라 소의 이야기를 들려주실 수 없을까요."

가토 와타루는 수조를 바라보며 황홀한 표정이었지만, '이 아이들'과의 시간을 방해하는 풍류를 모르는 탐정을 빨리 쫓아내는 편이 좋겠다고 생각했는지 마지못해 책상 쪽으로 돌아왔다.

"전화로도 말했지만 시타라에 대해 할 말은 없어."

"가토 씨는 에이토 대학 출신이시죠? 그래서 대기업인 시노다 상사에도 들어가셨고요. 엘리트셨군요."

"시노다에는 에이토 라인이 있었으니까. 특히 내가 있던 스페인어 연구회는 시노다에 입사한 선배가 많아서 권유를 받았지. 그래서 3학년 때부터 아르바이트로 들어가서 안면을 트고, 게다가 학업 성적이 우수하지 않으면 들어가지 못해. 잘 시간도 없을 정도로 바빴어. 입사했더니 더 바쁘더군. 처음 3년은 어떤 일을 했는지 거의 기억이 없어. 1970년대의 일본인은 다들 그 정도로 일하기는 했지만."

"시타라 소와는 만날 시간도 없었나요?"

"학교 안에서 만난 기억은 없어."

가토 와타루가 무언가를 숨기고 있다고 생각했다. 미묘하게 질문을 피하고 있다. 하지만 바스락거리는 소리가 신경 쓰여서 인터뷰에 집중할 수 없었다.

"저기, 그러니까, 그렇다면 학교 내 언더그라운드 연극을 보러 가거나 한 적은?"

"언더그라운드라니, 오쓰 말인가?"

가토는 따분하다는 듯이 바퀴벌레가 들어 있는 용기를 가지고 놀았다. 진정되려던 소름이 다시 돋았다.

"오쓰……. 네, 오쓰고모리 씨와는 친하셨나요?"

"녀석과는 중학시절부터의 질긴 인연인 데다 그의 형과 우리 형도 친했어. 녀석의 형은 삼백안에 안경을 쓰고 착 붙인 머리를 7대 3으로 가르고 목이 두텁고 덩치가 컸지. 보기에는 무섭지만 동생을 끔찍이 생각하는 형이라 오쓰의 장례식에서는 보기 안쓰러울 정도로 펑펑 울었어."

구도 야스오가 한 말이 생각났다. 시타라 소를 숨긴 것이 아니냐고 숙모를 닦달하던 남자. 빚쟁이가 아니었다.

"오쓰 씨의 무대는 자주 보셨나요."

"딱 한 번. 그딴 놈이랑 친하다고 오해받았다간 경력에 흠집이 생긴다고 충고를 받았으니까."

영문을 모른 채 어리둥절해하니 가토가 해설해주었다.

"언더그라운드 연극이라는 것은 반권력, 반체제적인 사상이 근저에 깔려 있거든. 재학 중에 '아사마 산장 사건'이 있어서 학생운동 그 자체는 끝났지만, 그런 것에 대한 사회의 알레르기가 아직은 심했어. 반체제파라고 낙인이 찍히면 일류기업 취업은 힘들어. 방금 말했던 친형이 사고로 꼼짝을 못해서 말이야. 아버지도 재학 중에 심근경색으로 돌아가셔서 나는 어머니와 여동생과 형, 세 명을 부양해야 했어. 그리니까 겉으로는 거리를 두었지. 오쓰도 이해해주었고."

그런 건가. 하지만…….

"그렇다면 왜 시타라 소의 일기에 가토 씨 이야기가 나오는 건가요? 시노다 상사의 와타루 선배라고 하면 가토 씨를 말하는 거죠?"

"일기?"

가토의 얼굴이 갑자기 굳었다.

"그거, 봤나?"

"아뇨. 최근에 발견된 참이라 현재 소유주가 해독 중입니다."

가토 와타루가 입을 다물었다. 공장이었던 큰 건물 안에 바스락거리는 소리가 울린다. 달려서 도망치고 싶은 마음을 꾹 참고 버티자 이윽고 그가 내 쪽을 돌아보았다.

"사실…… 이제는 시효도 지난 일이지만, 세상의 이목이라는 것이 있어서 모른 체 해주었으면 좋겠는데."

"무슨 일인가요? 부담이 되신다면 잡지에는 가명으로 쓰겠습니다."

가토가 고개를 끄덕이고 입술을 핥았다.

"시타라가 일기에 남겨두었을지도 모르니 자백하겠는데, 너무 바빠서 약에 의존한 적이 있어. 오쓰가 죽은 것이 약 때문이라고 생각해서 그만두었지만."

"그 말인즉슨 약은 오쓰 씨가?"

"아니, 시타라가. 그때 좀처럼 쉴 수가 없었거든. 회사에서
는 말단이고, 집에 돌아와도 형 사고 이후 어머니가 신경쇠
약 증세라 자고 있어도 계속 깨우는 거야. '일어나. 네 형이
죽을지도 몰라'라며. 깜짝 놀라서 벌떡 일어나면 형이 끙끙
대며 괴로워하고 있는 거지. 하지만 내가 해줄 수 있는 것은
뭐 하나 없고. 그런 일의 반복이라 집에 돌아가고 싶지 않아
서 언젠가 공원 벤치에서 자고 있었더니 오쓰가 거길 지나
갔던 거야. 시타라와 함께."

"그래서 약을?"

"진통제를 주더군. 자기도 가끔 하는데 기분이 좋아진다
며. 형님도 편해질지도 모른다며. 마약이나 각성제라면 손을
대지 않았겠지만 진통제라고 하니까. 형보다 내가 먼저 시
험해보고는 꽤 괜찮다고 생각했어. 아무리 지치고 피곤하더
라도 그 약만 먹으면 기분이 좋아졌거든."

"어떤 약이었나요?"

"프로폭시펜."

코데인과 비슷한 마약성 진통제다. 약효는 그리 강하지 않
지만, 예전에는 미국에서 입수하기 쉬워 사고나 자살로 많
이 이어졌다는 이야기를 들었다.

"약이 다 떨어지면 힘들어져서 시타라에게 연락을 했어. 너무 많이 하지는 말라며 조금씩 나누어주더군."

"주었다고요? 공짜로?"

"그래."

마약 판매상이 일반인을 중독자로 만들어 돈을 쥐어짜내기 위해 처음에는 약을 공짜로 준다는 이야기는 많이 들었다. 하지만……

"가토 씨에게 왜 약을 주었을까요? 실례지만 돈은 없으셨잖아요?"

가토 와타루는 잠시 고개를 숙인 채 용기를 바라보다 이윽고 입을 열었다.

"시노다 상사는 전 세계에 지점이 있는 무역회사거든. 매년 스페인어 연구회에서 사람을 뽑아간 것도 중남미 주재원이 필요했기 때문이야. 실제로 나도 칠레에 5년, 아르헨티나에 2년, 멕시코에 8년 정도 근무했어."

가정 사정 탓에 부임 시기를 좀 늦춘 만큼 귀국도 늦어졌다며 가토가 쓴웃음을 지었다.

"어느 날 시타라가 말하더군. 장기적으로는 시노다 상사의 루트를 사용해서 개인적으로 부탁하는 것을 수입해줄 수 없겠냐고."

"그거 설마."

나는 할 말을 잃었다. 하지만 가토 와타루가 손을 저으며 부정했다.

"물론 마약 수입 같은 것은 말도 안 된다며 거절했어. 그랬더니 시타라는 그냥 한번 물어보았을 뿐이라며 웃더군. 조폭 영화도 아니고, 상사맨에게 마약 밀수 같은 것은 시키지 않는다며. 얼마 뒤 오쓰가 죽고, 바로 시타라도 사라져서 그 이야기는 그걸로 끝이었지만."

마지막으로 다른 네 명의 이름에 관해서 물었다. 가토는 처음 연락했을 때와는 마치 딴사람처럼 협력적이었다. 구도 야스오? 몰라. 히다카 약품 그룹의 장자? 그러고 보니 시타라가 그 약은 약국집 아들에게 받았다고 했어. 그게 히다카 아키후미인지 아닌지는 모르겠지만. 니시 오사무. 음, 들은 적 없어. 이시모치? 글쎄. 언더그라운드 연극은 그때 한 번뿐이라.

가토에게 감사인사를 하고 폐공장을 나왔다. 가토 와타루는 나를 배웅하며 여기 오래 머무른 여성은 내가 처음이라고 말했다. 대개는 바로 도망친다며.

"심할 때는 선반이나 수조를 엎어버리기도 하거든. 그래서 처음에는 방문을 거절했던 거야. 난 이 아이들에게 은혜를 입었기 때문에."

가토 와타루가 문 근처까지 따라와서 말했다.

"중남미 근무가 계속되자 아내는 아이들 교육을 구실로 바로 짐 싸서 일본으로 돌아가 버렸지. 쓸쓸해서 진짜 마약에까지 손댈 뻔했어. 실제로 사가지고 와서는 코카인을 한 손에 들고 소파에 앉기까지 했어. 바로 그때 방 한복판을 바퀴벌레가 질주하더군. 아직 약도 안 했는데 환각인가 했어. 그 정도로 녀석은 빛이 나고…… 예뻤거든."

"그 아이들에게 열중한 나머지 코카인에 대한 것은 잊어버렸지"하며 가토 와타루가 쑥스러운 듯이 웃었다. 나는 신물이 치밀어 오르는 것을 참으며 다시 한 번 더 감사인사를 하고 구르듯이 그 자리를 떠났다.

전철에 뛰어들 듯 몸을 싣고 오메를 경유해서 다치카와로 나왔다. 전철을 여러 번 갈아타고 히가시후추를 지났을 무렵에야 간신히 소름이 돋았던 것이 진정되고 머리가 돌아가기 시작했다. 스마트폰을 보니 가타시나 게이키와 사쿠라이에게 연락이 와 있었다.

사쿠라이 쪽을 먼저 확인했다. 니시 오사무의 요트에 대한 정보였다. 선명 '웨스트 실 West Seal'. 크루징 타입으로 크기는 24피트. 현재 아타미에 계류 중. GPS로 파악한 위도·경도 정보도 함께였다. 역시 사쿠라이다.

하지만 하필이면 아타미라니.

가타시나에게서는 연락 달라는 내용이었다. 센가와에 도

착하면 전화하기로 하고 가토 와타루의 인터뷰 음성 데이터를 보낸 후, 히다카 아키후미의 SNS를 살펴보았다.

지바에서 골프를 끝낸 아키후미 또한 요트를 타고 도쿄만을 횡단해서 즈시로 들어갔다. 그 경로가 직접 찍은 사진과 함께 일일이 업로드되어 있다.

히다카의 배는 '리틀 태블릿Little Tablet 5세'. 바다의 롤스로이스라 불리는 트롤러 요트라며 자랑삼아 써놓았다. 요트를 모는 히다카 등 뒤로 대형 텔레비전과 소파, 키친, 윤기 나는 참나무 바닥과 벽이 보였다.

즈시에 배를 정박하고 오늘은 호텔에 묵는다는 글의 마지막 부분을 읽고 깜짝 놀랐다.

"내일부터는 당분간 아타미의 별장에 체류."

8시 반 조금 전에 센가와에 도착했다. 역 앞 벤치에 앉아 가타시나 게이키에게 전화를 걸었다. 그는 전달받은 음성 데이터에 대해 불평 비슷한 감상을 늘어놓았다. 흥미진진했다. 우주인 마니아에 건강 마니아, 거기에 바퀴벌레 마니아까지. 하지만 기사로 정리하는 것이 보통 일이 아니다 등등.

"히다카 아키후미에게 인터뷰 요청을 했는데 거절당했습니다."

가타시나가 말했다.

"잡지 이름으로 이메일을 보냈더니 즉각 히다카 약품 홍보부 쪽에서 회장님은 언론 인터뷰에 응하지 않으신다며 답신이 왔어요. 관련 기자에게 물었더니 아키후미를 감싸던 갓마더의 수명이 얼마 안 남았다더군요. 애당초 백해무익한 바보 아들이니까요. 어머니가 돌아가시면 유배당할 거라는 평판이고요."

"아무리 그래도 그건 좀 극단적이네."

"히다카 아키후미는 약물 중독자라는 소문이에요. 드럭 스토어 체인의 회장이 약물 중독이라는 사실이 밝혀지면 히다카의 주가가 폭락할 테니까요. 하지만 명예훼손으로 고소당하면 엄청난 배상금을 토해내야 할지도 모르니까 그 어디도 나서서 보도하지는 않지만요."

오쓰고모리 와키가, 가토 와타루, 그리고 히다카 아키후미. 시타라 소 주변에는 약물이 자주 등장한다. 1979년 당시 프로폭시펜은 마약류 위반으로 규제 대상이었을까 아닐까? 돌아가서 조사해봐야겠다.

"약 관련이라면 구도 야스오도 수상해요."

가타시나에게 말하자 그가 말했다.

"우주인의 레시피로 뇌기능을 높이고, 의식을 은하계까지 확장시켜서 고도의 존재와 콘택트를 취한다니, 마약에 취한 상태라고밖에 생각되지 않아요. 어쩌면 우주인의 레시피라는 것이 합성 마약 레시피는 아닐까요?"

그렇군. 그런 견해도 있을 수 있겠어.

내일, 니시 오사무를 만나러 아타미로 가겠다고 가타시나에게 말했다. 히다카 아키후미도 아타미 별장에 체류한다는 말도 함께. 가타시나가 말했다.

"아타미는 참 좋죠. '하마요시'의 교자가 정말 맛있습니다. 다만 히다카의 아타미 별장이라면 사진 촬영 요청을 해둔 상황이라서요. 허가가 떨어지지 않으면 곤란하니 멋대로 히다카 아키후미에게 접촉하거나 하지는 마세요."

"잠깐만. 시타라 소가 실종되었을 때 머물렀던 아타미의 H저택이라는 것이 설마?"

"예. 당시에는 히다카 저택이었죠. 현재는 지도에도 '히다카 약품 보양소'라고 실려 있지만, 그곳에 묵을 수 있는 것은 히다카 일가뿐이니 실질적으로 히다카의 별장입니다. 호화 요트를 정박시킬 수 있는 개인 계류장까지 구비되어 있어요."

사진발이 좋을 것 같은 오래된 서양식 주택이고, 계류장 사진도 잡지에 꼭 담고 싶으니 부탁드린다며 가타시나가 거듭 말했다.

집에 돌아와 욕실로 직행해 온몸을 구석구석 씻었다. 방으로 돌아와 잠시 이불 속에 죽은 듯이 쓰러져 있었다. 엄청 피곤했다. 하지만 식욕은 전혀 없었다. 머리도 맑았다.

책장에서 독물 참고서를 꺼내들었다. 누워서 프로폭시펜 항목을 뒤적이니 이런 문장이 눈에 들어왔다.

"······이와 같은 언더그라운드 제조자는 고도의 유기화학 지식을 갖고 있는 것으로 보인다. 이들 언더그라운드 합성품은 법률에 위반되지 않으므로 지금까지 처벌할 방법이 없었으나······."

5

　다음 날 아침, 8시 반에 센가와 역을 나섰다. 시나가와에
서 신칸센 고다마 호를 타니 아타미에는 10시 조금 넘어 도
착했다. 고다마 호의 문이 열리자 사람들은 신선하고 환한
공기 속으로 나아갔다. 다른 역에서 하차하는 사람들과는
달랐다. 오늘 하루를 제대로 놀아보겠다는 각오를 다진 듯
한 얼굴이다.

　역 앞에서는 9월의 뜨거운 공기 속에 많은 사람들이 족탕
에 발을 담그고 있었다. 경사가 있는 역 앞 상점가를 젊은이
들이 활보했다. 바람이 불자 짭짤한 바닷내음이 코끝을 간
질였다. 하지만 그것은 토산물 가게에 진열된 건어물 냄새
였다. 커다란 전갱이나 말린 금눈돔, 어묵에 이즈 명물 표고
버섯, 온천 만쥬를 쪄내는 증기, 고풍스런 케이크 가게 등이

늘어선 상점가를 지났다.

해변으로 향하는 표식이 있는 좁은 계단 앞쪽으로 바다가
반짝반짝 빛나는 것이 보였다. 눈앞에는 야자나무가 쑥 자
라나 있고, 맨션이나 호텔의 흰 벽이 햇빛을 반사해서 눈이
부셨다. 이곳은 아직 여름이다.

이번에야말로 진짜 바닷바람을 맞으며 천천히 언덕을 내
려갔다. 문득 오늘이 9월 13일이라는 사실을 깨달았다. 35년
전 오늘, 시타라 소 또한 바다를 향해 언덕길을 걸었다. 히
다카 저택의 나막신을 신고, 책을 읽으며, 막대사탕을 입에
물고.

이윽고 해안가로 나왔다. 산책길을 걸었다. 날씨가 좋아
이즈 대도^{大島}가 또렷이 보인다. 하쓰 섬으로 가는 페리일 것
이다. 화려한 색의 관광선이 관광객을 가득 태우고 항구를
나서는 모습이 보였다. 일만 아니면 좋았을 거라는 생각을
했다.

선레몬 공원 근처에 계류장이 있고 십수 척의 배가 계류
되어 있었다. 잔교를 걸어서 확인하러 가니, 바다에 가장 가
까운 쪽에 목표인 '웨스트 실'이 계류되어 있는 것을 확인했
다. 새하얗게 빛나는 다른 배들에 비해 흠집이 많고 관리가
잘 안 된 듯이 보였다.

후부의 작은 갑판에서 낚싯줄을 늘어뜨린 채 파이프를 문

남성이 손에 양장본을 들고 앉아 있었다. 머리털은 없었고, 검게 그을린 피부에 흰 콧수염이 덥수룩하게 윗입술을 덮고 있었다. 웨스트 실, 서쪽의 알라딘. 다소의 자각과 유머는 있는 듯했다.

심호흡을 하고 다가갔다. 방해를 한다는 생각은 들지 않았다. 파이프에서 연기는 나오지 않았고, 그레이엄 그린의《브라이튼 록》의 펼쳐진 페이지는 그대로였으며, 낚싯줄 끝은 허공에 떠 있다. 리조트 패션의 알라딘은 무뚝뚝한 얼굴로 팔짱을 낀 채 허공을 노려보고 있었다.

"실례합니다. 니시 오사무 씨죠?"

명함을 주고 자기소개를 했다. 니시 오사무는 물끄러미 이쪽을 올려다보곤 쿨러박스에서 병맥주를 꺼내 목을 꿀꺽대며 마셨다. 한 병에 1200엔이나 하는 벨기에산 맥주다. 뜨거운 태양 아래를 걸어온 인간에게 보란 듯이 말이다.

"당신, 여탐정?"

니시는 빈병을 아무렇게나 던지고는 꺼억 트림을 한 후에 말했다.

"다키자와 이사무? 그래서 여길 알아낸 건가. 이제 와서 시타라 소에 대해 할 말 따위는 없어. 뭐라는 잡지라고?《도쿄 X》? 돼지고기?(도쿄 X라는 일본 돼지고기 브랜드가 있다─옮긴이) 어쨌든 할 말 없어."

"시타라 소는 성가신 작가라던데 꽤 고생하셨죠?"

"딱히 내가 바라서 담당이 된 것도 아니야. 그런 자기중심적인 녀석의 뒤치다꺼리를 누가 하고 싶어 하겠어. 다키자와 같은 요령 좋은 녀석은 바로 내빼고 나처럼 착한 사람이 손해를 보는 거지. 그뿐이야."

"그렇다면 니시 씨는《코르데 신드롬》도 안 보셨나요?"

"그건 뭐, 재미있었지만."

니시는 두 번째 맥주병 뚜껑을 따고 마지못해 대답했다.

"하지만 시타라는 성장하질 않았어. 자기만 아는 기묘한 이야기만 써댔지. 이래서는 안 된다고 몇 번을 말해도 꼰대는 모른다면서 대들기만 하고. 일본문학의 미래는 어둡다든가, 영화 따위는 데이트를 위해 존재할 뿐인데 뭘 감상하라며. 건방진 애송이였지."

"자작 낭독회가 열렸다고 들었는데 니시 씨가 준비하신 건가요?"

"무슨 소릴. 텔레비전이나 그쪽 관련이겠지. 얼굴은 괜찮았으니 방송 쪽에서 먼저 찾아서. 거만한 인간이라 자기 얼굴 같은 것은 신경도 안 썼지만. 그래도 그런 곳에 나가기 전까지는 그래도 귀여운 면이 없진 않았어. 책만 있으면 열중해서 읽는 점이라든가. 말도 틀린 말은 없었고. 그런데 마지막에 만났을 때, 이거."

니시가 손에 든 《브라이튼 록》을 들어올렸다.

"녀석은 별장에서 찾았다면서 갑판에서 이 책을 읽었지. 그런데 뭐라 했을 것 같아? 이 아타미와 마찬가지인 해변 리조트 이야기군요, 라더군. 어이가 없어. 그 정도의 감상밖에 내뱉지 못하면서 뭐가 작가야. 인간, 누구라도 한 권 정도는 책을 쓸 수 있어. 운 좋게 시대와 잘 맞을 때도 있지. 문제는 그다음이야. 시타라에게는 운이 있었어. 그뿐이야. 유일하게 녀석과 마음이 맞은 것은 배 이야기뿐이었지."

"그렇다면 자주 둘이서 크루징을?"

"기억 안 나."

배 이야기라면 입이 가벼워질 거라 생각했지만 알라딘은 갑자기 덥수룩한 수염을 꾹 다물었다. 별 수 없다. 핵심을 찌르기로 했다.

"《코르데 신드롬》에는 당시의 합법적인 마약이 나오죠? 시타라 소가 배우와 함께 일으킨 다마 강 제방 사건에도 그런 마약이 관련되어 있는 것 같은데 그에 대해서 짐작 가는 점은 없나요?"

알라딘이 맥주를 손에 들고 일어섰다.

"뭐야, 당신. 무슨 말이 하고 싶은 거야."

"이시모치."

나는 말했다. 알라딘이 그 자리에 못 박힌 채 꼼짝도 하지 않았다. 그 반응으로 알았다.

당첨이다.

어젯밤, 독 참고서를 보고 깨달았다. 오쓰고모리 와키가 때문에 언더그라운드는 언더그라운드 연극일 거라고 착각했다. 하지만 언더그라운드가 지칭하는 것은 그뿐만이 아니었다. 불법 약물을 합성하는 언더그라운드 화학자라 불리는 존재도 있다.

만약 "이시모치. 언더그라운드"라는 메모가 이시모치라는 이름의 언더그라운드 화학자, 언더그라운드 합성 약품 제조자라는 의미라면 어떻게 될까. 이 인물이 프로폭시펜 유사체를 제조했다. 그렇게 가정하면 많은 것들이 이해된다.

부동산업자, 상사 사원, 약국 경영자의 아들. 여기에 언더그라운드 화학자를 더하면 합성 마약을 만들 수 있지 않을까. 합성을 위한 공장은 부동산업자가 제공한다. 약국이라면 필요한 재료를 모을 수 있다. 상사 회사의 연줄을 이용하면 경우에 따라서는 손에 넣기 힘든 재료도 수입할 수 있다. 더불어 청년 문화의 체현자 같은 작가가 있으면 널리 퍼뜨릴 수도 있다.

프로폭시펜 자체가 1979년에 일본에서 위법이었는지 아니었는지는 조사해도 알 수 없었다. 하지만 유사체라면 위법성 문제는 피해갈 수 있다. 합성 약물이 탈법 마약이 되고,

위법 마약, 나아가 위험 마약으로서 법의 테두리로 규제하게 된 것은 최근의 일이다.

니시 오사무가 털썩 주저앉았다. 다소의 시간이 지난 후 그가 나를 올려다보았다.

"오래된 일이야. 댁이 무슨 냄새를 맡았는지는 모르겠지만 증거는 무엇 하나 없고, 있더라도 시효가 지났어. 시타라는 사라졌고. 그것으로 끝이야."

"그렇군요. 그렇다면 사실을 그대로 말해주시죠. 그렇지 않으면 이쪽도 상상의 나래를 엄청 펼칠 것 같아서요."

"허어, 예를 들면?"

"구도 야스오라는 부동산업자가 한 말입니다. 그는 시타라에게 배신당했다고 했어요. 구도는 시타라에게 공장을 알선했죠. 도미 자금이 될 거라고 생각했던 겁니다. 하지만 도중에 이 이야기에서 배제되었어요. 지금보다 훨씬 한적했다고는 하나 고마에의 주택가라면 화학약품 합성공장이 주민들 눈에 띌 위험성이 높아요. 게다가 근처 다마 강 제방에서 배우와 작가가 의식불명인 채 발견된 사건이 발생하면 더욱."

알라딘이 목 깊은 곳에서 신음소리 같은 것을 냈다.

"그렇다면 어디로 해야 할까요. 좋은 아이디어가 있었습니다. 니시 씨와 시타라 씨는 둘 다 배를 좋아했죠. 배 위에서 만들면 됩니다. 합성이라고는 하나 약품을 만들려면 당연히 당국의 눈이 신경 쓰일 수밖에 없죠. 마약을 다루는 녀석들 역시 자신들의 영역을 아마추어들에게 침범당하면 가만히 있지는 않을 거고요. 그런 점에서 해상이라면 땅 위에서 만드는 것보다 안전하죠. 만일의 경우에는 증거품을 바다에 던져버리면 되니까."

9월의 바다는 온화하게 보였다. 바닷물이 찰랑거릴 때마다 반짝반짝 빛이 난다. 여기서 이런 이야기를 하고 있는 내가 참으로 멋없게 느껴졌다.

"니시 씨도 그래서 엮인 거 아닌가요?"

호화로운 생활을 보내고 있었다, 아마도 시타라 소의 돈을 착복했다. 돈이 되는 이야기에 달려들지 않을 리가 없다.

니시가 코웃음을 쳤다.

"이런 작은 배에서 화학 실험이 가능할 거라 생각하나."

"하지만 히다카 아키후미 씨의 배라면 가능하겠죠. 지금 배는 '리틀 태블릿 5세'니까, 5대째입니다. 35년 전에도 대형 트롤러 요트를 소유했죠. 선박 면허를 가진 인간이 두 명 있으면 더욱 안심이고요."

니시는 대답하지 않았다. 나는 계속 말했다.

"하지만 오쓰고모리 씨의 죽음으로 시타라 씨의 생각도 변한 것이 아닐까요?"

오쓰고모리의 사인이 제대로 밝혀지지 않은 것은 프로폭

시펜 유사체라는 아직 아무도 모르는 약물이 사용되었기 때문일 것이다. 이시모치가 합성한 것을 둘이서 시험한 결과가 그 모양이니 발을 빼고 싶어지는 것도 당연하다.

"이 계획 자체가 시타라 씨가 없었다면 시작되지 않았을 겁니다. 하지만 막상 실행하고 나니 이시모치 씨와 히다카 씨, 게다가 니시 씨 셋이면 충분했습니다. 겁을 먹은 작가 따위는 방해만 될 뿐. 그러니까 니시 씨, 당신이 시타라 씨를 배제했다. 그런 거 아닐까요?"

알라딘이 다시 갑판에서 일어섰다.

"왜 내가."

"아까 말했잖아요. 시타라 씨와 마지막으로 만났을 때《브라이튼 록》을 갑판에서 읽고 있었다고. 그리고 이 아타미와 같은 해변 리조트 이야기라고 말했다고. 시타라 소는 실종 전날 밤에 처음으로 아타미에 왔습니다. 더구나 이건 그가 싫다던 영국의 인기작가 그레이엄 그린의 소설이에요. 그전에 읽었을 것 같지는 않고, 다른 때와 착각했을 거라고 생각하기도 힘들죠. 그렇다는 말은 시타라 소가 실종되었다고 일반에게 알려진 때보다 이후에 당신은 시타라 소를 만난 것이 됩니다. 하지만 그 사실을 잠자코 있었다. 즉……."

"잠깐 기다려."

니시가 말했다.

"나는 나 자신이 훌륭한 인간이라고는 생각하지 않아. 하지만 이상한 오해를 하면 곤란해. 잘 들어. 옛날 어떤 곳에 폭력적인 부잣집 도련님이 있었어."

알라딘이 어깨를 들썩이며 숨을 쉬었다.

"엄청난 돈을 쓰고 고생한 끝에 준비가 끝났어. ……무슨 준비인지는 말하지 않겠네만. 바로 그때 자신은 빠지겠다고 말한 녀석이 있으면 주먹이 나가도 이상하지 않겠지. 하물며 그 녀석이 막대사탕을 물고 책을 읽으면서 마치 남 일처럼 말한다면 말이야. 폭력적인 부잣집 도련님은 화가 머리끝까지 치밀었지. 힘 조절이라는 단어는 녀석의 사전에는 존재하지 않았어. 막대사탕 끝이 목 안쪽에 깊숙이 박히고만 거야. 나도 이시모치도 어떻게 할 도리가 없었어."

알라딘은 약삭빠르게 이쪽 반응을 확인하고 눈을 돌렸다. 그의 등 뒤로 울창하게 우거진 육지가 보였다. '비보관秘寶館'이라는 글자와 로프웨이와 그 앞에 있는 가짜 성이 뻥 뚫린 하늘을 배경으로 마치 합성한 사진처럼 아름다웠다.

"이봐, 그런 상황에 놓이면 댁은 어쩌겠나? 나라면 아마도 배를 멀리 떨어진 바다로 몰고 가겠지. 모든 것을 거대한 바다가 없애주기를 바라며."

합성 약품 밀조 이야기도, 시타라 소도 모조리. 그 후에는 1부 상장기업 창업자의 가족에, 엄청난 부자의 흉악한 범죄

를 목격했다는, 사용 방법에 따라서는 몇십 년 넘게 1200엔
짜리 맥주를 만끽할 수 있는 경험만이 남았다는 것이다.

"이시모치는 사람 이름이죠?"

"그럴 거야. 국립대학을 다니다 유급당한 유기화학자라고
들었는데 그 이상은 몰라."

"그래서 이시모치 씨는 어떻게 되었나요?"

"몰라. 35년 전 그날 이후로 본 적도 없어. 어떻게 되었는
지 알고 싶은 마음도 없고. 쓸 데 없는 것은 묻지 않고 말하
지 않는 것이 내 신조거든. 그러니까 오늘까지 살아남을 수
있었던 거야. 접촉할 때는 세심한 주의도 하고. 그렇지 않으
면."

니시 오사무가 내 뒤쪽을 보더니 말을 끊었다.

"젠장, 아직 받을 것도 못 받았는데. 놓칠까 보냐."

그 말에 뒤를 돌아보았다.

새하얗고 커다란 트롤러 요트가 천천히 만을 가로질렀다.
우아하고 아름다웠다. 배 옆에 '리틀 태블릿 5세'라고 적힌
것이 멀리서도 똑똑히 보였다. 조타실에는 오렌지색 셔츠를
입은 엄청 뚱뚱한 남자가 있었다. 너무 뚱뚱했기 때문에 마
치 조타실에 구겨 넣은 듯했다.

순간 남자가 이쪽을 본 것 같았지만 기분 탓일지도 모른
다. 남자는 앞을 보고 있고, 트롤러 요트는 해안에서 멀어져

갔다.

 "지금 저거 히다카 아키후미죠"라고 돌면서 말했다. 기억하고 있는 것은 거기까지다. 갑자기 세상이 캄캄해졌다.

6

정신을 차렸을 때 나는 계류장 잔교에 엎드린 채 쓰려져 있었고, 근처에는 비싼 맥주병이 굴러다녔다. 자초지종을 목격한 근처 보트의 승무원 말에 따르면 니시 오사무가 빈 병을 던졌고, 병을 머리에 맞고 쓰러진 나를 쳐다보지도 않은 채 서둘러 계류 로프를 풀고는 출항했다는 것이다.

노리고 한 일은 아니라 해도 니시 오사무를 용서할 마음은 들지 않았다. 쓰러질 때 녹음기가 빠져나와 젖은 잔교를 미끄러져 바닷속으로 낙하했기 때문이다. 계류장 직원이 고생해서 꺼내주었지만 두드려도 흔들어도 녹음기는 전혀 반응하지 않았다.

머리의 혹을 누르며 찾아다녔지만 니시 오사무도 히다카 아키후미도 찾을 수 없었다. '히다카 약품 보양소'는 사람이 없는 듯 인터폰에 반응이 없었다. 히다카의 개인 계류장 역시 접근하지도 못했다. 히다카 아키후미의 SNS에는 새로운 업로드 또한 없었기 때문에 그때는 왜 그가 아타미를 떠났는지 전혀 알지 못했다. 다시 도토종합리서치의 사쿠라이에게 조사를 부탁했지만, 이미 웨스트 실은 제삼자가 위치 정보를 검색할 수 있는 시스템에서 삭제된 뒤였다. 도쿄로 돌아갈 수밖에 없었다.

며칠 후, 히다카 약품 갓마더의 사망이 공개되었다. 직후, 히다카 아키후미의 회장직 해임이 보도되었다. 아타미 H저택의 사진 촬영 허가 역시 떨어지지 않았고, 인터뷰 내용을 알게 된 '미타카 리테라 사' 사장이 겁을 먹고는 '여탐정, 시타라 소 실종의 비밀에 도전하다'라는 기사를 기각시켰다.

가타시나가 넙죽 엎드려 사죄를 한 뒤, 선금인 10만 엔에 경비와 보수 포함인 것으로 해달라고 하기에 마지못해 받아들였지만, 내심 무보수로 끝나지 않아 다행이라며 가슴을 쓸어내렸다. 기사가 기각된 것도 무리는 아니다. 오래전 이야기라고는 하나 작가가 마약 사용뿐만 아니라, 소지, 거기에 제조까지 가담했다고 보도되면 모처럼의 복간본 판매 호조에도 영향이 미칠 수밖에 없다.

내 녹음기는 죽어버린 채 결국 소생하지 못했다. 니시 오사무의 고백은 아타미의 바다로 사라졌다.

소에지마 씨 가라사대
—
10월

1

여러 일들이 한꺼번에 발생하는 하루도 있고, 평온하고 지루한 하루도 있다. 어떤 날이 될지는 끝나 보지 않으면 알 수 없다. 당연하게도.

하지만 인간은 번번이 그런 당연함을 잊고 자신에게 좋을 대로 예상한다. 바로 내가 그렇다. 최근 별 일 없이 뻔한 하루하루가 계속된 탓에 오늘도 평화로울 거라고 그렇게 믿어 의심치 않았다.

그것은 10월 중순 어느 목요일의 일이었다. 오가사와라 근해에 태풍이 발생해 점점 세력을 키우면서 관동 지방으로 다가오고 있었다. 덕분에 바람은 다소 강했고, 하늘은 일부가 파랗고 일부는 컴컴했다. 안 그래도 내가 일하는 미스터리 전문서점 살인곰 서점은 주택가 안에 있어서 이벤트가 없으면 손님도 적다. 서점에는 오후 2시에 나왔지만, 이런 날씨다. 고객을 접객하기 위해서가 아니라 약속이 있었기 때문이다.

"다음번엔 '학자 미스터리 페어'를 할까 해요."

이번 달 말의 할로윈 이벤트와 관련한 이야기가 끝나자 도야마 야스유키 점장이 그렇게 말했다.

"재크 푸트렐의 '싱킹 머신' 밴 듀슨은 박사 칭호를 여러 개 갖고 있고, 《9마일은 너무 멀다》의 주인공은 영문학 교수였던가요. 아론 엘킨스는 인류학자 시리즈와 큐레이터 시리즈 두 종류 모두 가능하고, 아이작 아시모프는 본인이 화학박사에 역사학자니까요. 일본의 경우에는 오래전이라면 운노 쥬자나 가가 사부로, 최근이라면 히가시노 게이고의 갈릴레오 시리즈의 물리학 교수, 기타모리 고는 민속학자…….시마다 소지의 미타라이 탐정은 도중에 뇌과학자가 되었더랬죠. 어떤가요?"

"좋긴 한데요, 왠지 최근 같은 작가만 다루는 것 같지 않나요."

도아먀가 어이없다는 듯이 나를 보았다.

"어라, 맘에 안 드시나요."

"학자가 탐정인 경우는 꽤 많지 않나요. 미스터리 마니아에게도 안 알려진 작품이 있으면 좋겠는데."

"어려운 말씀을 하시는군요. 학자풀 중에 사람들에게 알려지지 않은 거라면…… . 아, 맞다. 고마이 게이조의 〈암모니아〉는 어떤가요. 《소설 신코》의 신인상 가작을 수상한 단편이에요. 식물학자가 주인공인 미스터리라면 니키 에쓰코의 니키 유타로도 생각나긴 하지만, 고마이 씨의 식물학자 시토 이오는 꽤 강렬했으니까요."

"그런가요."

"거봐요, 하무라 씨도 안 읽었잖아요. 다들 모른다고요. 고마이 씨의 작품은 〈암모니아〉 딱 한 편이니 무리도 아니지만."

도야마는 살인곰 서점을 시작하기 전, 출판사의 명물 편집자였다. 역사소설이 메인인 잡지의 편집장이 되었지만, 편집장이 되자마자 역사소설을 제쳐두고 마니악한 미스터리 특집을 자주 다뤄 상사에게 엄청나게 혼났다고 전해들은 적이 있다.

"〈암모니아〉가 맘에 들어서 우리 잡지에 기고를 받으려고 담당 편집자에게 연락처를 물어 몇 번인가 자동응답기에 음성을 남기기도 했는데 답신이 없더라고요. 《소설 신코》 편집부도 대상 수상작이 아닌 탓에 별다른 케어도 하지 않았던 것 같고요."

"그렇단 말은 책으로 출간되지 않은 건가요?"

"맞아요. 조사해봐야 하기는 하겠지만 앤솔러지에 수록되었다는 기억도 없어요. 맞아. 아예 우리가 만들까요. 〈암모니아〉만 수록한 독립 서적. 고마이 씨 본인에게 연락해서 허가를 받죠. 음, 이거 좋군요. 안 그래요?"

"그렇네요. 이벤트의 핵심 상품이 될 것 같아요."

"다행이다. 그럼 잘 부탁해요."

도야마가 일어서서 우비를 입기 시작했다. 나는 어리둥절한 채 가만히 있었다.

"네? 잘 부탁한다니요?"

"〈암모니아〉가 게재된 《소설 신코》가 창고 어딘가에 있을 거예요. 서점을 이곳으로 이전했을 때 제가 모았던 잡지도 자택에서 싣고 왔거든요. 퇴직한 지도 꽤 되었고, 처분할까 했는데 그 잡지에 고마이 씨의 연락처를 메모한 기억이 있어요."

"정말인가요?"

"아마도."

도야마가 뻔뻔하게 말하고는 장화를 신었다.

"하긴 메모가 없더라도 유능한 탐정이라면 아무 문제없겠죠. 본인과 연락만 되면 나머지는 교섭하기 나름입니다. 본편에 해설을 넣고 한 부에 700엔, 200부 정도는 팔릴 테니 다소의 인세도 줄 수 있을 테고."

1층의 계산대 뒤쪽에는 바닥에 콘크리트를 바른 것 이외에는 원래의 연립 모습을 그대로 남긴 채 창고로 사용하는 공간이 있다. 벽에 책장을 설치하고, 중앙에는 스테인리스 책장을 넣었다. 이전 당시에는 나름대로 잘 구분되어 있었지만, 구입한 책이 든 골판지 박스가 날이 갈수록 쌓여 지금은 걸어 다니기도 힘들 정도다.

"하는 김에 창고 정리도 부탁해요. 여름 동안 거의 창고 정리를 안 했죠? 엉망이더라고요."

"도야마 씨, 잊으셨나요. 제 사십견."

"어라, 아직도 안 나았나요. 오십견."

"네, 낫지 않았어요. 사십견."

오봉 연휴 때 발병한 사십견은 숨을 쉬어도 아프고, 걸어도 통증이 느껴지는 발병 초기보다는 꽤 좋아졌다고 생각했는데, 지난 달 아타미에서 빈 병을 머리에 맞고 쓰러졌을 때 재발했다. 덕분에 격렬하게 움직이거나 무거운 것을 나를 때는 아직 상당히 힘들다. 한마디 더 하자면 사십견 때문에 힘들 때마다 아타미의 범인이 종적을 감춘 채라는 사실이 떠올라 화가 치밀어 위산과다가 된다.

"그렇다면 정리는 됐어요. 그 나이가 되면 낫는 것도 오래 걸리죠. 그 대신 〈암모니아〉는 데이터로 변환해 보내주세요. 태풍이니 집에 가서 보겠습니다."

"태풍은 아직 오가사와라 근처가 아니던가요."

"최근의 태풍은 방심할 수 없어서요. 우리 집은 지바입니다. 전철이 멈추면 돌아갈 수 없잖아요. 하무라 씨는 좋겠어요. 센가와는 여기서 가까우니까. 걸어서도 갈 수 있고."

도야마는 자기 할 말을 다 하고는 냉큼 집으로 돌아갔다. 화가 났지만 생각해보면 이런 날에 서점을 두 사람이나 지키고 있을 필요는 없다. 태풍 걱정은 시기상조 같지만, 텔레비전의 일기예보는 "태풍에 앞서 띠 상태의 구름이 관동 지방에 펼쳐지기 시작했습니다"라고 했다. 실제로 비가 내리기 시작했고, 이렇게 되면 손님은 더더욱 오지 않는다. 하긴 이 서점이 손님으로 가득 차는 일은 그 어떤 날씨로도 불가능하다.

계산대 옆의 텔레비전을 켜고 낮의 정보 방송을 흘려들으며 샌드위치를 먹었다. 기치조지의 빵집은 어디나 다 맛있지만, 매일 사서 먹기엔 지갑 사정이 여의치 않다. 샌드위치 정도는 직접 만들어야 한다고 생각해서 시작했더니 푹 빠져서 최근의 점심은 오로지 수제 샌드위치다.

닭가슴살에 브로콜리 새싹과 아보카도를 곁들인 샌드위치를 다 먹은 후, 크림치즈와 블루베리 잼을 바른 호밀빵을 먹으며 인터넷을 뒤졌다. 〈암모니아〉가 실린 《소설 신코》는 1998년 5월호였다.

초인종 위에 "휴점 중입니다. 용건이 있으신 분은 벨을 눌러주세요"라는 팻말을 붙이고 문을 잠그고 안으로 들어갔다. 창고 안은 덥고 습한 데다 오래된 책 특유의 곰팡이 냄새로 충만했다. 싫어하는 냄새는 아니지만 이렇게 습도가 높은 날은 피하고 싶다. 창고 안에 에어컨은 없다. 창은 있지만 비가 오는 날에는 열 수 없다. 더불어 잠시 못 본 사이에 골판지 박스가 늘었다.

도야마가 가져다 놓은 잡지나 책은 판다 그림이 있는 골판지 박스에 들어 있을 터였다. 쪼그리고 앉거나 펜라이트를 사용한 끝에 가장 안쪽에 그 상자가 있는 것을 찾아냈다. 그 앞에 있는 박스의 산을 기어올라 그 박스에 다가가려 고생하고 있을 때 서점의 전화벨이 울렸다.

바로 돌아갈 수 있는 상황이 아니라서 무시하자 일단 끊어졌던 전화벨이 다시 울리기 시작했다. 그래도 무시했지만 다시 울렸다. 한 번 더. 그리고 또다시. 끝이 없다. 어디의 누구인지 모르지만 보통 집념이 아니었다.

박스 위를 묘기처럼 넘으며 간신히 돌아왔다. 전화기 화면에는 모르는 번호가 찍혀 있었다. 수화기를 들고 "살인곰 서점입니다" 하고 대답했다.

"왜 이렇게 늦게 받는 거야."

수화기 너머에서 신원 불상자가 말했다. 먼지로 새카매진

손을 보고 짜증이 치밀었다.

"그거 죄송하군요. 그럼."

"아니, 미안해 하무라. 하무라 맞지? 끊지 마. 나야. 무라키
다."

무라키 요시히로는 전에 내가 계약했던 하세가와 탐정사
무소의 탐정이었다. 나보다 몇 살 연상으로, 가죽 재킷에 하
얀 스니커가 트레이드마크인 전직 경찰. 남의 이야기를 끌
어내는 데 능숙했고 조사 대상자를 끝까지 뒤쫓는 끈질긴
성격이라, 하세가와 소장의 사정 때문에 사무소를 닫을 때
스카우트 요청이 셀 수 없이 많았다고 한다.

하지만 결국 그는 조사업은 그만두고 부인이 경영하는 음
식점 중 하나를 맡아서 바의 마스터로 화려하게 전직했다.

"웬일이래요. 서점 쪽으로 전화를 걸다니."

"서점 이름은 기억하고 있어서 104에 문의했어. 부탁이
있어."

무라키가 묘하게 목소리를 낮추고 말했다.

"급히 조사해주었으면 하는 여자가 있어. 호시노 구루미.
구루미는 오랜 구久에 머무를 유畱에 아름다울 미美. 신주쿠
구 가와다초 거주. 38세, 독신."

갑자기 피로감이 확 밀려왔다.

"무라키 씨, 저는 현재 업무 중이라 바빠요. 게다가 하필

태풍이 오는 날에."

"발로 뛰어 조사하라는 말은 한마디도 안 했어."

무라키는 낮은 목소리로 물고 늘어지듯이 말했다.

"근처에 컴퓨터 같은 거 있을 거 아냐. 그걸로 가볍게 기초 정보만이라도 부탁해."

"네? 하지만 무라키 씨 역시 스마트폰……."

"이건 유선 전화기야. 한 시간 후에 다시 걸게. 아, 절대로 그쪽에서 걸지는 마."

무슨 일이냐고 물을 새도 없이 전화는 끊겼다. 나는 어이가 없어 고개를 저었다. 무라키와는 하세가와 탐정사무소에 있을 때 팀을 짜서 일을 한 적도 많았다. 나름 신세도 졌다. 그러니까 인터넷으로 조사하는 정도라면 해주지 못할 것도 없다.

조금만 더 정중하게 부탁했더라면.

창고로 돌아갔다. 《소설 신코》가 들어 있을 것으로 보이는 상자 위에는 무거워 보이는 박스가 다섯 개나 쌓여 있었다. 근처까지 가서 주위 상자를 발로 차 쓰러뜨리고는 목적인 상자를 끌어내서 박스 테이프를 벗겼다. 빙고. 안은 《소설 신코》다. 더불어 98·5라는 숫자도 보인다.

아싸.

꺼낸 잡지를 계산대로 들고 가 안을 확인했다. 〈암모니아〉

가 제18회 소설 신코 신인상 가작을 수상한 기념으로 1998년 5월호에 실렸다. 도야마의 기억대로 제목 끝에 연필로 짙게 주소와 전화번호가 적혀 있다. 아무래도 이게 고마이 게이조의 연락처인 모양이다.

자리에 앉아 〈암모니아〉를 읽었다. N대학의 연구용 넓은 원시림. 균류학자 시토 이오는 숲속에서 밤자갈버섯 군생지를 발견한다. 동물의 배설물이나 사체가 분해될 때 나오는 질소 화합물과 쉽게 결합하고, 암모니아를 좋아하기에 암모니아 버섯이라 불리는 버섯이다. 아니나 다를까 버섯 아래에서 반 년 전에 실종된 N대학 교수 부인의 사체가 발견된다…….

도야마의 이야기와는 달리 식물학자가 아니라 균류학자였지만, 시토 이오라는 캐릭터는 꽤 매력적이었다. 버섯에 암수 구분은 없다며 본인도 남자인지 여자인지 밝히지 않는다. 버섯은 오감으로 느껴야 한다는 신념 탓에 버섯이 보이는 족족 맛도 보기 때문에 몇 번이나 죽을 뻔하고, 환각 작용이 있는 버섯을 담배처럼 말아 들고 다닌다. 취미는 버섯 요리. 버섯에 대한 잡지식을 늘어놓으며 수사 중간에 요리를 하는데, 그 엄청난 향기로 학생뿐만 아니라 수사관까지 유혹하고, 피해자와 잠을 자기도 한다.

이오가 암모니아 버섯에 대해 설명하면서 혓바늘목이를

이용해 필라프를 만들거나 오징어에 넣고 오븐에 넣는 장면을 보리차를 마시며 열중해 읽었다. 하지만 문득 무언가가 신경 쓰여 끄는 것을 잊었던 텔레비전을 보았다.

정보 방송에서는 뉴스가 나오고 있었는데, 아나운서가 원고를 읽고 있었다. 바로 다음 뉴스로 넘어갔지만 지금 막 끝난 뉴스가 어째서인지 신경 쓰였다. 신주쿠 구의 맨션에서 여성의 시신이 어쩌고 하는…….

인터넷에서 뉴스를 검색했다.

"오늘 아침 10시 넘어 신주쿠 구 맨션에서 여성이 사망한 채 발견된 사건으로, 여성은 이 집에 살고 있는 호시노 구루미 씨(38세)로 확인되었습니다. 호시노 씨는 얼굴을 심하게 구타당해 살해당한 것으로 보이는데, 최근 맨션 안에서 소동을 벌인 남자가 호시노 씨의 죽음과 어떤 관련이 있지 않을까 보고 경찰이 행방을 뒤쫓고 있습니다. 남성은 40대 중반에서 50대. 검은 티셔츠에 청바지, 흰 스니커를 신고 있었다고 합니다."

2

    호시노 구루미에 대한 정보를 검색했다. 사건 관련해서는 뉴스 이상의 정보는 없었지만, 고맙게도 본명으로 SNS를 하고 있었다. 그곳에 거의 매일 웃는 얼굴의 사진을 업로드했다. 갸름한 얼굴에 큰 눈망울, 긴 머리칼의 미녀. 무라키의 부인과 비슷한 타입이다.

    젓가락보다 무거운 것은 들어본 적이 없을 듯한 단아한 생김새와는 달리 호시노 구루미는 상당히 흥미로운 일을 하고 있었다. 낡은 집을 사고 그곳에 살면서 직접 리모델링을 해서 멋지게 고쳐서는 다시 파는 것이다.

    그것도 그저 벽지를 새로 바르는 정도의 수준이 아니라, 벽을 부수고, 때로는 블록 벽을 다시 세우고, 자재상에서 산 시멘트나 목재를 트럭으로 실어 나른다. 작업복 차림으로 아무렇지 않게 육체노동을 하는 사진도 게재되어 있었다.

호시노의 손을 거치면 낡고 오래되어서 살기 불편했던 집이 그녀의 감성으로 새롭게 태어난다.

예쁜 여성임에도 주소는 물론 살고 있는 지역 정보부터 가장 가까운 역, 게다가 집 사진까지 위기감 없이 용케도 공개한다 했는데, 보니 연락처가 부동산회사로 되어 있다. 즉, 판매 홍보용인 듯하다.

집을 찾는 구매자에게 구입부터 리모델링까지의 모든 과정을 공개하고, 집을 보여주고, 구입을 유도한다. 구입하는 쪽은 부실 공사나 위법적인 요금을 추가로 부담할 필요가 없는 데다, 일반 건설회사나 부동산회사를 통해서는 구할 수 없는 특별한 집을 안심하고 살 수 있다.

나 같은 불순한 탐정은 모든 것을 다 드러낼 리가 없다며 의심부터 하고 보지만, 팔로워 수는 여섯 자리가 넘었다.

최근 반년간 그녀가 올린 정보는 맨션 리모델링에 도전한 전말로 점철되어 있었다. 신주쿠에 있는 지은 지 35년 된 맨션. 그 이름도 '가우디 하우스 가와다초'를 되살린 모양이다.

실제로 정말 낡고 냄새날 듯한 집이 마욜리카 타일, 호박무늬 벽지, 검은 마녀풍 키친으로 변모해가는 과정을 좇고 있으려니 나조차도 감동을 느꼈다. 외국식의 '신발을 신은 채 생활하는 집'이 이 집의 테마인 듯했다. 실제로 생활할 수 있을까 했는데, 그 집에 가보고 싶다, 사고 싶다는 댓글이 수십 건이 넘었다.

결과, 맨션은 이미 판매가 완료된 듯하다. 다음에는 구니타치에 있는 구옥을 샀다, 곧 이사한다, "이번 테마는 헨리 데이비드 소로의 숲속의 생활입니다"라는 글과 단독주택 사진이 호시노 구루미의 마지막 메시지가 되었다.

'딕 프랜시스의 주인공이 이런 일을 했었는데' 생각하면서 정보를 더 모았다.

호시노 구루미는 기계나 건축, 인테리어가 좋아서 공업고등학교 졸업 후, 중견 건설회사에서 근무했다. 서른 살이 넘었을 때 상사의 직장 내 갑질 탓에 정신적으로 궁지에 몰려 마음의 병을 앓았다. 회사를 그만두게 되었지만 그냥은 그만두지 않고 변호사를 고용했다. 결과, 가해자에게 받은 합의금을 어떻게 쓸지 고민할 때 숙모님이 돌아가셔서 집을 물려받았다. 그곳에서 재활 겸 자신이 좋아하는 방식으로 리모델링을 했더니 평판이 좋아서 잡지에도 실렸다. 그 집을 꼭 사고 싶다는 요청이 여러 건이나 있어서 팔았다. 그래서 이 사업을 시작했다.

"취미가 DIY인 사람들이 있는데, 제 경우에는 그게 집 리모델링이에요."

라이프스타일 잡지 《Cozy Life》 인터뷰 기사에서 호시노 구루미가 말했다.

"설마 이런 일을 하게 될 줄은 몰랐지만, 해보니 성미에 맞더라고요. 아버지가 검사라서 이사를 많이 다녔어요. 배정된 낡은 숙사를 어머니와 둘이서 살기 좋게 바꿨거든요. 그 작업이 정말 좋았어요."

매사 이런 식이다. 호시노 구루미는 팔로워들에게 '구루밍'이라 불렸다.

"구루밍 님의 벽지 테크닉, 바로 흉내내보았어요!"

"바닥에 그런 식으로 단열재를 넣으면 되는 거군요. 참고가 되었습니다."

"부모님이 남겨주신 집인데, 낡고 길 안쪽에 있어서 중장비가 들어가지 않아 부수는 데도 돈이 듭니다. 구루밍 님께라면 싸게 넘겨드릴게요."

"다음에는 구니타치의 단독주택인가요. 망가진 정원을 되살릴 구루밍 님의 포스팅이 벌써부터 기대되네요."

업로드하는 쪽도 댓글을 쓰는 쪽도 선량함을 가장하고 있는 듯해서 보기 부끄러웠지만 뭐라 지적할 정도까지는 아니다. 비방이나 중상모략도, 호시노 구루미를 너무 좋아한 나머지 스토킹하는 듯한 사람도 없다. 그녀에게 집을 사서 살고 있는 사람들에게서 다소의 클레임은 있었지만, 본인이 직접 나서서 고쳐주고, 그 모습을 다시 업로드해서 사람들의 칭찬을 받았다.

이런 사람이 왜 살해당한 거지?

슬슬 한 시간이 다 되려 했다. 정신을 차리고 〈암모니아〉를 스캔해 데이터화해서 도야마에게 보냈다. 더불어 고마이 게이조의 전화번호를 체크하니 기후에 있는 고마이 제작소라는 목공회사의 대표번호와 같다는 사실을 알아냈다. 적어도 이것으로 고마이 게이조의 소재는 확인할 수 있다.

전화를 걸어보니 순박한 듯한 여성이 받았다. 고마이 게이조? 사장님 말인가요? 사장님이라면 한 시간 안에 돌아올 예정이니 그때 다시 걸어주세요.

고마이 제작소의 홈페이지에 실린 멋진 오리지널 목제가구를 황홀하게 바라보고 있을 때 서점 전화가 울렸다.

"뭐라도 알아냈어?"

받자마자 무라키가 말했다. 여전히 목소리를 낮춘 상태다. 머리에 확 피가 쏠렸다.

"살해당했더군요, 그녀. 리모델링이 끝난 가와다초의 맨션에서."

"그 이야기는 됐어."

무라키가 짜증을 내며 말했다.

"되긴 뭐가 돼요. 이미 뉴스로도 나왔다고요. 살인사건으로 수사도 시작된 것 같고."

"호시노 구루미를 죽이고 싶어하는 인간, 즉 용의자 말인데, 그런 녀석은 있어?"

무라키가 퉁명하게 말을 가로막았다. 나는 크게 한숨을 내쉬어 어떻게든 마음을 진정시켰다.

"경찰이 찾는 것은 최근 맨션 안에서 소동을 일으킨 인물이더군요. 40대 중반에서 50대, 검은 티셔츠에 청바지, 흰 스니커를 신은 남자입니다."

무라키는 순간 숨을 삼켰지만, 거친 숨을 내쉬며 말했다.

"그쪽 말고. 호시노 구루미를 검색했더니 문제가 있을 만한 상대는 찾지 못했냐고 묻는 거잖아."

"전혀."

이 인간이 이렇게 거만한 성격이었나 하고 생각하면서 귀에 거슬리는 콧김에 대고 조사한 사실을 설명했다.

"그런 고로 지금까지 그녀에게 눈에 띄는 문제는 없어요. 굳이 말한다면 회사를 그만두는 계기가 된 갑질 소동과 아버지가 검사였다는 사실인데, 퇴직은 7년이나 전의 일이고, 부모님 모두 이미 돌아가셨습니다. 만약 아버지가 검사였을 때 원한을 가졌다 하더라도 딸을 죽이거나 하진 않겠죠. 삼류 추리소설도 아니고."

"그럼 달리 용의자는 없단 건가."

무라키가 콧김과 함께 실망한 듯이 말했다. 약간은 안됐다는 생각이 들었다.

"역시 생각할 수 있는 것은 이웃간 문제가 아닐까요. 리모델링 작업이란 것은 소음이 꽤 심하잖아요. 사진을 보니 호시노 구루미는 맨션에서 전기톱이나 전동 망치 같은 도구를 사용했으니까."

"문제가 소음 탓이라고 말하고 싶은 거야?"

"그야 그녀도 아마추어는 아니니, 작업 전에 이웃에게 설명하고 허락을 받았을 테지만, 맨션 리모델링은 처음이었던 모양이고 생각했던 것 이상으로 시끄러워서 민원이 있었을지도 모르죠."

"본인이 그렇게 썼나?"

"그렇지는 않아요."

완성된 집을 팔 생각이라면 이웃의 민원은 숨겼을 것이다. 게다가 뉴스에서는 '맨션 안에서 소동을 일으킨 남자'라고 말했다. 호시노 구루미하고만 문제를 일으킨 것은 아니라는 뉘앙스가 느껴진다. 그렇다면 '이상한 아저씨가 이웃에 살아요' 같은 부정적인 사실을 군이 알릴 필요는 없다.

"건물 구조라는 것은 참으로 신기해서 바로 아래층이나 두 층 아래가 아니라, 한참 떨어진 다섯 층 아래에만 소리가 울리는 경우도 있으니까요. 소동을 일으켰다는 그 남자도 어쩌면 같은 맨션 주민일지도 몰라요."

지은 지 35년 된 도심 맨션이라면 버블 시기를 거친 건물이다. 투자 대상이 되거나, 자금 부족으로 팔리거나, 저당을 잡히거나, 임대하거나, 각 호실마다 제각각인 운명을 거쳤어도 이상할 것은 없다.

그렇다면 주민들 간의 소통은 부족할 것이다. 주민들이 서로의 얼굴도 잘 모를 가능성이 높다.

"소동을 일으킨 것이 주민이어도, 얼굴을 모르면 단순한 거동 수상자일 뿐이니까요."

"그 남자일 가능성은 없어."

무라키가 단칼에 잘라 말했다. 적잖이 당황했다.

"왜 그렇게 단언할 수 있죠?"

"됐고 그쪽은 가능성이 제로라는 사실을 전제해줘. 게다가 며칠인가 전의 작은 소동을 갖고 왜 그쪽을 용의자 취급하는 거지?"

"그런 것은 경찰에게 물어봐주세요. 나는 그냥 탐정이라고요. 더구나 전혀 팔리지 않는 탐정."

"아니, 하무라는 우수하고 유능해. 그건 내가 가장 잘 알아."

칭찬하는 듯하지만 이런 상황에서의 칭찬 이콜 무보수 노동이다. 예상했던 대로 무라키가 말을 이었다.

"하지만 그 말은 지금 한가하단 거로군."

"탐정으로서는 한가해도 서점 당번으로서는."

나름대로 바쁘다고 말하려 했지만 무라키가 말을 가로막 듯 말했다.

"그렇다면 이번에는 그 호시노 구루미의 갑질 상사를 조사해줘."

"그러니까 호시노 구루미가 회사를 그만둔 것은 7년 전이라고요. 꼭 범인을 찾고 싶다면 이웃부터 조사해야 한다니까요."

"범인은 이웃 남성이 아니야. 호시노 구루미가 자기 망치에 맞아 살해당했기 때문에 리모델링과 관련된 소음 문제가 원인으로 보일 뿐, 사실은 그렇지 않아. 범인은 따로 있어. 그게 절대 조건이다."

나는 입을 열었다가, 다물었다. 무슨 말을 해야 좋을지 몰랐기 때문이다.

"일단 그 상사에 대해서 최대한 조사해줘. 한 시간 후에 다시 걸게. 그쪽에서는 절대로 걸지 마."

통화가 끊겼다. 나는 아연실색한 채 멍하니 앉아 있다 키보드를 당겨서 무라키 요시히로를 검색하고는 바로 납득했다. 그가 마스터인 '바 말로이'는 신주쿠 구 가와다초의 맨션 1층에 있었다. 맨션 이름은 '가우디 하우스 가와다초'였다.

상당히 실력 좋은 카메라맨을 썼는지, 메인 페이지의 '바말로이'는 어둠 속에서 아름답게 빛났다. 가게 안의 사진은 카운터, 안쪽이 거울인 위스키 장, 글라스를 내미는 카운터 안쪽의 무라키. 머리를 빗어 넘기고 검은 조끼에 나비넥타이 차림으로 멋을 부리고 있어서 상황이 이렇지만 않았다면 웃음이 나왔을 것이다.

'마스터의 혼잣말'이라는 항목도 그답지 않은 허세라고 생각했지만, "영국에서 구입한 스카치위스키. 한정품입니다"라든가, "개인 사정으로 당분간 휴업합니다"와 같은 업무 연락에 가까운 심플한 내용뿐이었다. 다만 손님 사진은 많았다.

단골이 많은지 같은 사람이 여러 번 등장했다. 뮤지션, 카메라맨, 편집자, 햇볕에 탄 구릿빛 피부의 샐러리맨에 아직 젊을 텐데 앞니를 금으로 씌운 부동산업자, 무라키의 동기였던 경찰, 함께 일을 했던 적이 있는 탐정들.

호시노 구루미의 사진을 발견했다. 그것도 몇 장이나. 환하게 웃으며 항상 온더락을 손에 들고 있다. 그중에는 무라키와 호시노 구루미가 카운터를 사이로 얼굴을 거의 붙이고 있는 투샷도 있었다.

둘이 필요 이상으로 친밀했다고는 생각되지 않았다. 그렇다면 부인이 있는 전직 탐정이 이런 사진을 홈페이지에 올릴 리가 없다. 하지만 두 사람이 아는 사이인 것만큼은 틀림없다.

같은 맨션에 거주 또는 입점. 용의자는 흰 스니커를 신고 있다. 게다가 호시노 구루미를 살해한 흉기를 알고 있는 자, 무라키 요시히로.

키보드를 꺼내들었지만 의욕은 생기지 않았다. 이런 상황에 호시노 구루미의 갑질 상사 따위를 조사한들 무슨 소용이 있을까.

기분 전환 삼아 2층 살롱에 가서 뜨거운 커피를 끓였다. 비는 점차 거세지고, 아직 4시밖에 안 되었는데 주위는 컴컴했다. 센서등에는 불이 들어와 있었고, 그 불빛에 이웃 주차장의 물웅덩이가 오렌지 빛으로 빛났다. 빨리 집에 가고 싶었다. 쌀쌀한 이런 날에는 오뎅 바라도 뛰어 들어가서 따뜻한 국물로 속을 채우고 싶었다.

1층으로 돌아와서 억지로 키보드를 꺼냈다. 호시노 구루미의 SNS를 다시 불러냈을 때 '신주쿠 구 가와다초'라는 단어가 귀를 스쳤다.

텔레비전을 보았다. 이미 저녁 뉴스쇼 시간이었다. 캐스터가 심각한 얼굴로 "신주쿠 구 가와다초에 있는 의료법인 에머슨회 제2병원에서 남자가 환자와 간호사 두 명을 인질로 잡고 농성 중입니다. 생방송입니다"라고 말했다.

화면 아래에 '속보 신주쿠 병원에서 인질극'이라는 빨간 글자가 떠 있고, 망원 렌즈로 촬영한 듯 약간 흐릿한 영상이 흘러나왔다. 하얀 커튼이 쳐진 방을 줌인했다.

"아무래도 이곳에서 남자가 농성 중인 것 같습니다. 다시 말씀드립니다. 이 병원에서 남자가 농성 중입니다." 캐스터가 긴박한 목소리로 말했다.

방을 알아낸 정도로 그렇게 흥분할 것까지야.

그렇게 생각하며 커피를 홀짝인 다음 순간, 캐스터가 "아, 남자의 얼굴이 보입니다. 보셨나요? 지금 커튼 틈으로 남자의 얼굴이 보였습니다. 범인일까요?" 하고 숨 쉴 틈도 주지 않고 빠르게 말했다.

네, 보았습니다.

나도 모르게 커피를 내뿜을 뻔했다. 화질이 나쁜 영상, 검은 비, 그런 상황에서도 똑똑히 보였다. 커튼 틈사이로 보인 것은 두 말 할 나위도 없이 무라키 요시히로의 얼굴이었다.

3

호시노 구루미는 근무했던 건설회사의 이름을 밝히지 않았다. 그래서 그녀가 올렸던 정보를 종합해 회사가 하치오지에 있었다는 것, 우울증에 걸려 다닌 병원에서 NPO 단체 '갑질 문제를 함께 고민하는 니시다마의 모임' 전단지를 보았다는 것, 그 NPO가 소개해준 변호사가 회사와 담판을 지어서 최종적으로는 합의가 성립한 것 등을 알았다.

그 정도 알았으면 상사를 못 찾을 것도 없다. NPO는 호시노 구루미의 케이스를 일종의 승리한 예로써 홈페이지에서 널리 알리고 있었고, 회사명은 밝히지 않았어도 건설회사라는 것과 상사의 직함이 '리폼대책부 부부장'이라는 사실을 밝혔기 때문이다. 이렇게 묘한 부서명은 그리 없을 것이다. 더구나 상사는 여성이다. 여성의 사회 진출이 많아졌다고는 하나 건설회사에서 출세한 여성은 아직 그리 많지 않다.

회사는 이치무라 건설, 문제의 상사는 이치무라 마키코. 당시 58세에 사장의 사촌누나라는 사실을 확인했다.

이치무라 건설에 전화를 걸었다. 전화를 받은 여사원은 호시노 구루미 사건을 알고 흥분한 탓에, 어째서인지 나를 신문기자로 착각했다.

"마키코 씨는 친척이라는 이유로 자리를 내준 것뿐인데 당사자는 본인이 유능하다고 착각을 했지 뭐예요."

사원이 목소리를 낮추고 그렇게 말했다.

"그래서 무슨 문제라도 발생하면 무조건 다른 사람 잘못으로 돌렸어요. 당시에는 호시노 씨 탓으로 돌리고는 면전에 대고 심한 말을 하거나, 한 번은 찻잔을 던진 적도 있어요. 하지만 그즈음에는 호시노 씨도 이미 변호사를 고용했던 때라 대화를 녹음하고, 찻잔에 맞아 다친 사진이라든가 진단서 같은 것을 준비해서 말이죠. 그것을 증거로 상해죄로 고소하고 변호사가 회사를 찾아오니 마키코 씨도 엄청 겁을 먹은 모양이에요."

"그래서 합의를 한 거군요."

"사장님도 사실 마키코 씨 때문에 고생이 이만저만이 아니었거든요. 왜냐면 별로 필요한 사람도 아니었고요. 친척 부탁으로 어쩔 수 없이 고용했는데, 그 사건 때문에 마키코 씨를 회사에서 쫓아낼 수 있었으니 그걸 생각하면 싸게 먹힌 거라고 나중에 말씀하셨어요."

사표를 받은 대신, 이치무라 마키코에게는 비상근 임원이라는 직함을 주고 보수도 주고 있다고 했다. 그 덕분에 주소를 알고 있다며 직원이 연락처를 알려주었다. 나는 신문기자를 부러워하며 이치무라 마키코에게 전화를 걸었다.

"호시노 구루미? 그 여자에 대해서는 별로 생각하고 싶지 않은데요."

수화기 너머에서 이치무라 마키코가 그렇게 말했다.

"그야 나도 그녀에게 좀 엄하게 대했다는 사실은 인정해요. 하지만 일을 하다 보면 부하에게 엄하게 대하는 것도 당연하잖아요? 회사 동료들 간이라면 실수가 있어도 별 문제는 안 되지만, 외부에서 그랬다간 본인의 경력에도 문제가 생기고, 회사에 손해를 끼치게 되니까요. 안 그래요?"

이치무라 마키코는 생각하고 싶지도 않다는 것 치고는 말이 술술 나왔다.

"찻잔? 그건 사고예요. 던진 사실은 인정하지만 안 맞게 던졌어요. 그랬더니 그 여자가 스스로 움직여 맞은 거죠."

"호시노 구루미가 일부러 다친 거라고요?"

"덕분에 우리 회사에서 1천만 엔을 뜯어냈으니까요. 분명 변호사가 꾀를 냈을 거예요. 아주 사소한 상처로 1천만이라

224

면 누구든 찻잔에 부딪칠 걸요."

"호시노 구루미는 돈을 위해서라면 그런 정도의 일도 할 수 있는 여자였던 건가요?"

"딱히 그렇다고는 말하지 않았어요."

이치무라 마키코가 황급히 부정했다.

"나는 사실을 말했을 뿐. 결과를 보고, 그 여자가 어떤 인간이었는지 판단하는 것은 그쪽 책임이죠."

"일부러 그랬을지도 모르는데 합의안을 받아들이신 건가요?"

"어쩔 수 없잖아요. 그쪽에는 진단서가 있었으니까. 찻잔 사건이 있었을 때 현장에 있었던 것은 나와 그 여자뿐이었거든요. 어쩔 수가 없었어요. 그런 속셈인 줄도 모르고 도발에 넘어간 내가 바보였지. 그렇게 생각하고 포기했어요. 하지만 살해당하다니."

이치무라 마키코가 숨 죽여 웃었다.

"그 말씀은?"

"그러니까 포기하지 않았던 사람이 있었던 거겠죠?"

소리를 줄인 채 계속 틀어놓았던 텔레비전에 움직임이 있었다. 잠시 다른 뉴스를 전하던 화면이 에머슨회 제2병원 중계로 돌아갔다. 커튼이 흔들리며 다시 무라키 요시히로의 얼굴이 엿보였다. 이것으로 세 번째다. 더 이상 착각이라 치부할 수는 없다.

그가 살인범? 그래서 병원에서 농성을?

나는 고개를 저었다. 그렇다면 내게 호시노 구루미를 조사
해달라고 연락한 이유가 이해되지 않는다. 하지만 목소리를
낮추고 유선 전화로 몰래 전화를 건 이유 또한 도저히 모르
겠다.

알고 있는 거라곤 소동을 벌인 이웃 말고 호시노 구루미
살인범을 찾아내야 한다는 것뿐이다.

"회사에 폐를 끼치는 일 만큼은 피해야 한다는 취지의 말
씀을 하셨죠? 그렇다면 호시노 씨가 한 일만큼 폐가 되는 일
은 없다. 사실은 이치무라 씨 또한 포기하지 못한 거 아닌가
요?"

이치무라 마키코 씨가 소리 높여 웃었다.

"어머. 설마 기자님, 제가 그 여자를 죽였다고 생각하시는
것은 아니겠죠? 살인범은 남자라고 방송에서도 나왔다고
요."

"경찰이 수상한 남자를 찾고 있기는 하죠."

기자님이라는 그 한마디는 못 들은 체 하기로 했다. 이치
무라 마키코가 코웃음을 치며 말했다.

"언론은 이야기를 일부러 재미있게 만드는 경향이 있군요.
7년 전의 일 같은 거 이쪽은 뉴스를 볼 때까지 까맣게 잊고

있었거든요. 한마디 해두겠는데, 나는 언젠가 시즈오카에서 발생한 지진 때 깜짝 놀라서 침대에서 뛰어내리다 발가락뼈가 부러졌거든요. 덕분에 아직도 지팡이 없이는 못 걸어요. 나 같은 사람을 의심할 정도라면 그 NPO의 남자를 조사하는 편이 좋지 않을까요?"

"갑질 문제를 함께 고민하는 니시다마 모임 말인가요?"

"그 대표였던 와카마쓰 사토루란 남자예요. 7년 전, 호시노와 변호사가 왔을 때 그 남자도 동반했기에 얼굴을 본 적이 있는데, 그 1천만 엔 중에 3할을 챙긴 모양이니까."

"변호사 보수라면 그 정도는."

"바보 같기는. 변호사가 3할, NPO가 3할. 그러니까 호시노 수중에는 4백만밖에 남지 않은 거라고요. 별다른 일도 안 하고는 수수료를 챙길 정도니 무슨 짓을 할지 모르는 거 아닌가요. 게다가 그 남자라면 충분히 수상하게 보일 것도 같고."

NPO 단체 '직장 내 갑질 문제를 함께 고민하는 니시다마 모임'의 전 대표 와카마쓰 사토루는, 지난번 하치오지 시의회 의원 선거에 입후보했다 낙선했다. 선거용 포스터를 인터넷에서 발견했다. 뚱뚱하게 살찐 데다 삼백안, 악덕 관리 같은 얼굴. 수상한 인물로 보이는지 어떤지는 제쳐두더라도

노동문제 NPO 대표를 역임한 인물로는 보이지 않는다. 갑질 피해자의 아군이라기보다 갑질을 하는 쪽으로 보인다.

하지만 사람은 겉보기만으로는 알 수 없다.

"와카마쓰 씨는 현재 인도를 방랑 중입니다."

NPO 사무국의 여성이 그렇게 말했다. 예상치 못한 대답에 내 목소리가 갈라졌다.

"방랑? 어째서죠?"

"원래 인도를 좋아하셨어요. 이쪽에서 요가 강사를 하다가 돈이 어느 정도 모이면 인도를 가시곤 해요. 대학생 때부터 40년 이상 그런 생활을 하고 있다고 하는데, 본인은 히피의 잔당이라며 웃으며 말했어요."

악덕 관리의 요가. 상상이 되지 않는다.

"그런 사람이 왜 시의회에 입후보를?"

"잘은 모르겠지만 부탁을 받았거든요. 그분은 부탁을 받으면 거절을 못해서요. 여기 대표를 하신 것도 부탁받았기 때문인데."

"누구에게요?"

"물론 변호사인 아와야 선생님이죠. 와카마쓰 씨와 아와야 선생님은 대학 동기인데, 노동문제 전문인 아와야 선생님이 갑질 문제로 고생하는 사람이 바로 법률사무소로 찾아오기는 쉽지 않을 거라 생각해서 우리 단체를 만드셨어요. 그때

와카마쓰 씨에게 대표를 부탁한 거죠. 와카마쓰 씨, 관공서에 제출하는 서류 작성이라든가 컴퓨터 작업이라든가 엄청 빠르거든요. 빨리 돌아와 주셨으면 하는데."

사무처리 능력이 뛰어난 히피. 이 또한 잘 상상이 되지 않는다.

"와카마쓰 씨는 인도에 가실 때마다 대표를 사임하시나요?"

"아뇨, 평소에는 휴가 취급이었는데, 반년 전에 아와야 선생님이 은퇴하셔서요. 그렇다면 나도 이제 물러설 때라며 정식으로 사임하셨어요. 여기 계시면 반년에 고작 3주 정도밖에 쉴 수 없으니 스트레스가 꽤 쌓이셨겠죠."

노동문제 전문 변호사로 와카마쓰 사토루와 동년배, 성이 아와야라면 해당하는 사람은 한 명밖에 없다. 아와야 히사오. 1948년 출생. 오랫동안 하치오지에서 '피닉스 법률사무소'를 운영했지만, 사이트에는 전직 대표로 실려 있고 현재는 고문 취급이었다.

현재 사무소 대표는 아와야 가즈히코. 고문의 조카인 모양이다. 그 밖에도 소속해 있는 변호사나 직원을 합쳐 열 명 정도. 사무실에서 촬영했는지 직원 전원이 모여 웃는 얼굴로 찍은 사진이 실렸는데, 사진으로 보건대 법률사무소 치고는 캐주얼하고 친근한 느낌이다.

직원 이름으로 전원을 조사해보았다. 역시 법률 계통 사람들답게 개인정보를 유출하는 인간은 없었다. 다만 사무원 중에 고케쓰 아야메라는 젊은 여성이 있었다. 신기한 성이라는 생각에 조사해보았더니 하치오지 시내에 사는 고케쓰 미스즈라는 여성의 블로그를 발견했다.

나이 지긋한 여성이 치매 방지용으로 하는 모양인지, 내용은 지병과 진단 기록과 법률사무소에 근무하는 손녀딸에 대한 것뿐. 덕분에 사무소 내의 가십을 꽤 알 수 있었다. 미스즈 할머니는 무릎 통증과 고혈압 약, 인터넷에서 산 쾌변 차 이야기를 하는 중간중간에 "손녀 사무소의 가장 젊은 변호사가 고등학교 때부터 사귀던 여자친구에게 차여 출근을 하지 않는다", "손녀 사무소의 선배는 세 달 전에 고등학교 동창회가 있었던 이래 매주 화요일에는 일찍 퇴근하게 되었고 화장도 진해졌다", "사무소 전 대표가 아직 60대인데 변호사를 은퇴하고 집과 대지를 처분한 것은 1년 전에 부인이 도망쳤기 때문이라고 손녀가 말했다. 딸뻘 되는 젊은 여자와 결혼했기 때문이다", "전직 대표의 집은 정원이 넓은 것만이 장점인 고쿠분지의 낡은 집이라고 한다. 용케도 인수자가 나타났다며 손녀가 어이없어했다. 그런데 전직 대표의 조카는 그게 마음에 안 드는 모양이다" 등등.

가감 없이 모조리 적혀 있었다.

썩 재미있었는데 호시노 구루미와 연결되는 화제는 없었다. 무라키에게 보고할 수 있는 것은 전혀 없다.

유감이다. 애당초 혼자 일하는 조사원이 인터넷에서 조사한 정도로 살인사건 수사와 관련된 정보를 얻을 수 있을 리가 없다.

기분이 상해서 의자에 등을 기대고 등줄기를 곧추세우자 서점 전화가 울렸다. 침을 꿀꺽 삼켰다. 이렇게 된 이상 문제가 더 커지기 전에 자수하도록 무라키를 설득하자. 무라키 정도의 인간이 이런 일을 벌인 데에는 상당한 사정이 있을 테지만, 입원 환자를 인질로 삼는 것은 아무리 그래도 좀 심했다.

결심하고 수화기를 들었다.

"아, 하무라 씨? 도야마입니다."

도야마 점장의 느긋한 목소리가 울려 퍼졌다.

"데이터 받았습니다. 고마이 게이조와 연락되었나요? 허락은 받았나요?"

"……아, 그게 아직…….'

의자에서 반쯤 미끄러지며 간신히 말을 꺼냈다. 도야마는 불만인 듯했다.

"조금 더 의욕을 보여주세요, 하무라 씨. 우리 서점에서 오리지널을 출판하는 것은 처음이니까요. 이건 앞으로의 시금석이 될 거라고요."

"죄송해요. 고마이 씨가 출타 중이어서 다시 연락하겠다고……."

'했습니다' 하고 말하려 했을 때 텔레비전 화면에 자막이 떴다. 도야마의 목소리가 흘러나오는 수화기를 귀에서 떼고 볼륨을 높였다. 캐스터의 호출에 화면은 가와다초 경찰서 앞으로 바뀌었다. 보도기자가 손에 원고를 들고 귀의 이어폰을 매만지며 말했다.

"방금 경찰이 농성 중인 범인에 대해 발표했습니다. 에머슨회 제2병원에서 농성 중인 것은 소에지마 준페이라는 인물입니다. 반복합니다. 병원에서 농성 중인 것은 소에지마 준페이, 53세……."

누, 누구셔요?

4

"이봐, 난 입원 환자 쪽이야. 심근경색으로 계단에서 굴러 떨어져서 내장 타박과 요추 골절로 2주 전에 병원에 실려 온 이래 휠체어 신세라고."

무라키 요시히로가 수화기 너머에서 그렇게 말했다. 여전히 속삭이듯 말하는데, 집중해서 들으니 말하는 타이밍과 콧김이 묘하게 어긋났다. 그렇다면 콧김은 무라키의 것이 아니라, 옆에서 수화기를 귀에 대고 있는 인질극 범인, 소에지마 준페이의 것일 것이다.

고마이 게이조에게 연락이 올지도 모른다며 거짓말을 하고 도야마의 전화를 끊었다. 약속한 시간에 걸려오지 않는 전화기를 노려보며 기다린 지 5분. 드디어 무라키에게 연락이 왔다. 스마트폰은 없어도 병실에 텔레비전은 있는지 소에지마 준페이의 이름이 보도된 사실도 알고 있었다.

"우리, 그래도 오래 알고 지내지 않았나? 설마 내가 인질을 잡고 농성을 벌일 바보 같은 짓을 할 리가……. 우왁."

"무라키 씨, 괜찮으세요? 무라키 씨!"

"소리 지르지 마. 툭 쳤을 뿐이야."

다른 남자의 목소리가 대신 대답했다. 소에지마 준페이일 것이다.

전화를 기다리는 동안 '바 말로이'의 사이트를 재차 확인했다. 소에지마 씨라고 불리는 남자의 사진이 있었다. 검은 티셔츠, 청바지, 흰 스니커를 신고 카운터 자리에 앉아 있는, 민머리에 수염, 뺨에 상처가 있는 50대 정도의 마초. 어두운 뒷골목에서는 만나고 싶지 않은 타입. 밝은 대로에서도 만나고 싶지는 않다.

"소에지마 씨는 '가우디 하우스 가와다초'의 주민으로, 우리 가게의 단골이야."

무라키가 말했다.

"반년 전, 호시노 구루미가 맨션으로 이사 와서 리모델링을 시작했지. 호시노 씨는 7층 끝 집, 소에지마 씨는 3층 중앙. 소에지마 씨는 밤 12시까지 일을 해서 끝나면 우리 가게에 들러서 한잔 하곤 했어. 3시경에 자서 10시 넘어 기상. 그런데 반년 전부터 계속된 소음 탓에 아침 9시에 일어나게 된 거야. 처음에는 소에지마 씨도 그게 호시노 씨 때문이라고는 생각하지 못했어. 장소가 떨어져 있으니까. 하지만 가게에서 서로 대화를 하다가 아무래도 그녀가 하는 리모델링과 소음이 관련이 있다는 사실을 알게 되었다고 소에지마 씨는 말하고 있어."

"그래서 다퉜군요."

"두세 달 전부터 몇 번인가. 내가 이사직을 맡고 있는 관리조합이 중재에 나섰지만, 호시노 씨는 방음 대책은 완벽하고 다른 주민에게서는 소음에 대한 민원이 전혀 없다고도 반론했지. 이런 말 하기는 좀 그렇지만 원래부터 소에지마 씨는 클레임이 많았거든. 말하자면 몬스터 클레이머랄까……. 아얏."

"이봐요."

"시끄러워, 여탐정. 툭 쳤을 뿐이라니까."

소에지마 준페이의 목소리가 약간 떨어진 곳에서 들렸다. 이윽고 무라키가 말을 이었다.

"음, 괜찮아. ……어쨌든 그 건으로는 꽤 다퉜어. 하지만 아까 전화로 하무라가 말했듯이 건물 구조 문제로 떨어진 곳에 소리가 울릴 가능성도 있잖아. 호시노 구루미도 그 사실을 인정하고는 소리가 나는 작업은 10시 이후에 하기로 하고 우리 가게에서 화해를 했어. 이후 그녀와 소에지마 씨는 단짝이 되었다고 소에지마 씨는 주장하고 있어."

"호시노 구루미 씨의 트위터에 따르면 이미 리모델링 작업은 끝나서 그녀는 언제든 '가우디 하우스'를 떠날 예정이었던 것 같은데."

"그러니까 이삼 일 전의 그건 그런 게 아니라니까."

소에지마의 목소리가 들리고 무라키가 이어 말했다.

"호시노 구루미는 보기와 달리 남자다운 성격에 말투도 험했어. 소에지마 씨와 엘리베이터 홀에서 맞닥뜨린 참에 이별 인사를 장난처럼 투닥거리며 했더니 사정을 모르는 신입 주민이 경찰에 신고했다고 소에지마 씨가 말하고 있어."

"흐음, 그렇군요."

"그래서 오늘 아침 10시에 소에지마 씨가 호시노 씨의 집을 방문했지. 제대로 이별 인사를 하고, 이삿짐 싸는 일이라도 도와줄까 해서. 그녀는 오늘 이사할 예정이었으니까. 갔더니 현관문이 잠겨 있지 않았어. 이미 이사 갔나 하는 생각에 바닥에 떨어진 망치를 주워 들고 안으로 들어갔지. 그랬더니 침대 위에 안면이 함몰된 호시노 구루미의 시신이 있었다고 소에지마 씨는 말하고 있어."

잠시 침묵한 후 내가 물었다.

"그 말을 믿으란 건가요?"

"뭐야, 이 빌어먹을 여탐정. 내가 거짓말이라도 하고 있단 거야."

소에지마 준페이가 고함쳤다.

"무라키 너, 이 여탐정은 믿을 수 있느니 어쩌니 했는데 이
것 봐. 맨션 놈들과 똑같잖아. 고작해야 들고 있던 망치와 신
발에 피가 묻은 정도로 범인 취급이나 하고."

"그 맨션의 주민은 이삼 일 전에 엘리베이터 홀 사건을 목
격한 사람과 동일 인물이라더군."

무라키가 말했다.

"그때는 호시노 구루미가 그냥 장난이라며 주민의 신고를
막았지만, 그 기억이 아직 생생할 때 소에지마 씨가 피 묻
은 망치를 들고 시신이 있는 집에서 뛰쳐나왔으니까. 게다
가 맞닥뜨린 그 주민에게 비켜 너도 죽고 싶냐, 하고 말했나
봐."

그래선 범인 취급을 하지 말라는 편이 더 이상하다.

"그렇다고 왜 병원에서 농성을?"

"소에지마 씨는 내가 탐정이었다는 사실을 알고 있었기
때문에 입원해 있는 내게 망치를 들고 상담하러 왔다고 말
하고는 있는데, 사실은 이혼한 전 부인이 이 병원 간호사거
든. 소에지마 씨, 곤란한 일이 생길 때마다 부인에게 어리광
을 부리는……. 으윽."

"쓸 데 없는 말 하지 마."

소에지마가 말했다. 나는 머리를 마구 헝클어뜨리고 싶어
졌다.

"요컨대 인질이 소에지마 씨의 전 부인과 무라키 씨인가
요?"

"비어 있던 진료실에 들어와서 소에지마 씨의 이야기를
들었어."

무라키가 말했다.

"단골의 일이기도 해서 어떻게든 해주고 싶다고 생각했지
만, 사정이 사정인 만큼 최종적으로는 경찰에 출두할 수밖
에 없겠지. 하지만 변호사는 믿을 수 없다, 빈손으로 경찰에
출두한들 범인 누명을 쓸 뿐이다며 흥분해서 말이야. 나는
휠체어 신세고, 경찰 출두 시 같이 가주고 싶어도 퇴원 허가
가 떨어지지 않을 거거든. 의사에게도 사정은 설명할 수 없
고. 그래서 궁여지책이랄까 하무라 이야기를 했더니, 일단은
뭐라 해야 할까……."

무라키가 말끝을 흐렸다. 말하자면 무라키는 흥분한 소에
지마 준페이를 진정시키는 시간벌이용으로, 사정을 숨긴 채
자신이 아는 탐정에게 호시노 구루미의 신변조사를 시키자,
용의자를 찾아내면 경찰도 이해할 것이다, 같은 말을 하고
는 내게 연락하는 것을 허락받은 것이다.

소에지마가 거친 숨을 내쉬며 옆에서 듣고 있으니, 상황을

제대로 설명하지 못한 채 그런 어금니에 음식물이 낀 듯한 '조사 의뢰'가 되었다.

"하무라의 조사를 기다리는 동안 진료실에 연금 상태라서 말이야. 그건 상관없지만 그러던 중 소에지마 씨의 전 부인에게 들켰거든. 그녀가 피로 물든 망치를 보고 소란을 피워서 소에지마 씨가 얼떨결에 전 부인을 기절시키고 말았어. 이 사람 프로 레슬러였으니까. 두통이 심해져서 그만둔 모양이지만."

무라키가 소에지마를 흥분시키고 싶지 않은 마음이 충분히 전해졌다. 아마도 두부 외상 후유증이 있는 전직 격투가. 본성은 착해도 폭주하면 제어가 안 되어 큰 일이 벌어질지도 모르는.

"물론 그녀가 눈을 뜨면 사정을 설명할 예정이었는데, 그전에 전 부인을 찾으러 온 젊은 간호사가 우리들을 알아차리고 엄청 크게 비명을 질렀거든. 머리에 피가 몰린 소에지마 씨는 모인 병원 관계자 앞에서 내게 그 망치를 들이대 보인 거야. 그 결과, 경찰 소동이 벌어진 거지. 장난 아니야. 창문 아래로는 경찰 특공대 차량뿐이라고. 경찰 다큐멘터리 같은 상황이 되고 말았어."

"느긋하게 그런 말이나 하고 있을 땐가요. 전국에 다 방송되고 있고, 무라키 씨의 얼굴도 모자이크 없이 나오고 있다고요. 빨리 농성을 풀고 호시노 구루미에 대한 것은 경찰에게 맡기세요."

"그 말을 내게 한들."

무라키가 투덜댔다.

"지금까지 한 말로 알았겠지? 소에지마 씨가 농성을 풀지 안 풀지는 네게 달렸어."

"……나한테 다 떠넘기면 어떡해요."

"그런데 호시노 구루미를 죽일 듯한 녀석을 찾긴 했어?"

난 조사한 내용을 필요 없다고 생각되는 것까지 상세하게 설명했지만 점점 짜증이 나기 시작했다. 팩트 체크를 한 것은 아니지만 이치무라 마키코는 다리가 불편하고 와카마쓰 사토루는 인도. 그 말들이 사실이라면 어느 쪽도 호시노 구루미를 죽일 수는 없다.

"역시 달리 용의자는 없는 거야?"

무라키의 침울한 목소리가 들렸다. 동시에 그의 등 뒤에서 으르렁거리는 듯한 신음 소리가 들렸다. 나는 초조한 마음에 목소리의 텐션을 높였다.

"아, 맞아. 그 맞닥뜨린 맨션 주민은 어때요? 호시노 구루미와 다소의 접점은 있었고, 소에지마 씨가 나갈 때 그녀의 집 근처에 있었잖아요."

"그 사람에 대해서는 나도 물어보았는데 몸집이 왜소한

여성이라더군. 사람이야 죽일 수 있겠지만 안면 함몰은 어려울 거라고 소에지마 씨가 말했어."

호시노 구루미 또한 가련해 보이는 여성이었다고 반론하려다 포기했다. 소에지마 준페이는 격투가였다. 사람의 신체 능력을 간파하는 정도는 가능할 것이다. 적어도 본인은 그렇게 믿고 있다. 나 따위가 뭐라 한들 듣지 않을 것이다.

소에지마의 신음소리가 더욱 심해졌다. "머리가 아파, 젠장, 이 머리가" 하는 신음소리가 똑똑히 들렸다.

무라키는 아무 말도 하지 않았지만 걱정거리가 늘었다. 게다가 소에지마의 전 부인. 진찰실은 그리 넓지 않을 텐데 그녀의 기척이 느껴지지 않는다. 그들과 조우한 지 한 시간 이상 넘었을 텐데.

정말로 기절했을 뿐일까.

그렇게 생각하니 갑자기 현실감이 몰려왔다. 식은땀이 흘렀다. 안 좋아. 어떻게든 하지 않으면 이번에는 무라키의 안면이 함몰될지도 모른다. 하지만 대체 뭘 어떻게 해야 하지.

땀으로 미끄러지는 수화기를 다시 쥐었을 때 서점 초인종이 울려 나는 자리에서 펄쩍 뛰어올랐다. 이런 때 뭐지.

"왜 그래?"

무라키의 불안한 목소리가 들렸다. 대답하려는 순간, 서점 문을 누군가가 세차게 두들겼다. 문 옆 불투명 유리에 사람

모습이 비쳐 보였다. 저쪽도 당연히 서점 안에 불이 들어와 있다는 사실을 알고 있을 것이다. 사람이 없는 척을 한들 먹히지 않을 것이다.

"미안, 손님이에요. 쫓아낼 테니 잠깐 기다려요."

"빌어먹을 여탐정. 설마 경찰에 연락한 것은 아니겠지. 너, 경찰을 부른 거냐."

콧김과 함께 소에지마가 외쳤다. 나는 필사적으로 웃는 목소리를 가장했다.

"설마. 그렇게 한가할 리가 없잖아요. 줄곧 서점에서 꼼짝도 않고 부탁받은 조사를 했는걸요. 서점에 손님이 왔을 뿐이에요. 일단 끊을게요. 바로 쫓아낼 테니, 10분 후에 다시 걸어요."

"사실이겠지. 난 말이야, 머리가 아프다고. 젠장, 머리가 아파."

"사실이에요. 그러니 진정하세요."

그 순간, 문 너머에서 "경찰입니다"라는 목소리가 들렸다. 심장이 덜컹 내려앉았다.

"지금 경찰이라고 안 했나? 경찰이라고 했지?"

소에지마가 으르렁댔다. 나는 필사적으로 목소리를 크게 올렸다.

"여기는 미스터리 전문서점이에요. 그래서 지금 경찰소설 관련 이벤트를 열고 있다고요."

갑자기 전화가 끊겼다. 무라키가 기지를 발휘했는지, 소에지마 준페이가 수화기를 집어던졌는지, 아니면……. 온몸에 핏기가 사라지는 듯한 마음으로 뉴스 화면을 보았다. 다소 안도했다. 경찰 특공대가 진입한 기색은 없다. 경찰도 문 너머로 안쪽 소리에 귀를 기울이고 있을 테니 만약 소에지마가 날뛰기 시작하면 어떤 움직임이 있었을 것이다…….

다시 초인종이 울리고 누군가가 문을 쾅쾅 두드렸다. 나는 수화기를 든 채 문을 열었다. 험상궂은 눈매에 싸구려 양복을 입은 남자들이 서점 앞을 가득 메우듯 서 있었다. 선두에 선 남자가 이쪽을 노려보며 신분증을 내밀었다.

5

"소에지마 준페이와 전화 통화를 하셨죠?"

책임자로 보이는 선두의 남자가 정중하지만 압력이 느껴지는 말투로 말했다. 너 따위에게 보여주기에는 아깝다고 말하는 듯이 살짝 보여준 신분증에 '경장 세키미즈 가즈나리'라고 적혀 있었다.

"사실은 좀 달라요. 무라키 요시히로와 전화 통화를 했습니다. 소에지마 씨는 무라키 씨 배후에서 이쪽에 대고 계속 고함만 쳤을 뿐."

계산대로 돌아가며 말했다. 세키미즈는 얼이 빠진 듯 "이름과 신분을 증명할 수 있는 것은 있나요?" 하고 말했다.

면허증을 내밀었다. 좁은 서점 안에 가득 찬 경찰의 손에서 손으로 면허증이 옮겨 다녔다. 열린 문으로 비가 들어 치고, 습도가 올라가고, 체온으로 실내 온도도 올라가고, 남자들이 내뿜는 스트레스와 체취로 살인곰 서점의 환경은 순식간에 악화했다.

젊은 수사원이 마지막으로 면허증을 받아들고는 핸드폰으로 통화하며 밖으로 나갔다. 이런 경우 신분 조회는 당연하지만 당하는 입장은 그리 기분이 좋지는 않다. 체포 경력도 전과도 없지만, 나름대로 경찰과 이래저래 엮였던 입장에서는 더욱.

"저기 말이죠, 하무라 씨. 무라키 씨라는 것은 인질로 잡힌 입원 환자 무라키 요시히로 씨를 말하는 거죠? 어떤 이야기를 나눴습니까?"

"저기 말이죠, 세키미즈 씨."

내 말에 세키미즈의 뺨이 살짝 경련했다.

"병원의 유선 전화로 나눈 대화는 전부 모니터링하셨을 거 아녜요. 도청을 하고, 발신지를 추적했으니 여기 온 거죠. 듣고 있었다면 현재 급박한 상황이라는 거 모르실 리가 없을 텐데요. 이미 알고 있는 사실을 일일이 다 듣고 있을 여유는 없지 않나요? 10분 후에는 다시 저쪽에서 전화를 걸 거라고요."

"일단 무라키 씨와의 관계를 여쭤 봐도 될까요."

세키미즈가 내 말을 무시한 채 말했다.

공무원이란 그 자리의 주도권을 잡지 않고는 견디지 못하고, 융통성을 발휘하기보다 약간의 실수도 없는 쪽을 우선하는, 치명적으로 일처리가 느린 생물이다.

건성으로 설명하며 필사적으로 머리를 굴렸다.

소에지마는 '범인 누명을 쓰는 것'을 두려워한다는 취지의 말을 했다. 그 말을 믿는다면 그는 범인이 아니다.

하지만 대개의 범인은 자신이 하지 않았다느니 그럴 생각은 없었다느니 끝까지 주장하는 법이다. 그렇다면 소에지마는 진범일 수도 있고, 그게 아니라면 두부 외상 후유증으로 범행 자체를 망각했을 수도 있다.

무라키와 하세가와 탐정사무소에 대한 아무래도 좋은 질문을 가로막고 이것저것 확인했다. 세키미즈는 당황한 모양이다.

"무슨 말씀인가요. 당신도 탐정이라면 그런 정보를 외부에 발설할 리가 없다는 정도는 알지 않습니까."

"흐음, 그러신가요. 죄송하군요. 탐정이 알고 있는 거라고는 흉악한 범인과 통화 중에 '경찰이다'라며 큰소리로 외치면 인질이 위험해진다는 사실뿐이라."

세키미즈는 헛기침을 했고, 서점 안을 가득 채운 경찰들이 일제히 나를 노려보았다.

"동행한 수사관들은 젊다 보니 거기까지 생각이 미치지

못한 것 같습니다. 그런 이야기는 발설하지 않는 편이 좋을 거예요. 젊은이의 미래를 망치고 싶지 않다면."

"그 때문에 소에지마 준페이가 흥분했다면 인질의 미래가 망쳐졌을지도 모르는데요."

세키미즈가 잠시 이쪽을 노려보다가 이윽고 뭔가 말하려던 다른 수사관을 제지했다.

"할 수 없죠. 곧 뉴스에서도 나올 테니. 호시노 구루미 씨를 살해한 것은 소에지마 준페이가 틀림없습니다. 크게 다퉜는지, 여러 명이 살인 장면을 목격했습니다."

"그렇다면 소에지마 준페이는 범행 과정을 전혀 기억 못 하는 건가요."

"모르겠습니다. 우리 교섭팀도 계속 전화를 걸고 있지만 안쪽과는 그 어떤 대화도 나누지 못한 상황입니다. 교섭팀이 계속 걸던 전화가 잠시 끊어진 틈을 타서 무라키 씨가 당신에게 전화를 건 겁니다. 요컨대 사건 발생 후 범인과 대화를 나눈 것은 하무라 씨, 당신뿐이라는 거죠."

우와.

패닉을 일으킬 뻔했다. 어떡해야 좋지. 생각해. 어떡해야 좋지.

"소에지마가 범인이고, 그 사실을 기억하든 기억 못하든……. 그렇게나 많은 사람들에게 범행을 목격당했음에도 불구하고 무라키 씨를 통해 하무라 씨에게 호시노 구루미 씨를 조사해달라는 것은 기억하지 못할 가능성이 높다고 생각하지만, 그렇다고 상황은 변하지 않습니다."

세키미즈가 말했다.

"아시겠나요. 다음에 전화가 걸려오면 무라키 씨를 설득해서 소에지마가 전화를 받게 하세요. 주의를 전화에 쏠리게 해서 틈을 만드는 겁니다."

"잠깐만요. 설마 강행 돌입할 생각인가요?"

"그렇다고 결정된 것은 아니지만, 소에지마 준페이는 상당히 흥분한 모양이고, 농성을 풀고 나오도록 설득하는 것도 무리인 듯해서."

순간 생각이 번득였다.

"호시노 구루미 살해 용의자가 달리 있다. 그렇게 설득하면 소에지마 씨가 나오지 않을까요?"

"있나요?"

세키미즈가 바보처럼 말했다. 우리 대화를 들었다면 용의자가 될 듯한 인간 따윈 없다는 사실도 알고 있을 것이다.

"그러니까 만들어낼 수밖에 없죠."

"그건 안 됩니다. 경찰이 거짓말을 해서 범인을 체포했다간 법률상 문제가."

아, 성가셔.

"경찰이 거짓말을 하는 것이 아니라, 제가 하는 겁니다."

"진정하세요, 하무라 씨. 잘 생각해보세요. 고작 10분 만에 지금까지 발견 못했던 용의자를 찾았다. 그런 거짓말로 소에지마를 속일 수 있다고요? 불가능합니다."

그 말이 맞다. 나도 안다. 소에지마는 단세포에 폭력적이며 두부 외상 후유증이 있지만, 그런 인간일수록 속이기란 쉽지 않다. 논리가 아니라 본능과 감정으로 사물을 판단하는 인간 쪽이 궁지에 몰렸을 때일수록 속이기 더 어렵다.

서점 전화가 울렸다. 밖에 있던 젊은 수사관이 황급히 뛰어들어 왔다. 세키미즈가 말했다.

"알겠죠? 무라키 씨를 설득해주세요. 어떡해서든 소에지마가 전화기를 들게 해야 합니다."

'전화기를 들게 한 다음에는 대체 어떻게 하란 거지?'

하지만 생각하고 있을 여유는 없었다. 나는 계산대 의자에 앉아 심호흡을 하고 어느 틈엔가 이상한 장치가 연결된 수화기를 들었다.

"아, 하무라 씨? 도야마입니다. 어떻게 되었나요. 고마이 게이조와는 연락이 되었나요?"

"……그게…… 아직……."

의자에서 미끄러져 떨어질 뻔했지만, 계산대 안쪽 공간은 땀 냄새 나는 남자들로 가득 차 있어서 그것도 불가능했다.

정말 숨 쉬기 불편했다. 경찰이 여기 온 것은 어쩔 수 없다고는 해도 이렇게 많을 필요가 있나.

"그럼 안 되죠. 어차피 오늘은 손님도 오지 않을 텐데 그럼에도 아르바이트비를 지불하는 거니 제대로 해주셔야죠."

"접객 중이라 나중에."

그것만 말하고 전화를 끊었다. 이어폰으로 듣던 수사원들에게 서점 사장이라고 전했다.

"잠시 동안 이쪽 회선으로는 전화를 걸지 말라고 우리 쪽에서 연락하겠습니다."

세키미즈가 표정을 바꾸지 않고 지시를 내렸다. 나는 계산대에 푹 엎드렸다.

양손이 차가워졌다. 아무것도 모르는 도야마를 책망하고 싶지는 않지만 목을 조르고 싶은 기분이었다. 뭐가 고마이게이조야. 15년 넘게 내버려두었던 작가에게 이제와 연락을 하라고 이리도 성화라니. 빌어먹을.

머릿속에서 무언가가 반짝였다.

〈암모니아〉…….

전화가 울렸다. 그걸 무시하고《소설 신코》1998년 5월호와 컴퓨터 키보드를 몸 가까이 끌어당겼다. 아까 보았던 그 사진.

서둘러서 검색을. 분명 이 근처에서 보았는데…….

"하무라 씨, 전화를 받으세요."

세키미즈의 말을 무시하고 검색을 계속했다. 찾았다.

"하무라 씨."

수화기를 들었다. "하무라"라고 말하는 무라키의 목소리가 지금껏 들어본 적 없을 정도로 절박했다. 옆에 들리는 콧김 또한 아까보다 더욱 크게 들렸다.

"네가 경찰과 내통하고 있다고 소에지마 씨가 말하고 있어. 모두 한패가 되어서 자신을 모함하고 있다고. 전 부인의 의식이 돌아오지 않는 것도 경찰이 꾸민 일이라고."

"그런 것보다 호시노 구루미를 살해한 중요 용의자를 찾았어요."

나는 침을 꿀꺽 삼키고 대답했다. 소에지마가 으르렁댔다.

"헛소리 마. 이봐, 무라키. 이 빌어먹을 여탐정이 나를 바보 취급하는 거냐. 적당히 속이려 하는 거 아냐. 그렇지!"

무라키의 신음 소리가 들리자 세키미즈를 비롯해 꽉 들어찬 경찰들이 일제히 몸을 움츠렸다. 온몸에서 핏기가 사라지는 것 같았지만 이제 되돌릴 수는 없다.

"호시노 구루미 씨가 다음번에 개축할 예정이었던 집, 기억하시나요? 구니타치의 단독주택으로, 테마는 헨리 데이비드 소로의 '숲속의 생활'이었어요. 테마로 보았을 때 구루미 씨는 이 집에서 정원을 중심으로 리모델링할 생각이 아니었나 해요. SNS에 올린 사진도 정글 같은 정원 사이로 작게 집이 엿보이는 듯한 느낌이었으니까요."

무라키가 소에지마에게 지금 내가 한 말을 전하는 것이 들렸다. 두근거리는 마음을 진정시키며 기다렸다. 약간의 침묵 후 소에지마의 목소리가 근처에서 들렸다.

"그랬었지. 나도 그녀가 그 집 사진을 보여줘서 봤으니까."

좋아. 납득시켰다. 안심한 듯 주변의 남자들이 소리를 내지 않고 일제히 깊은 숨을 내쉬었다. 산소 결핍을 일으킬 것 같았다.

"하나 더. 아와야 히사오. 구루미 씨가 7년 전에 회사를 고발했을 때 담당했던 변호사예요. 아직 60대인데 젊은 부인이 실종된 충격으로 법률사무소를 조카에게 넘기고 자신은 고쿠분지의 저택을 처분하고 은퇴했어요. 정원이 넓은 구옥으로, 용케도 그걸 사는 사람이 있다고 생각할 정도의 그런 집이었습니다. 그 사실은 기억하고 있나요?"

"바보 취급 마, 여탐정. 아까 말했잖아. 그게 어쨌단 거야."

"저는 시토 이오라는 균류학자를 알고 있는데요."

거짓말은 아니다.

"균류학자라는 것은 말하자면 버섯 전문가예요. 그중에서도 암모니아 버섯으로 분류되는 버섯 쪽 전문이죠. 밤자갈버섯, 보라발졸각버섯, 긴꼬리자갈버섯 등이 그건데요."

세키미즈의 영문을 모르겠다는 얼굴을 곁눈질하며, 〈암모니아〉 속의 시토 이오가 암모니아 균을 설명하는 장면부터 버섯 이름을 쭉 읊었다.

"버섯? 그게 어쨌단 건데?"

"암모니아 균이라는 것은 그 이름대로 암모니아를 좋아하는 버섯이에요. 동물 사체가 분해되면 암모니아가 발생합니다. 그곳에 생기죠. 때문에 유럽에서는 암모니아 버섯을 코프스 파인더Corpse Finder, 즉 시체 발견자라고 불러요."

고마이 게이조가 그렇게 썼었다. 소에지마 준페이의 콧김이 가까워졌다.

"그래서?"

"그래서 균류학자에게 호시노 구루미 씨의 구니타치의 집 정원 사진을 보여주면 어떨까 했어요. 그 정원에는 수풀이 우거지고, 넝쿨도 있고, 버섯도 있었습니다. 미끈미끈한 갈색 버섯이 한곳에 가득 자라나 있더군요."

"오, 그랬지."

다소 몸을 움직이는 듯한 소리가 들리며 소에지마가 바로 옆에서 말했다. 세키미즈가 주먹을 불끈 쥐었다. 소에지마가 수화기를 든 것이다.

"생각해보세요. 그 버섯이 암모니아 버섯이라면? 아와야 변호사의 저택을 산 것이 호시노 구루미라면? 두 사람은 아는 사이였습니다. 한쪽은 집을 고쳐서 생계를 꾸리는 사람, 한쪽은 낡은 집을 처분하고 싶은 사람."

"잠깐만. 호시노 구루미가 산 것은 구니타치의 단독주택으로, 변호사의 저택은 분명 고쿠분지 아니었던가……."

"그래요."

나는 일부러 크게 말했다. 여기가 소에지마를 속여야 하는 지점이다.

"호시노 구루미 씨는 리모델링을 한 집을 팔아 생계를 꾸렸습니다. 부동산업계에서 지역명은 브랜드예요. 이미지가 좋은 지역명을 붙이면 고객의 관심이 높아지고, 관심이 높아지면 비싸게 팔 수 있죠. 그러니까 조후 시 이루마초의 맨션에 '로열 그랜드 세이조'라고 이름을 붙이기도 하죠. 도보 30분 이내라면 주소가 어떻든 홍보 전단지에는 덴엔조후라고 적어요. 고쿠분지와 구니타치는 바로 이웃해 있다 보니 고쿠분지의 낡은 집을 구니타치의 저택이라고 표기하기도 하는 법이죠."

"음, 그런 방법은 많이 들었어. 그래서?"

소에지마 준페이가 납득한 듯이 중얼거렸다. 나는 생각할 틈을 주지 않고 몰아붙였다.

"생각해보세요. 아와야 변호사의 부인은 행방불명 상태예요. 그녀는 어디로 간 걸까요? 부인이 실종된 이후 아와야 변호사는 의기소침해져 사무소를 조카에게 물려주었습니다. 그리고 정원에는 수많은 버섯. 버섯에는 암모니아 균이라 불리는 종류가……."

"여탐정, 댁도 참으로 무서운 생각을 하는군."

소에지마 준페이가 말했다.

"그렇다면 이런 건가. 호시노 구루미는 그 사실을 모른 채 변호사에게서 집을 샀다. 그리고 곧 정원을 파헤칠 예정이다. 그렇게 되면 곤란한 인간이 호시노 구루미를?"

"법률사무소를 물려받은 것도, 집이 팔리는 것을 싫어한 것도 아와야 변호사의 조카입니다. 아무리 구니타치에 가까워도 호시노 구루미가 샀을 정도니 평가액은 낮았을 테죠. 사는 사람이 불쌍하다고 할 정도의 집이에요. 요즘 세상에 그런 낡은 집을 상속받고 싶어한다고는 그 누구도 생각하기 힘들죠."

"흠. 만약 조카가 아와야 변호사의 재산을 노렸다면 변호사의 딸뻘인 젊은 부인이 있으면 곤란한 것도 그 조카겠군."

소에지마 준페이의 목소리가 밝아졌다. 좋아, 넘어갔다.

"그렇지 않을까요. 어떤가요, 소에지마 씨. 경찰에 이 사실을 말해서 아와야 변호사의 조카에 대해 조사를 시키는 것은. 서두르지 않으면 증거를 인멸하려 들지도 몰라요."

"정원을 파헤칠 거란 말인가. 그래선 안 되지."

"그렇죠? 그러니까 인질을 놓아주고."

갑자기 귓가에서 콰앙 하는 엄청난 소리가 울렸다. 깜짝 놀라 수화기를 던지고 텔레비전 화면을 바라보았다.

경찰 특공대 돌입.

6

　소에지마 준페이는 체포되고, 무라키 요시히로와 소에지마의 전 부인은 무사히 보호되었다. 나는 가장 가까운 경찰서로 출두해 진술을 하고 오랜 시간에 걸쳐 설교를 들었다. 경찰이 듣고 있다는 사실을 알고 있으면서 거짓말로 살인사건을 만들고, 관계가 없는 인간을 살인범으로 만들었다느니 뭐라느니. 그런 이야기를 소에지마 준페이가 진지하게 받아들이면 어쩔 뻔했냐고 세키미즈가 말했다.

　"자신이 저지른 살인을 잊고 변호사의 조카가 아와야 변호사의 부인과 호시노 구루미를 살해했다고 믿으면 어쩔 뻔했습니까."

　"저는 조카가 살인범이라는 말은 한마디도 안 했는데요. 정원에 사체가 묻혔다는 말도 안 했어요. 아와야 선생님의 부인이 건강히 잘 있는 모습을 보여주면 되는 거 아닌가요. 아니면 진짜 균류학자에게 그 정원의 버섯을 보여주던가."

"뭐라고요? 그 정원 사진 속의 버섯이 댁이 말한 암모니아 균이 아닌 건가요⋯⋯."

그렇게 말했을 때 세키미즈가 누군가에게 호출되어 방에서 나갔다. 나는 싸구려 사무 의자에 등을 기댔다. 바보 같기는. 경찰이 그런 이야기를 믿어서 어쩌겠단 건지. 아마추어가 정원 사진을 본 것만으로 버섯 종류를 구분할 수 있을 리가 없잖아.

커다란 소리를 들은 탓에 귀가 아팠다. 태풍이 접근하고 있는 탓도 있어서 머리가 무겁다. 비가 경찰서 유리창을 세차게 적시고 있다. 대체 언제 풀어줄 건지.

거의 30분 넘게 기다리게 한 끝에 돌아온 세키미즈에게 불평을 하려 했지만, 그는 마치 귀신이라도 보는 듯한 기묘한 표정으로 나를 보더니 이렇게 말했다.

"방금 고쿠분지의 빈 집 정원을 멋대로 파던 남자가 체포되었습니다. 백골도 나왔다더군요."

붉은 흉작

—

11월

1

"나, 2주 전에 죽었네."

11월의 찬바람과 함께 서점 안으로 들어온 쓰노다 고다이 선생님이 말했다.

　

살인곰 서점에서는 반년 정도 전 '사나이들의 로망과 향기'라는 테마로, 1950년대의 일본 하드보일드 절판본을 모아 페어를 개최했다. 그 일환으로 하드보일드 작가 쓰노다 고다이 선생님을 게스트로 초빙했다.

고다이 선생님에 대해 과연 설명이 필요할까. 1980년대 후반 《때리는 것은 나다》로 업계의 주목을 받았고, 《잃어버린 도시》, 《암벽에 죽다》 양 시리즈가 대 히트. 한편 트렌치 코트에 선글라스 모습으로 비를 맞는 저자 사진이 화제를 불러 20년 넘게 위스키 광고에 출연. 서른 살 이상의 일본인들에게 쓰노다 고다이는 하드보일드의 대명사가 되었다.

트렌치코트 옷깃을 세우고, 엽궐련을 피우며 등장한 선생님은 미스터리계에서 최고라는 중저음의 음성으로 기타무라 마스오, 시마우치 도오루, 유우키 쇼지의 소설에 대해, 또한 헤밍웨이부터 대실 해밋, 로스 맥도널드 등 하드보일드 장르에 대해 열심히 설명했다. 그 자리에 있던 팬들은 완전히 매혹되어 책을 한아름씩 품에 안고 황홀한 표정으로 귀가했고, 서점 매상은 최고 기록을 수립했다.

최고의 접대를 해야 하는 분인데, 그것과 이것과는 별개의 이야기다. 나는 살짝 선생님의 콧김 냄새를 맡았다. 그 사실을 알아차린 선생님이 얼굴을 찌푸렸다.

"술주정뱅이의 헛소리가 아닐세. 뭐, 내가 죽었다는 것은 좀 달라. 쓰노다 고다이가, 아니 쓰노다 지로가 죽었네."

선생님은 그렇게 말하고 계산대 옆에 놓아둔 접이식 의자를 멋대로 꺼내 털썩 앉고는 팔짱을 꼈다.

"아, 쓰노다 지로는 내 본명이야. 고다이는 필명이고. '쓰노다 지로'여서는 하드보일드 탐정보다는 새벽에 신문을 배달하는 유령이나 연상되지 않겠나.(쓰노다 지로라는 동명의 만화가가 그린 《공포신문》과 《뒤쪽의 햐쿠타로》를 뒤섞어 한 말—옮긴이) 그래서 아내와 이것저것 생각한 끝에 고다이港大라는 이름을 쓰기로 했어. 바다가 없는 다마 동부 출신인 내가 생각한 것치고는 괜찮은 이름 같아. 애당초 기치조지라든가 세타가야라든가 조후라든가 현재는 중산층들의 아성이지 않나. 때문에 내 프로필에서 미타카 출신이라는 사실을 빼버렸지."(미타카 역시 조후, 세타가야와 인접해 있다—옮긴이)

중저음으로 계속해서 말하는 선생님의 이야기를 한 귀로 흘리며 나는 일을 재개했다. 지난 달 말에 열린 살인곰 서점의 할로윈 이벤트 때 오너 겸 점장 도야마 야스유키가 흡혈귀 분장을 했는데, 망토 끝자락을 밟아서 계단에서 굴러 떨어졌다. 콩트 같은 전말이었지만, 결과는 다리 인대가 끊어지는 큰 부상으로 입원. 이미 퇴원은 했지만 얼마간은 자택에서 꼼짝도 못할 것 같다고 했다.

아무리 한가한 서점이라 해도 인터넷 판매나 고서 매매 상담, 간판 고양이 돌보기에 금전 관리, 책 정리 등 혼자서는 상당히 바쁘다. 보다 못한 가가야 학생이 아르바이트를 자청한 덕에 간신히 버티고 있는 정기 휴일 전날, 폐점 직전, 작가의 헛소리를 진지하게 들어줄 체력 따위는 남아 있지 않다.

쓰노다 선생님의 이야기는 어렸을 적 추억이야기가 되었다가, 부인과의 첫 만남이 되었다가, 다마 지역이 어떤 식으로 도쿄 23구에 착취당하고 있는지 하는 테마가 된 지 15분

후, 드디어 처음 이야기로 돌아갔다.

"2주일 전, 미타 중앙로 근처 연립에서 화재가 발생했네. 1층에 살던 할머니가 튀김을 튀기려고 기름을 올려둔 채 근처에 간장을 사러 나가서 말이야. 돌아왔을 때에는 지옥불처럼 불타올라서 손을 댈 수도 없었어. '하이츠 알데바란'은 지은 지 45년 된 목조 연립인데, 살고 있던 것은 그 할머니와 15년 전부터 201호에 살던 '쓰노다 지로' 둘 뿐이었지."

그 화재라면 알고 있다. 문제의 연립은 내가 살고 있는 '스타인벡 장'이라는 셰어하우스와 비교적 가까워서 동거인들 사이에서 화제가 되었기 때문이다. 게다가…….

"사망자가 나왔었죠. 그게 그……?"

"그래. 나, 쓰노다 지로."

선생님이 얼굴을 쓸어 내렸다.

"소방관은 소화와 병행하며 주민들의 안전을 확인하려 했어. '쓰노다 지로'는 근처 청소회사에서 일하고 있었는데, 그 날은 쉬는 날인 데다 연락도 되지 않았지. 진화 다음 날이 되어서야 불탄 흔적에서 시신이 발견되었는데 형체는 알아볼 수 없었다고 해. 집주인은 아흔이 넘은 나이에 현재 입원 중. 조카가 있지만 홋카이도에서 거주 중이라 집 계약에 관한 것은 아무것도 모르는 상태. 그래서 경찰은 부동산을 찾았고, 부동산은 15년 전의 임대계약서를 찾아 제출했어. 그곳에 '쓰노다 지로'가 제출한 호적 초본이 첨부되어 있었던 거지."

"그럼 그 호적 초본이……?"

"그래. 내 호적 초본이었던 걸세. 그래서 경찰은 그것을 토대로 우리 집에 전화를 걸어서는 내가 불타 죽었다고 아내에게 알린 거야. 하여튼 이게 무슨 일인지."

선생님이 말을 이었다.

"처음에는 재미있다고 생각했네. 죽은 것이 나라면 여기 있는 것은 누구란 말인가 하면서 말이야. 하지만 '쓰노다 지로'가 호적 초본의 쓰노다 지로와 다른 사람이란 사실이 밝혀지니 이번엔 경찰이 날 의심하는 거 아닌가. 요컨대 내가 내 호적을 고의로 죽은 '쓰노다 지로'에게 빌려준 거 아니냐면서 말이지. 생판 남이 호적을 도용했는데 15년 동안이나 모르셨냐면서 빈정대더군."

남의 호적 초본을 무단으로 도용하는 것은 15년 전이라면 그리 어려운 일은 아니었다. 공공연하게 말할 수는 없지만, 예전에는 나도 당자자인 척하며 조사 대상자의 호적 초본이나 주민등록증을 취득하기도 했다. 타인의 선의를 믿고 느슨하게 살았던 고대 시대의 이야기지만.

그런 것쯤 경찰도 안다. 알고 있으면서도 뭔가 실마리를 찾기 위해 고다이 선생님을 흔드는 것이다.

"대체 뭐가 아쉬워서 내가 내 호적을 다른 사람에게 양도한단 말인가. 그렇게 말했지만 담당자는 그쪽이 당신을 알고 있었으니 당신도 그쪽을 알고 있을 거라며 주장을 굽히지 않는단 말일세."

"호적을 매매하는 인간이 어쩌다 선생님의 호적 초본을 손에 넣어 '쓰노다 지로'에게 판 것이 아닐까요?"

"상식적으로 생각하면 그렇겠지."

고다이 선생님이 주머니에서 엽궐련을 꺼내 앞니로 콱 깨물었다.

"하지만 경찰은 그런 놈들도 연고가 없는 노숙자 것을 파는 등 나중에 문제가 생기지 않는 쪽을 선택한다더군. 말하자면 나처럼 나름 유명하고, 언론과도 연줄이 있는 인간의 호적을 일부러 판매할 리가 없다는 거야. 게다가 이걸 보여주니 모르는 사람이라고도 말할 수 없게 되었단 말일세."

고다이 선생님이 복사 용지에 인쇄된 사진 몇 장을 꺼냈다. 맨 위의 사진에서는 선술집 좌석으로 보이는 곳을 배경으로 열 명 정도의 남녀가 웃고 있었다. 청소회사의 작년 송년회 기념사진이라고 했다. 맨 끝에 있는 남자 쪽에 볼펜으로 화살표 표시가 되어 있었다.

"이 사람이?"

"그래. '쓰노다 지로'."

바리캉으로 민 듯한 짧은 반백의 머리에 둥근 얼굴. 처진 눈, 새우등, 햇볕에 탄 피부. 그만이 웃지 않았지만, 특별히 수상쩍거나 하지는 않다. 오히려 내성적인 성격으로 보인다.

"아는 사람인가요?"

고다이 선생님이 머리를 긁적였다.

"작가로 데뷔한 이래 수많은 사람을 만났으니까. 본 적 없는 사람이라고 단언은 못하겠네. 아는 듯한 느낌이 들지 않는 것도 아니야. 올해 환갑인데 몇십 년이나 만나지 못한 상대라면 길에서 맞닥뜨려도 알 수가 없지. 하물며 사진이니까."

그 밖에도 사진은 두 장 더 있었다. 청소회사의 제복을 입고 다른 스태프와 함께 회사 밴 앞에 서 있는 사진과 조리사로 보이는 흰 옷을 입은 남자와의 투샷. '쓰노다 지로'는 이 세 장째 사진에서 테이블에 앉아 백의의 남자와 어깨를 기대고 있었다. 전갱이 튀김 정식일까. 먹던 튀김에 양배추, 찬 두부가 담긴 종지. 옆에는 주방과의 경계로 보이는 좁고 긴 창이 배경으로 보인다.

"이 투샷 사진은?"

"'쓰노다 지로'의 로커에 붙어 있었다고 해. 갈아입을 옷과 수건 이외에 개인적인 물품은 이것뿐이라더군. 이 사진 속에 나무젓가락 포장지가 보이지?"

포장지에는 하라시마 식당이라고 적혀 있었다. 미타카 시 나카하라까지 주소를 읽을 수 있었다.

　　"청소회사 근처에 있는 정식집인데, '쓰노다 지로'는 매일 거기서 밥을 먹었다고 해. 연립의 임대계약 보증인이 이 하라시마 게이스케라고 경찰에서 들었네. 상당히 친했을 테고, 아마도 하라시마 게이스케는 호적 도용 사실에 대해서도 모르지 않았을까. 하지만 화재가 발생하기 반년 전에 병으로 사망했네."

　　"아, 젠장" 하며 고다이 선생님은 머리를 헝클어뜨렸다.

　　"죽은 사람이 내 행세를 한 거라고! 지금까지 알아낸 사실로는 연립을 빌렸을 뿐 달리 나쁜 일은 하지 않은 것 같은데, 그러니까 기분이 더 찝찝해. 안 그런가?"

　　"네."

　　"어디의 누구인지 밝혀달라고 담당 형사에게 말했는데, 당신이 기억해내면 될 일이라는 식으로 나오더군. 화재로부터 2주가 지난 터라 조사에 진척이 있지 않을까 해서 아까 미타카기타 경찰서에 들렀는데 아~무것도 안 한 것 같아. 청소회사 로커에서 지문을 채취해서 신원 조회를 돌렸을 뿐. '사인·신원조사법'에 근거해 조사 중이라며 담당이 말했는데 그런 법률도 있나?"

　　"자료가 있어요."

경찰·법률 관련 책장에서 주해 텍스트를 꺼내서 건넸다. 미스터리 전문서점에는 작가를 목표로 하는 고객도 오기 때문에 참고자료가 될 듯한 것도 구비해 놓았다.

고다이 선생님은 따분한 듯이 《주해─경찰 등이 다루는 사체의 사인 혹은 신원 조사 등에 관한 법률》 책을 들췄지만 곧 신음했다.

"난 이런 거 좀 불편한데, 말하자면 그거 아닌가? 범죄에 관련되었거나 외국인 같은 신원을 알 수 없는 시신이라면 DNA를 채취하거나 치아 등을 확인하기 위해서 수사기관과 그 의뢰를 받은 의사나 치과의사가 시신을 해부하는 것을 인정한다 같은 법률 말일세. 하지만 이번 경우에 화재는 할머니의 부주의고, '쓰노다 지로'는 외국인도 아닌 듯하고, 애당초 불에 심하게 탔고 무너져 내린 지붕 아래 깔려서 두부도 박살이 난 터라 DNA나 치아 형태도 채취할 수가 없어. 그렇게 되면 이 사인·신원조사법? 이게 나설 차례는 없지 않은가. 역시 그거야. 법률을 들이대서 잘 모르는 일반인을 현혹시키려는 거지."

고다이 선생님이 일어서서 우리에 갇힌 곰처럼 서점 안을 배회했다.

"이걸로 확실해졌어. 경찰도 결국엔 공무원이야. 호적을 도용한 것이 15년 전이라면 이미 시효가 지났고, 그렇게 되면 경찰 소관이 아니지. 시신과 서류를 시청에 보내, 시 담당자가 관보에 작게 고지하고는 그걸로 끝. '쓰노다 지로'는 이대로 무연고 사망자 처리되는 거지. 그렇게 되면 나쁜 것은 녀석이 누군지 기억해 내지 못하는 나야. 헛소리 말라고. 그런고로 하무라 씨, 조사를 부탁하네."

나는 하라시마 식당 사진을 확대경으로 보고 있었다. 최근 밤이 되면 눈의 초점이 잘 맞지 않는다. 그 탓에 고다이 선생님의 말이 뇌세포까지 전달되는데 약간의 시간이 걸렸다.

"……네?"

"이 서점이 탐정사무소도 겸하고 있다는 사실이 생각나서 아까 도야마 씨에게 연락했네. 내일과 모레는 정기 휴일이고, 하무라 씨라면 우수하니까 이틀이면 진상을 밝혀낼 수 있을 거라더군. 죽은 '쓰노다 지로'의 정체를 밝혀주게. 왜 그 녀석이 내 호적 초본을 사용했는지도."

"잠깐만요……."

선생님이 장지갑에서 1만 엔짜리 지폐를 몽땅 꺼내서 내 눈 앞에 내려놓았다.

"선금일세. 부족하면 말하게. 돈을 아낌없이 쓰겠다 정도까지는 아니지만, 영수증만 끊어준다면 어느 정도의 조사료는 문제없네. 리서치 비용이라는 명목으로 경비로 처리할 테니까. 보고 또한 구두 보고면 충분하고. 우리 집에 있는 자료가 필요하다면 아내에게 연락하게. 알겠나."

"저, 그게……."

"그래, 고맙네."

고다이 선생님은 기지개를 켜며 일어서서 의자를 원래 있던 자리에 고이 접어 넣었다.

"죽은 내가 어깨를 짓누르고 있는 것 같아서 최근에 술맛이 없어. 하무라 씨, 나도 다소는 탐정업이란 것을 안다고 자부하네. 경찰이 찾지를 못했으니 어려운 일이라는 것도 알아. 이틀 동안 노력해서 안 된다면 그걸로 괜찮네. 책망하지 않겠어. 다만 그 경우에는 '쓰노다 지로'의 무연고 사망자 처리가 내 탓이 아니라는 것이 되겠지만."

"그럼 가보겠네" 하며 문손잡이를 잡은 고다이 선생님을 내가 큰 목소리로 멈춰 세웠다.

"선생님, 혹시 이시카와 현과 관련해서 뭔가 짐작 가는 바는 없나요?"

2

　도에이신주쿠 선을 타고 니시오지마 역까지 가서 버스로 갈아탔다. 아파트 단지 앞에서 내렸다. 도쿄의 동쪽 지역 지리에는 좀 약하다. 이쪽에 올 기회가 별로 없기 때문이다. 체인점만이 기승을 부리는 요즘 세상에, 어느 지역에 내리든 경치나 판매하는 상품이나 다 거기서 거기다. 특별한 용건이 없으면 도쿄를 횡단할 의미가 없다.

　생각했던 것보다 큰 단지였다. 11월 치고는 따뜻한 날로, 아침부터 햇살이 좋아 눈이 부실 정도인데 사람들이 거의 보이지 않았다. 이미 10시가 넘어 다들 학교나 직장이나 시설에 수용된 탓이다. 거대한 거주용 빌딩으로 둘러싸인 넓은 공원 지대에 서 있으니 마치 신의 '모래놀이 치료'에 섞여 들어간 인형이라도 된 듯한 기분이었다.

"이시카와 현?"

어젯밤, 고다이 선생님이 깜짝 놀라 나를 보았다.

"인연이 아예 없진 않아. 초등학교 때 가가 온천 마을에서 여름방학을 보냈거든. 아버지가 바람을 피워서 어머니가 나와 누나를 데리고 당시 야마나카 온천에서 일하던 이모할머니를 의지해 집을 나왔지. 물론 진실을 알게 된 것은 10여 년 후인 아버지 장례식 때였지만. 아직 여덟 살인가 그랬기 때문에 단순히 여름방학이 즐겁기만 했어. 이모할머니 요리도 맛있었고, 공동 욕탕에서 헤엄치거나, 동네 녀석들과 친해져서 길이가 23센티미터가 넘는 사슴벌레를……. 어라?"

고다이 선생님이 사진을 낚아채서는 빤히 바라보았다.

"이 녀석, 설마 노부? 아니, 노부 맞아. 틀림없이 노부다. 이 동그란 얼굴, 처진 눈, 새우등……. 기억났다. 좋은 녀석이야. 곤충박사라고 불렀는데, 사슴벌레가 모이는 나무를 가르쳐주기도 했지. 우와, 그립다. 그런데 하무라 씨, 정말 굉장한걸. 어떻게 이시카와 현이 나왔지?"

나는 하라시마 식당의 전갱이 튀김 정식을 손으로 가리켰다. 조리한 주방장과 함께 먹는다는 것은 식당 직원들이 먹는 '직원 밥' 같은 것일 것이다.

"종지의 찬 두부 위에 올라간 것을 자세히 보니 생강이 아니라 겨자더군요. 두부에 겨자는 도쿄에서는 거의 볼 수가

없지만 이시카와 현에서는 일반적이라서요. 그 노부 말인데
요, 정확한 이름은 기억하고 계신가요?"

"노부나가."

"네?"

"그러니까 노부나가. 이 이름은 한 번 들으면 잊을 수 없
지. 성은 뭐였더라. 함께 놀았던 것이 50년 전 일이라서."

고다이 선생님의 눈에 눈물이 글썽였다.

"애당초 풀네임을 들었는지 어땠는지도 모르겠고. 분명 여
관집 아들이었네. 여관 이름이 뭐였더라. 새가 들어갔던 것
같은데…… 쓰루鶴, 하토鳩, 가모鴨…… 우즈라鶉. 맞아, 우즈
라. 우즈라메 여관의 노부였어."

"연락을 하고 싶으니 노부의 가족을 찾아주게."

노부의 명복을 빌며 한잔 하겠다는 고다이 선생님을 배웅
하고 나도 집으로 돌아왔다. 저녁밥을 먹고 목욕을 한 뒤 인
터넷을 뒤졌다. 야마나카 온천에서 우즈라메 여관을 찾아내
지는 못했다. 끈질기게 검색한 끝에 20년 전에 폐업했다는
사실을 알아냈다. 버블 경제기에 대규모 설비 투자를 했다
가 도산한 여관은 전국에 수도 없이 많다.

도산 당시 우즈라메 여관의 대표는 사토 노부야스라고 되
어 있었다. 이 이름으로 검색을 했지만 무엇 하나 검색되지
않았다. 폐업 당시에 뒷마무리를 깔끔하게 하지 않았을 경

우, 관련된 사람이 찾을 수 없게 정보를 꽁꽁 숨겼을 가능성이 있다. 사토 노부나가가 '쓰노다 지로'를 가장한 이유 또한 바로 거기 있을지도 모른다.

간신히 야마나카 온천 지역 초등학교 동창회 교류 사이트에서 사토 노부야스의 이름을 발견했다. 1963년 졸업생이 2년 전에 쓴 글 중에 '동급생 사토 노부야스'라는 것이 있었다. 나이로 보아 노부야스는 노부나가의 형일 것이다. "부인이 사망해서 지역 절 무덤에 유골을 안장하러 왔다고 했다. 지금은 도쿄에서 살고 있다고 들었다"고 적혀 있었다.

절에 문의해서 사토 노부야스의 주소를 알아냈다. 그게 이고토 구 기타스나의 아파트 단지였다는 것이다.

단지를 올려다보다가 그제야 알아차렸다. 사토 노부야스가 동생의 죽음을 알 턱이 없다. 그렇게 되면 형에게 동생의 죽음…… 그것도 비명횡사를 전해야 하는 말도 안 되는 역할을 맡게 된 것이 된다.

나도 모르게 혀를 찼다. '우즈라메 여관의 노부나가'가 나온 시점에서 미타카기타 경찰서를 통해 알렸어야 했다. 고다이 선생님이 1만 엔짜리를 스물일곱 장이나(나중에 세어보았다) 꺼냈기 때문에 넙죽 받아들인 것이 문제다.

어쩔 수 없다. 여기까지 왔는데 되돌아갈 수도 없다.

사토 노부야스의 집은 13층에 있었다. 엘리베이터 홀에서 엘리베이터를 기다리고 있으니, 건너편에서 휠체어가 다가왔다. 동그란 얼굴에 처진 눈, 나이 지긋한 남자가 지팡이를 손에 들고 앉아 있고, 동그란 얼굴에 처진 눈, 약간 젊어 보이는 새우등의 남자가 휠체어를 밀고 있었다. 엘리베이터가 와서 타니, 휠체어를 밀던 남자가 13층 버튼을 눌렀다.

"살아 있다고? 노부가?"

전화기 너머 고다이 선생님의 목소리가 갈라졌다. 나는 편의점에서 산 물을 한손에 들고 니시오지마 역을 향해 걸으면서 대답했다.

"살아 있을 뿐만 아니라 건강하던데요. 하드보일드 작가 쓰노다 고다이가 함께 곤충을 잡던 멜빵 반바지의 지로라는 사실을 알고 깜짝 놀라더군요. 그 모습을 보건대 선생님의 호적 초본을 훔치기는커녕 본적지도 생년월일도 모를 거예요."

"아, 그런가……."

"여관 폐업 이후 형제가 여기저기 전전하며 공사장 인부 일을 해서 빚진 돈을 갚았다더군요. 여러 일이 있었고, 지금은 형제 둘이서 살고 있었습니다. 노부나가 씨는 휠체어 신세인 형님을 돌보고 있었고요."

고다이 선생님이 기분이 나쁜 듯 신음했다.

"잠깐만 하무라 씨. 나는 어젯밤 노부의 죽음을 기리며 위스키 한 병을 다 비웠다네. 덕분에 지금 숙취로…… 아무 의미가 없었잖아."

노부가 분명하다며 떠들어댄 것은 내가 아니다. 게다가 다행 아닌가. 소중한 소꿉친구가 죽지 않아서.

"언젠가 함께 마시고 싶다고 지로에게 전해달라고 노부나가 씨가 말씀하셨습니다."

나는 사무적으로 말했다.

"일단 두 분께도 '쓰노다 지로' 사진을 보여주었습니다. 찬두부는 그들도 겨자를 곁들여 먹는다고 하는데, 그것 말고는 짐작이 가는 바가 없다고 하네요. 하이츠 알데바란으로 가서 탐문을 해보겠습니다."

도에이신주쿠 선과 게이오 선은 환승이 가능하다. 한 시간 정도면 도착할 거라고 생각했는데, 갈아타고 기다리고 하는데 의외로 시간이 걸려서 쓰쓰지가오카까지 두 시간 가까이 걸리고 말았다. 급행열차가 멈추는 역임에도 불구하고 아무것도 없는 로터리에서 어느 도시에나 있는 체인점에 들어가 씹을수록 빵이 쫀득해지는 핫도그를 먹었다. 왠지 안 좋은 예감이 들었다. 빨리 해결될 거라고 생각하는 일일수록 한 번 발을 헛디디면 일이 길어지는 법이다.

아니나 다를까 근처 주민 여덟 명 정도에게 물어보았지만 누구 하나 '쓰노다 지로'를 알지 못했다. 아흔이 넘은 집주인은 반년 전부터 치매에 걸린 상황이었다. 튀김을 튀기려던 할머니가 지금 어떤 상황인지 알고 있는 사람은 아무도 없었다. 불이 났을 때는 반쯤 정신이 나간 상태였고 끝내는 쓰러져 구급차로 실려 갔다, 참 안됐다, 찾는다 해도 상태가 그래서는 제대로 이야기도 못할 것이다 등등.

정식집 하라시마 식당이 있는 골목 쪽으로 가보았다. 중앙 도로와 거의 평행한 작은 골목에 아직 건물이 남아 있었다. 전에는 노란색이었을까. 찢어진 점포 텐트에서 '하라시마 식당'이라는 문자를 간신히 읽을 수 있었다. 포럼은 가게 안에 걸려 있고, 창문에는 먼지가 쌓인 복신이 놓여 있었다. 입구 옆에는 잡초가 자라나 있고, 빨간 녹이 슨 자전거가 방치되어 있었다.

이웃한 점포는 미용실이었다. 불은 켜져 있었지만 흰 페인트가 군데군데 벗겨지고, 장미로 보이는 낡은 덩굴이 외벽에 달라붙어 있어 정맥류를 앓는 할머니의 다리를 연상시켰다. 주저하며 문을 여니 쓴 순간 감전사할 것 같은 낡은 스탠딩 드라이기가 두 대, 폭발할 것처럼 녹투성이인 전기포트가 보이고, 나이가 든 여주인이 손을 부들부들 떨면서 텔레비전을 보고 있었다.

"커트인가요" 같은 것을 묻기 전에 서둘러 접은 천 엔짜리

지폐를 꺼내 잠깐 좀 여쭙겠다고 말하고 하라시마 식당의 투샷 사진을 보여주었다. 떨리는 손으로 돋보기안경을 쓰고, 진지한 표정으로 사진을 노려본 채 정지하기를 10분. 숨이 끊어지지는 않았는지 걱정이 되었을 때 간신히 이쪽을 돌아보았다.

"이웃 정식집에 무슨 문제라도."

"잘 알고 계신가요."

"이따금 들렀지. 주인장은 노토 출신인데 그 연줄로 꽤 맛있는 물고기를 들여오곤 했거든. 가장 인기는 게크림 크로켓이었던가. 게살이 잔뜩 들었고 정말 부드러웠어. 노토 소고기를 처음 먹은 것도 옆집에서였지. 싸구려 접시에 아무렇게나 담았는데 요리는 무엇 하나 빠지는 게 없었어."

여주인이 입술을 핥았다. 나는 '쓰노다 지로'를 손가락으로 가리켰다.

"이쪽 남성에 대해서는 아는 바 없으신가요. 단골이었는데."

"응, 자주 보았네. 하지만 별로 말이 없었어. 묵묵히, 하지만 맛있는 듯이 밥을 먹었지. 이 식당은 하라시마 씨가 혼자서 했으니까 이따금 설거지를 도와주는 등 사이가 좋은 듯했어. 아, 맞아. 이 포스터, 이 사람이 준 걸세. 다른 사람에게 받았는데 할머니 고이치로 좋아한다고 했죠? 괜찮다면 드리겠다며."

여주인이 몸을 돌려 벽의 낡은 포스터를 가리켰다.

짙은 파란색을 배경으로 약지와 새끼손가락을 동시에 세워 이마에 갖다 댄 채 카메라를 응시하는 남자. 짙은 눈 화장에 어떻게 보아도 가발. 양복의 옷깃이 놀랄 정도로 넓다. 남자 오른쪽에는 '노토의 번개, 겐부 고이치로'라고 붓글씨로 적혀 있고, 음반회사 로고가 새겨져 있었다. 매직으로 사인이 되어 있었는데 사인을 받는 사람의 이름을 보고 깜짝 놀랐다. '쓰노다 고다이 선생님 귀하'라고 되어 있었다.

"이 가수, 유명한가요?"

"아가씨도 참, 고이치로를 모르다니."

여주인이 어이없다는 듯이 나를 보았다.

"당신 일본인 맞나? 고이치로는 일본의 마음을 노래하는 명가수라고. 〈노토의 번개〉도 좋고, 〈갈림길〉도 좋고, 그리고 〈암벽에 죽다〉라는 드라마가 있었잖아. 그 주제가인 〈노지리 호수의 원망의 한잔〉은 명곡이지. 정말 모르나?"

가게를 나와서 이것저것 검색한 후 고다이 선생님에게 전화를 걸었다. 선생님은 여전히 갈라진 목소리로 의심스럽다는 듯이 말했다.

"확실히 《암벽에 죽다》는 드라마화 되었네. 꽤 오래전 이야기지만."

"1998년 봄이에요. 위키피디아를 확인했더니 겐부 고이치로가 주제가를 부르게 된 것은 선생님의 요청 때문이었다고 적혀 있었습니다."

"인터넷에나 떠돌아다니는 그런 글을 믿으면……. 어라?"

고다이 선생님이 잠시 침묵했지만 이윽고 흥분한 듯 속사포처럼 쏟아내기 시작했다.

"이거 설마 시라카와 선배인가? 그래, 시라카와 선배가 맞아. 시라카와 선배가 틀림없네. 이 둥근 얼굴, 처진 눈, 새우등, 기억났어. 정말 좋은 사람이었지. 학창시절 나와 아내가 동거를 시작한 연립의 이웃에 살았던 2년 선배. 뮤지션을 꿈꾸던 사람이었는데, 치약을 빌리거나 간장을 빌리거나 가뭄에 콩 나듯 돈이 들어왔을 때는 고기를 사서 냄비 앞에 둘러앉아서는……. 힘든 일도 슬픈 일도 나누며 가끔은 포기하기도 하고, 하루하루를 간신히…… 살아냈지."

목이 멘 듯 선생님의 목소리가 떨렸다.

"우와, 그립다. 마지막에 만난 것이 언제였더라. 아내에게 알려야겠다."

"시라카와 다음에는 어떻게 되나요."

"시라카와 히토시. 머리도 좋고 착한 사람이었는데 운이 없었지. 졸업 직전에 아버지가 돌아가셨다는 연락이 와서 시골로 내려갔는데 그 이후 연락이 끊겼네. 그런데 내가 광고를 찍게 된 이후 겐부 고이치로의 매니저를 하고 있다며 연락이 왔었어. 좋은 일거리가 있으면 소개 좀 시켜달라기에 내 책이 드라마화 될 때 프로듀서에게 소개를 했지.《암벽에 죽다》의 무대는 도야마인데 왜 노지리 호수 노래였는지는 지금 생각하면 이상하지만, 그 시절에는 뭐든 가능했으니까. 방송계도."

"그래서 그 후에는요?"

"드라마화 덕에 돈이 들어와서 다음 해 하자키에 집을 샀어. 두 번 정도 놀러왔었는데 외진 곳이고, 그런 게 아니더라도…… 여러 일들이 있던 시절의 지인과 만나는 게 괴로울 때가 있지 않나. 자연스럽게 소원해졌네. 소문으로는 술을 손에서 놓을 수 없어서 일을 전전하다가 마지막으로는 알코올 의존증 치료시설에 들어갔다고 들었어."

"겐부 고이치로의 사인이 들어간 포스터는 기억 안 나시나요?"

고다이 선생님과 '쓰노다 지로'가 접점이 있었다는 물증이 된다. 선생님이 신음했다.

"주제가가 결정되었을 때 시라카와 선배 주선으로 아카사카인지 어딘가의 중국집에서 함께 밥을 먹었네. 사인이 들어간 포스터를 받았다고 한다면 그때였을 거야. 하지만 솔직히 겐부 고이치로에게는 흥미가 없었고, 그래서 어쩌다 보니 그 자리에 두고 돌아온 것이 아닐까."

그걸 매니저인 시라카와 히토시가 챙겨 갔다가 그대로 수중에 두었다. 나중에 하라시마 식당에서 젠부 고이치로의 팬인 미용사와 알게 되어 선물로 주었다. 앞뒤가 맞는다.

선생님은 "연락을 하고 싶으니 시라카와 선배의 유족을 찾아봐주게. 나는 시라카와 선배의 명복을 빌며 오늘은 마셔야겠어"라는 말과 함께 전화를 끊었다. 내가 찾는 것보다 선생님 쪽이 시라카와 씨의 정보를 더 갖고 있을 거라는 생각에 선생님의 부인이자 매니저인 야요이 씨에게 연락을 해보았다. 시라카와 히토시라는 이름을 들은 야요이 씨가 잠시 말을 잃었지만, 이윽고 연락처가 적힌 오래된 수첩을 찾아서 시라카와 히토시의 친가가 노미 시에 있는 진종 절이라는 사실을 알았다.

전화를 거니 사촌 형수라는 사람이 받았다.

"히토시 도련님 말인가요. 아뇨, 연락이 끊긴 지 꽤 되었어요. 몇 년인가 전에 남편이 족보를 만들겠다며 친지들의 호적 등본을 모았던 적이 있었죠. 그랬더니 도련님은 15년 정도 전에 데릴사위로 상대 쪽 호적에 올라갔더군요. 남편도 깜짝 놀랐죠. 상대 말인가요? 호소누마 하루미라는 히토시 도련님의 동급생이에요. 여자답지 않게 음주에 도박에 사치까지 그 모든 것을 10대 때 저질렀었죠. 지역에서는 유명했어요. 돈을 모아 도쿄 나카메구로에서 카페를 열었다는 소문은 들었는데 그게 사실일지는……."

알코올 의존증인 남자. 데릴사위. 좋지 않은 소문이 끊이지 않는 여자. 나카메구로에서 카페를 개업하려면 돈도 적지 않게 든다.

거기에 타인의 호적을 무단 도용한 것을 더하면 좋지 않은 상상이 싹이 틔운다.

중앙도로 아래 공원 벤치에 앉아서 태블릿 PC를 꺼냈다. 종일 햇빛이 닿지 않는 모양이다. 벤치가 상당히 차가웠다.

시라카와 히토시, 호소누마 하루미, 두 이름으로 검색하니 고등학교 동창회 교류 사이트에서 이름만 검색되었다. 사촌 형수의 말대로 "나카메구로에서 카페"라는 소문이 적혀 있었다. 그곳에서 찾을 수밖에 없을 듯했다.

나카메구로에는 카페가 수없이 많다. 호소누마 하루미는 올해 환갑인 고다이 선생님의 2년 선배와 동급생. 즉 예순두 살. 그 사실을 염두에 두고 젊은 오너가 하는 카페나 체인점을 제외하다가 남은 가게 중에 신경 쓰이는 것을 발견했다. '화이트 선스WHITE SUN'S'. 시라카와白川의 백白에, 하루미陽美의 태양. 두 개를 합친 듯한 이름이다. 카페를 모조리 뒤질 각오이기는 한데 일단 이곳부터 시작하기로 했다.

게이오 선이 지나다니는 역으로 가서 이노카시라를 경유

해서 시부야로 나온 뒤 나카메구로로 향했다. 메구로 강에서 약간 들어간 주택가의 낡은 빌딩 1층에 가게가 있었다. 최근 유행하는 밝고 자연스럽고 나무 의자가 여러 종류가 늘어서 있는 타입의 카페와는 정반대의 인테리어다. 어둡고 플라스틱과 합성 가죽뿐. 담배를 피울 수 있는 건강하지 못한 동굴 타입.

문을 연 순간 처음으로 깨달았다. 만약 이곳이 정말로 내가 찾는 가게라면 범죄에 연루된 여자와 갑자기 맞닥뜨리게 되는 것이다. 시라카와 씨 사촌 형수의 말투로는 만만치 않은 상대인 것 같은데.

하지만 가게 안에 들어온 이상 어쩔 도리가 없다. 전력으로 시라카와 히토시의 행적을 밝혀낼 수밖에 없다.

뜻을 정하고 그곳에 뿌리를 내린 듯한 손님들 앞을 지나가 카운터 자리에 앉았다. 인도 목화로 만든 앞치마를 두른 느낌이 좋은 여성이 미소를 지으며 "어서오세요" 하고 인사를 한 뒤, 막 구운 핫케이크를 접시로 옮겼다. 그리고 옆에서 커피를 끓이던 60대 정도에 둥근 얼굴, 처진 눈, 새우등의 남자에게 말했다.

"히토시 씨, 4번 테이블에 커피와 함께 이걸 부탁해요."

3

"살아 있었다고? 시라카와 선배가?"

전화기 너머에서 고다이 선생님이 깜짝 놀라 말했다.

"우와, 아깝게. 난 지금 시라카와 선배를 추도하며 막 술을 마시기 시작한 참이었거든. 특별한 날이라며 라프로익을 땄는데 놀라서 흘렸잖나. 그게 대체 무슨 말인가, 하무라 씨."

영문을 알고 싶은 것은 오히려 이쪽이다. 시라카와 선배가 틀림없다고 말한 것은 내가 아니다. 게다가 좋은 일 아닌가. 청춘시절의 친구가 건강해서.

"그런데 그거 정말로 시라카와 선배 본인 맞나?"

고다이 선생님이 의심하듯 말했다.

"그 사진의 '쓰노다 지로' 쪽이 내게는 진짜 시라카와 선배로 보였는데."

"제가 만난 상대가 가짜고, 시라카와 씨의 부인과 공모해서 시라카와 씨의 호적을 훔쳤고, 쫓겨난 진짜 시라카와 씨가 '쓰노다 지로'가 된 것이 아니냔 말씀이신가요? 저도 그럴 가능성을 생각 못 한 것은 아닙니다. 어쨌거나 저는 시라카와 씨를 모르니까요. 그래서 방금 전에 동영상도 보냈습니다."

동영상 속에서 시라카와 히토시가 쑥스러운 듯이 고다이 선생님에게 말했다.

"지로 군, 정말 오랜만이야. 나는 이렇게 건강하네. 오랫동안 만나고 싶었는데 지금은 금주 중이다 보니 지로 군처럼 술을 좋아하는 사람에게는 연락하기 힘들었어. 아, 이쪽은 아내야. 소개하고 싶으니 술 없이도 괜찮다면 가게에 한번 들르지 않겠어? 야요이 씨도 잘 지내지? 꼭 같이 와. 기다릴게."

"그렇군. 시라카와 선배가 틀림없네."

얼마간 동영상을 바라보던 고다이 선생님이 말했다.

"조금 살이 빠지고 늙었지만 다른 사람일 수가 없어."

"시라카와 씨는 겐부 고이치로의 매니저 시절에 도쿄에서 재회한 동급생 여성과 결혼했다고 합니다."

나는 사무적으로 말했다.

"상대인 여성은 당시 유부남의 아들을 임신한 상태였는데,

그 아이의 호적상 아버지가 필요하다면 자신이 되어주겠다며 한 계약 같은 결혼이었어요. 시라카와 씨 자신은 알코올 문제를 껴안고 있었고, 여성 쪽은 그 아이의 생물학적 아버지에게 받은 위자료로 카페를 시작한 참이었습니다. 요컨대 두 사람은 호적상의 부부에 불과했지만, 현재는 함께 살고 있고, 시라카와 씨는 바리스타 공부를 해서 그 카페에서 일하고 있습니다."

"흐음, 그래서?"

"그래서라뇨…… '쓰노다 지로'는 시라카와 씨가 아니었다. 시라카와 씨에게도 그 사진을 보여드렸는데 누구인지 모르더군요. 겐부 고이치로의 포스터에 대해서는 그날 고다이 선생님이 제대로 가지고 돌아가셨다더군요. 이상입니다."

고다이 선생님은 불만인 듯했다.

"그게 아니라 시라카와 선배와 그 부인의 이야기는? 둘 사이에 어떤 애증이 있었는지, 상대 호적에 입적할 때 시라카와 선배의 심정은 어땠는지, 그러다 세월이 지나 함께 일하고 살게 된 마음의 궤적이나 갈등이라든가 그런 것은 안 물어보았나?"

"……그게."

"이보게, 그럼 안 되지. 그것이야말로 시라카와 선배의 인생의 가장 중요한 핵심 아닌가. 뭐라 해야 할까, 그래, 남녀의 심리를 있는 그대로 드러내어 보편적인 인간 드라마로 만들기 위해서는 그 지점을 확실하게 파고들어야지."

이번 의뢰가 대체 언제부터 시라카와 씨의 일대기를 만들기 위한 자료 조사가 된 것인지 모르겠다. 탈선도 적당히 했음 좋겠다.

"이제부터 '쓰노다 지로'가 일했던 청소회사에 가볼까 해요. 뭔가 알게 되면 또 연락드리겠습니다."

타고 온 노선을 반대로 돌아갔다. 오후 5시가 넘은 시간이라 전철 안은 혼잡했다. 고다이 선생님이 시라카와 씨 이야기를 꺼내지 않았다면 이런 무의미한 길을 반복하지 않아도 되었을 텐데.

게이오 선으로 돌아가 센가와 역에서 미타카로 가는 버스를 탔다. 중앙도로 밑에서 내려서 청소회사 사무실까지 걸었다. '미타카 퍼펙트 클리너 Z'. 인터넷 자료에 따르면 사원 수 30명의 작은 회사인데, 3층 건물 앞의 주차장에 소형 밴이 다섯 대, 중형 밴이 다섯 대, 피자 배달 오토바이를 닮은 상자를 뒤에 장착한 스쿠터가 다섯 대 정차해 있었다. 모든 차와 오토바이가 다 블루그린 색으로, 그곳에 빗자루를 짊어지고 양동이를 든 펭귄이 그려져 있었다.

마침 퇴근하는 남성 두 명을 붙잡았다. 교섭 끝에 근처 선술집에서 이야기를 듣기로 했다. 4인석에 앉아서 일단 맥주를 시키고 잡담부터 시작했다. 한 명은 와카사, 다른 한 명은 아라키라고 했다. 아라키는 본 적이 있었다. 우연히도 6월 말에 조우했던 교통사고 때 버스에서 부상자를 구하던 남자였다.

"우와, 하무라 씨도 그 사건 현장에 있었나요."

찬 풋콩을 집어 먹으며 아라키가 말했다.

"그 사고는 정말 끔찍했죠. 밴을 타고 회사로 복귀하던 도중이었는데 눈앞에서 덤프트럭이 버스에 충돌했으니까. 지금도 가끔 꿈에 나와요."

"나도 그래요."

"그러고 보니 그 사건 때, 너 그 사람과 같은 조였지?"

와카사의 말에 아라키가 얼굴을 찡그렸다.

"쓰노다 씨, 버스에서 불이 나서 모두 죽는다며 외치고는 도망쳤거든. 그때뿐만 아니라 성가신 일이 생기면 어느 틈엔가 안 보이고. 그러니까 남의 호적을 도용했다고 들었어도 그다지 놀라지 않았어. 경찰 문제로 번지면 곤란한 일이 있는 게 아닐까 생각했으니까. 여기서만 하는 이야기지만."

아라키가 목소리를 낮췄다.

"쓰노다 씨, 아, 사실은 쓰노다가 아니었지만, 그렇게밖에 부를 도리가 없어서 그렇게 부를게요. 우리 회사에서 15년이나 일했는데 줄곧 계약직인 채였거든요. 정사원 이야기도 거절했어요. 알 수가 없어요."

"그런가? 그 사람, 주당 4일밖에 일하지 않았잖아. 정사원이 되면 일이 늘어나기 때문에 그런 거라고 다들 생각했는데."

와카사의 말에 내가 물었다.

"참고로 주당 4일 일하면 한 달에 수입은 어느 정도 되나요?"

"글쎄요. 위험물 청소, 예를 들어 커다란 탱크의 내부 청소나 강력한 세제를 사용해야 한다든가, 쓰레기 저택이면 하루 3만 엔에서 경우에 따라서는 그 이상도 받을 수 있지만, 그 사람은 일반적인 가정이나 사무실 청소만 담당했으니까 하루 7천 엔에서 1만 2천 엔 정도일려나요."

월 20만 엔 전후. 하이츠 알데바란의 월세가 5만 엔. 여유가 있다고는 할 수 없지만, 살아갈 수는 있다. 하지만…….

"쉬는 날에는 뭘 했을까요."

"글쎄요. 하지만 일하는 것을 싫어하진 않았어요. 눈에 띄게 더럽던 곳이 깨끗해지는 작업이면 누구든 의욕이 생기잖아요. 하지만 청소할 필요가 없을 정도로 깨끗한 곳을 몇 번이나 청소해야 하는 작업이면 의욕이 생기지 않아 세 번 해야 할 곳을 두 번 해도 되지 않나 하고 생각하게 되거든요. 게으른 사람들은 특히 그렇고요. 하지만 그 사람은 그런 상황에서도 열심히 청소했어요. 그래서 정사원이 되지 않겠냐는 이야기도 나온 거고요."

아라키가 메뉴판을 보고 모둠 회를 먹고 싶은데 괜찮겠냐며 조심스레 물었다. 특대 사이즈를 주문했다. 지불하는 것은 쓰노다 지로라고 말하니 두 사람은 웃으며 한참동안 '쓰노다 지로' 이야기를 했다.

소극적인 성격에 술자리에서도 결코 도를 지나치지 않았다, 지금 생각하면 술에 취해 쓸 데 없는 것까지 말하는 것을 경계했던 것 같다, 아주 친하지는 않았지만 이따금 일 끝나고 한잔씩 했다, 불평을 묵묵히 들어주며, 자네는 자기가 젊었을 때보다 훨씬 더 열심히 살고 있다고 말해준 것은 그 사람뿐이었다 등등.

그 사람, 하라시마 식당에 자주 갔어요. 하라시마의 주인장과는 상당히 사이가 좋았죠. 이시카와 현? 그런지 어떤지는 모르겠지만, 하라시마의 주인장은 호쿠리쿠 출신이었어요. 두 사람은 동향일지도 몰라요.

하라시마 주인장이 죽었을 때는 쓰노다 씨, 정말로 풀이 죽어 보였어요. 하라시마 식당은 주인장 혼자서 운영했고, 가게 2층에 혼자 살아서 가족도 없었죠. 주방에 쓰러져 있는 것을 쓰노다 씨가 발견해서 구급차를 불렀지만, 병원에 도착했을 때는 이미 늦었다더군요. 그래서 그대로 화장터로 이동해서 유골을 가지고 돌아왔는데 건물주가 열쇠를 잠가 버렸어요. 맥은 남이라며 가게 안에 들어가지 못하게 했죠. 쓰노다 씨, 서럽게 울었다고 오쿠무라 할머니가 말했어요.

그건 좀 심하다 싶다.

"그 일대 점포의 건물주는 가메이 등유점이지? 정말 악착스럽다니까, 거기 할머니는. 한 번 의뢰가 있어서 점포 청소를 했었거든. 여기도 해라, 저기도 하라며 청소 범위를 점점 넓히더니 돈은 처음 견적에서 단 한 푼도 더 지불하지 않겠다고 해서 문제가 있었어."

"알아. 평판이 안 좋더라고. 역 앞 침구원에 외상으로 다녀 놓고는 전혀 좋아지지 않는다며 요금을 한 푼도 안 낸다든가, 죽은 남편의 제삿날에 올린 음식도 맛이 없었다고 트집을 잡아 값을 깎았다든가, 안 좋은 소문이 많지. 그 할머니라면 하라시마 식당의 돈 되는 물건도 뒤로 챙겼을 거야. 그걸 알아차릴 사람도 쓰노다 씨 정도일 테지. 그러니까 쓰노다 씨가 가게 안으로 못 들어오게 문전박대한 거 아닐까."

특대 모둠회가 나왔다. 다시 한 번 '쓰노다 지로'의 명복을 빌며 헌배했다.

"침구원 이야기가 나와서 기억났는데."

아라키가 도미를 꿀꺽 삼킨 뒤 말했다.

"쓰노다 씨가 지압원에서 나오는 것을 본 적이 있어요."

"흐음, 어디인데요?"

"기치조지 공원길에서 한 번 꺾어진 곳. 상가 건물 2층. 기시미 건강지압원이라고 했던가. 웃긴 이름이라 기억하고 있어요."

"어딘가 안 좋았나요?"

"말해주지 않았어요. 내가 목격했다는 것을 알고 좀 당황하는 느낌이었는데, 다른 사람에게는 비밀로 해달라더군요. 몸이 안 좋다는 사실이 알려지면 일을 맡겨주지 않는다며. 요즘 세상에 마사지 가게 정도는 누구라도 다니잖아요. 신경 쓰지 않아도 된다고 했지만."

아라키는 아직 30대 중반일 것이다. 아마 예순 전후의 '쓰노다 지로'와는 몸이 움직이지 않아 일자리를 잃게 될 공포에 대한 실감이 전혀 다르다. 그렇다 해도 지압원에 다니는 사실을 비밀로 해달라는 것은 좀 이상하다.

"그 지압원, 유명한 곳인가요?"

"글쎄요. 오래되어 보이긴 하더군요. 쓰노다 씨도 우리 회사에 다니기 전부터 다니던 타성으로 다니는 거라고 했어요. 기치조지 역 근처면 이 근처보다 요금이 더 비쌀 텐데."

"그런데 그 사람, 의외로 돈은 좀 있지 않았던가."

와카사가 말했다.

"가끔은 집에서 요리를 해먹는다고 했어요. 실제로 슈퍼에서 몇 번인가 목격한 적도 있는데, 참치 대뱃살이라든가, 100그램에 1800엔이나 하는 소고기라든가 비싸 보이는 치즈 같은 것들을 아무렇지도 않게 샀으니까. 쌀도 5킬로그램에 3000엔이나 하는 브랜드 쌀이었고. 돈이 없는 인간이 그런 식재료는 못 사지."

계산을 마치고 두 사람보다 먼저 가게를 나왔다. 아시아·아프리카 어학원 앞 정류장까지 걸어가서 기치조지 행 버스를 탔다. '쓰노다 지로'가 되기 전부터 다니던 지압원에 가보고 싶었다. 고객 정보다 보니 그리 간단히 알려주지는 않겠지만, 그 경우에는 경찰을 이용하는 방법도 있다.

버스는 기치조지 길을 북상했다. 렌자쿠 길을 건널 때 그 버스 사고가 생각났다. 그러고 보니 그때 버스가 폭발한다며 소동을 벌이다 도망친 남자가 있었다. 그게 '쓰노다 지로'였을 줄이야. 생김새는 전혀 기억나지 않지만, 공포에 가득 찬 목소리는 지금도 귓가에 맴돈다.

공원 길에는 9시 넘어 도착했다. 번화가의 지압원이라면 10시 정도까지는 할 거라고 생각했지만 기시미 건강지압원의 간판등은 꺼져 있었다. 간판에 따르면 수, 목이 휴일. 오전 11시부터 9시까지. 의료보험 취급(의사의 진단서 필요). 예약제.

2층을 올려다보니 안쪽으로 불빛이 보였다. 아라키가 말한 대로 낡은 건물로, 지압원 문은 흔한 실린더 자물쇠였다. 단번에 문이 잠겨 있지 않다는 사실을 알았다. 살짝 손잡이를 비틀어 문을 열었다.

안쪽 현관에는 커튼이 쳐져 있었지만, 내부가 거의 그대로 보였다. 소파와 잡지 등이 놓여 있는 대합실로 보이는 곳이 있고, 그 안쪽이 시술실인 듯 침대가 있었다. 침대 위에는 백의의 남자와 백의의 여자가 뒤엉켜 있었다. 아니, 백의는 거의 벗겨진 상태였으니 반라의 남자와 반라의 여자라 해야 할까.

어느 쪽이든 치료 중으로는 보이지 않았다.

4

　다음 날 아침, 9시 넘어 다카다노바바로 갔다. 사무실이나 학교는 열었지만 아직 대형 점포들이 열기 전인 시간. 거리에 사람은 뜸했고 치우기 전의 쓰레기 냄새가 났다. 대도시, 번화가의 맨얼굴이 용서 없이 드러나는 시간대다.

　살찐 쥐가 재빠르게 길을 가로질러 빈 캔 앞에 멈췄다. 몸을 말고는 주변을 주시한다. 그러다 소리가 들리자 쥐는 황급히 달려 나가 전신주에 부딪혀서는 방향을 바꾸고 하수구 뚜껑 위에 멈췄다가 방향을 바꾸어 버려진 감자튀김 봉투 앞에 가서 멈췄다. 위험을 피하기 위해 눈을 굴리고 있다.

　3.11 대지진이 일어나기 전에는 세이부신주쿠 노선 근처에 살았다. 니시신주쿠에 사무실이 있는 하세가와 탐정사무소와 계약했기 때문에 경유지인 다카다노바바를 이용할 경

우도 많았다. 귀갓길에 밥을 먹거나 술을 마시거나. 이 길도 많이 걸어 다녔다. 그때보다 새로운 빌딩이 늘어났다. 그러면서 오래된 점포들은 쫓겨나고 그 자리는 체인점이 채웠다. 흡연이나 쓰레기, 그리고 노숙자 관련 조례도 생겼다. 그래도 뒷골목의 쓰레기와 구토물이 뒤섞인 최악의 냄새는 여전했다. 일본인은 스스로가 생각하는 것만큼 깨끗한 것을 좋아하지는 않는다.

주소를 의지해 도착한 장소는 어젯밤 스트리트 뷰로 확인했을 때와 마찬가지로 현실에서도 주차장이었다. 삼면이 빌딩으로 둘러싸인, 입지는 좋은데 주차되어 있는 차는 단 한 대뿐. 푸른 하늘 주차장이라는 이름인데 푸른 하늘은 전혀 보이지 않는 썰렁한 곳이다.

하지만 땅값은 엄청나다. 화장실 정도 넓이의 땅이라도 눈이 튀어나올 정도다.

멍하니 서 있으니 고다이 선생님에게 전화가 걸려왔다.

"연락 고맙네. '쓰노다 지로'의 본명을 알아냈다며? 역시 하무라 씨는 굉장해. '쓰노다 지로'가 전부터 다니던 지압원을 찾아내 의료보험증 사본을 받아내다니. 그런 곳도 병원과 마찬가지로 고객 정보를 유출하지 않을 거 아닌가. 정보를 어떻게 얻어냈나? 그 탐문 기술을 후학을 위해 꼭 알고 싶은데."

"뭐, 타이밍이 좋았을 뿐이에요."

나는 말끝을 흐렸다. 엄청난 장면을 목격한 결과, 지압사 선생이 황급히 백의를 고쳐 입고 뾰로통해진 여성 조수에게도 옷을 입게 했다. 그리고 빼둔 결혼반지를 다시 끼고는 사진의 '쓰노다 지로'가 1996년부터 지압원을 다닌 '고가 간타'라는 것, 당시에는 운송업에 종사하고 있다고 말했다는 것, 온몸이 뻣뻣한 편인데, 특히 한 번 등을 크게 다친 것을 자신의 실력으로 고쳤다는 사실 등을 나불나불 자랑했다.

"제 치료로 등은 오래 전에 완치되었을 텐데……."

선생이 얼굴을 찡그리며 말했다.

"본인은 계속 아프다며 꾸준히 왕래했습니다. 등을 굽히는 버릇도 아무리 지적해도 고쳐지지 않더군요. 문제는 정신적인 것일지도 모른다고 생각해, 5년 정도 전부터 그쪽 방면의 치료도 추가했습니다. 네, 이건 제가 고안한 방법인데 척추 통증을 없애려면 이곳의 혈과 이곳을 자극해서……."

치료에 대한 설명을 장황하게 늘어놓은 다음에야 첫 방문 때 작성했다는 고가 간타의 의료보험증 사본 복사본을 선물로 내주었다. 탐문 기술이라 할 정도의 이야기는 아니다.

그 고가 간타의 주소지가 지금 내가 서 있는 바로 이 주차장이다.

"지금 아내와 함께 옛날 명함과 연하장을 뒤지는 중인데."

고다이 선생님이 말했다.

"고가 간타라는 이름은 둘 다 짐작 가는 바가 없고, 명함도 연하장도 아직 찾지를 못했네. 생각해보니 1999년에 현재의 하자키 집으로 이사할 때 상당히 많은 가재도구를 처분했거든. 더불어 수년 전 태풍으로 수해를 입어서 집은 반파되고, 진흙투성이가 되어 그때 또 이것저것 많이 버렸네. 집을 보수하는 동안 잠시 다른 곳으로 이사했을 때, 그리고 거기서 돌아왔을 때에도 각각 대량의 쓰레기를 버렸지. 연하장과 명함만큼은 챙겨두었다고 생각했는데, 몇 년 치는 사라졌네. 하지만 뭐 필요 없겠지."

고다이 선생님이 갈라진 목소리로 웃었다.

"의료보험증이 나왔으니 팩트 체크를 더 할 필요도 없이 그 '쓰노다 지로'는 고가 간타가 분명할 거야."

"그럼 좋겠는데요."

나는 말끝을 흐렸다. 다른 사람의 호적을 도용했던 남자가 다른 사람의 의료보험증을 도용하지 않았다는 보장은 없다. 지금까지의 조사에 의하면 '쓰노다 지로'는 이시카와 현과 어떤 식으로든 인연이 있어 보이는데, 고가라는 성도 신경이 쓰인다. 고가는 규슈 남부에 많은 이름이다. 지금이 막부 시대도 아니고, 이시카와 현에 고가 씨가 살아도 이상할 것은 없지만 말이다.

노부와 시라카와 선배로 이미 투아웃. 신중을 기할 수밖에 없다.

"혹시 고가 간타라는 이름으로 검색을 했다가 무슨 문제라도 발견했나."

"문제는 의료보험증에 기록되어 있는 주소 쪽이에요."

나는 말했다.

"사실 이 주소, 이 주변에서는 저주받은 땅으로 유명한 곳이거든요."

"그게 뭔 소린가?"

"모르시나요? 거의 도시전설급 이야기인데."

다카다노바바에서 이 땅에 대해 모르면 토박이가 아니다. 하긴 술집에서 유포된 소문이다 보니 어디까지가 진실인지는 알 수 없지만.

버블 경제가 끝을 맞이하기 직전 갑자기 이 땅이 주목받았다. 이웃에 빌딩 건설 계획이 있고, 시공주인 거대 건설회사가 이 땅도 함께 사고 싶어한다는 소문이 돌았다. 이 이야기에 수많은 하이에나들이 달라붙었다.

원래는 태평양 전쟁 후 판자로 세운 점포가 늘어서 있던 장소였다. 이곳에 점포를 낸 사람들이 돈을 모아 토지 권리를 얻은 다음, 상가 건물을 세웠다. 그 결과, 이 땅에는 토지 권리자가 다섯 명이 있었다. 권리자가 나이가 들어 죽고 상속이 시작되자 토지 권리를 주장할 수 있는 인간이 기하급수적으로 늘었다. 이게 모든 일의 시작이었다.

"재빨리 권리를 팔고 도망친 사람은 운이 좋았지만요."

내가 말했다.

"욕심에 눈이 멀어 버틴 권리자 중 한 명이 공원에서 동사한 채 발견되었습니다. 다른 권리자들도 형제간 상속 문제로 서로를 죽이거나, 급성 알코올 중독, 술집 여자와 동반 자살, 교통사고로 사망 등 수상쩍은 죽음이 줄을 이었죠. 그 밖에도 근처에서 부동산업자가 뺑소니 사고를 당하고, 투기꾼이 야습을 당하고, 은행원이 추락사하고, 몇 명인가의 고리대금업자가 습격당하고…… 이 땅과 관련된 일인지 아닌지는 모르겠지만요. 어쨌든 이 이상사태는 버블이 붕괴되어 건설사가 손을 떼고 21세기에 들어선 뒤에도 계속되어 결말이 나지 않은 채 수많은 피가 흘렀다고 해요."

"굉장해. 다카다노바바 판《붉은 수확》이 아닌가."

선생님은 호기심이 동했는지 뜨겁게 말했다.

"대실 해밋의 대걸작이지. 거리의 독재자가 노동쟁의를 박살내기 위해 마피아를 고용한 결과, 거리를 마피아에게 빼앗기고 말아. 그리고 거리의 쇄신을 외치는 독재자의 아들이 탐정을 부르지만 살해당하고 마네. 이후, 날아다니는 총탄, 쌓이는 시체의 산, 남자를 조종하는 악녀, 그리고 얼음송곳······."

"얼음송곳······."

말이 길어질 듯해서 나는 억지로 선생님의 독백에 끼어들었다.

"선생님처럼 재미있게 생각한 사람이 저주받은 땅의 전설에 대한 이야기를 부풀렸을지도 몰라요. 어쨌든 고가 간타의 주소가 여기라는 사실은 그냥 지나칠 수 없습니다. 이 주변에서 잠시 탐문해볼게요. 또 연락하겠습니다."

통화를 끝낸 순간 이상한 공기에 휩싸였다. 돌아보았다. 눈앞에 남자가 서 있었다. 이집트를 나온 지 오래되어 보이는 모세 같은 풍모의, 즉 노숙자로 보였다. 옷을 엄청 껴입고, 뺨이 홀쭉했고, 맨발에 지압 샌들을 신고, 머리와 수염이 길다.

"너."

모세가 성큼성큼 이쪽으로 다가왔다. 오른발은 의족으로, 무릎 아래로 소나무 지팡이가 꽂혀 있었다.

"불렀지. 지금 나를 불렀겠다?"

대답을 할 새도 없이 멱살을 잡혔다. 의외로 좋은 비누향이 났다.

"그 녀석들과 한패냐. 알겠냐. 나를 쫓아낼 수 있을 거라 생각했다면 엄청난 착각이야. 여기는 내 땅이다. 내 거라고.

알겠냐. 증거는 없어. 내가 했다고 하는 증거를 가져와. 그때까지는 죽어도 안 나가. 알겠냐, 알겠냐고."

나는 필사적으로 목소리를 쥐어 짜냈다.

"그러니까 설마 당신, 고가 간타?"

목뼈가 부러질지도 모른다고 생각될 정도로 끌려올라간 뒤 낙하했다. 모세가 관자놀이를 벅벅 긁었다. 땅에 엉덩방아를 찧고 기침을 하는 내 위로 먼지가 흩날렸다.

"너, 나를 알고 있지? 난 누구지?"

곤란하게 되었다고 생각하며 엉덩이로 슬슬 뒤로 물러나며 모세에게서 거리를 두었다. 그는 달리 대답을 원했던 것은 아니었던 듯 멋대로 계속 말했다.

"나는 이 땅의 왕이다. 왕은 전사다. 당하기 전에 해치운다. 완전히 숨통을 끊어버리지. 최후의 한 명이 될 때까지 살아남는다. 너희들이 죽는 모습을 지켜봐주마. 이 땅의 권리자는 바로 나 고가 간타 단 한 명이 될 때까지."

고가 간타가 한 문장씩 말을 끊으며 말했다. 그는 그때마다 올린 주먹을 내리고, 올리고는 내리고 이를 드러냈다.

살인 선언일지도 모르겠지만, 이런 경우 권리자가 죽으면 죽을수록 상속 관계가 더 복잡해질 것이다. 권리자가 죽어 아내와 아들이 상속했는데, 아들이 죽어 권리가 며느리에게 넘어가고, 며느리가 죽어 권리는 그 부모와 형제에게 넘어가고, 아내가 죽어 권리가 아내의 형제자매와 조카에게 넘어가고…… 같은 식으로. 정말 집요하게 죽이고 또 죽여도 권리자가 고가 간타 한 명이 되려면 몇백 년이 걸릴지도 모른다.

고가 간타는 갑자기 말을 멈추고 방향을 바꿔 주차장 안쪽으로 들어갔다. 그 한 대만 정차해 있는 차는 자세히 보니 모든 타이어 바람이 빠진 채 찌부러져, 땅에 뿌리를 박은 듯 일체화되어 있었다. 고가 간타가 차 안에서 휴대용 가스버너와 냄비와 채소를 꺼내 요리를 시작했다.

일어서서 엉덩이를 툭툭 털고 조심스레 다가가서 '쓰노다 지로'의 사진을 코앞에 펼쳐보였다.

"이 사람을 모르시나요?"

고가 간타가 가슴을 벅벅 긁던 손으로 사진을 낚아챘다.

"이 녀석 말인가. 최근에 본 적 없어. 어떻게 지내지."

"아는 사람인가요? 이름은? 이름은 뭔가요?"

고가 간타가 갑자기 으르렁댔다. 사진을 찢어 구겨서는 땅 위에 뿌리고 의족으로 짓이겼다. 그런 다음 나를 노려보며 다시 으르렁댔다.

발길을 돌려 일단 도망쳤다. 도로까지 나온 후에야 돌아보니 고가 간타는 내게 흥미를 잃은 듯, 차 그늘에 쭈그리고 앉아 가스버너의 불을 조절 중이었다. 더 이상 이 남자에게 무엇 하나 얻어낼 수 있을 것 같지 않았다.

이 시간, 이 주변에서 이야기를 들을 수 있는 정보통이 없는지 생각했다. 카페 '키플링'이 떠올랐다. 이곳 마담은 벌써 반세기 이상 이 거리를 지켜보고 있다.

내가 세이부 전철 노선을 떠난 이후 가게도 이전했다고 들었다. 망했으면 어쩌지 했지만, 가게도 마담도 무사했다. 마담은 두 팔 벌려 환영해주었다. 장소는 바뀌었어도 인테리어는 옛날 그대로로, 명물 카레의 향기가 모든 것에 배어 들어 있는 모습 또한 그대로였다. 다만 커피는 전과는 비교가 되지 않을 정도로 맛있어졌다. 마담은 정이 많은 사람이라, 끔찍하게 실력 없는 로스팅 업체와의 의리 때문에 커피콩을 계속 그곳에서 구입했다. 드디어 그 악연이 끊어진 모양이다.

근황을 보고하고 신변 잡담을 나눈 후 고가 간타의 이야기를 꺼냈다. 마담은 저주받은 땅에 대해 잘 알고 있었다. 가끔 유혈 사태가 있었던 탓에 경찰이 몇 번이나 탐문이나 조사차 키플링에 들렀다고 한다.

"그런 작은 땅에 집착한 탓에 인생이 미쳐버린 거지, 킹도."

마담이 고개를 저었다. 예전에는 배우였던 탓에 동작 하나하나가 컸다.

"킹이라니, 고가 간타 말인가요."

"저주받은 땅의 왕. 스스로 그렇게 말하고 있으니까."

원래 그의 부친이 그 땅의 권리를 백부에게 상속받은 거라고 마담이 말했다.

"아버지는 술주정뱅이였는데 아내와 갓 태어난 아이를 버리고 집을 나가 몇십 년 동안 연락도 없었어. 그런데 15년 정도 전이었던가, 갑자기 아버지의 지인이라는 인물이 나타나서 아버지가 죽었다는 사실을 알린 거야."

남자는 오기 노보루라고 이름을 밝혔다. 그리고 고가의 부친이 간이 안 좋아 병원에 입원했을 때 보살펴주었다. 그 결과, 전 재산을 자신에게 양도하겠다는 유언장을 작성했다. 어차피 당신은 효도라곤 하지 않았으니 유류분도 포기했으면 좋겠다고 말했다.

간타는 단칼에 그 말도 안 되는 요구를 거절했다. 당시 그는 운송업을 하고 있었다. 1990년대 말, 최악의 경기 불황 속에 엔간한 노력으로는 사업을 유지할 수 없게 되어, 요금을 깎아 일을 따내고, 인건비를 지불할 여력이 안 되어 때로는 자신이 직접 현장 일을 뛰기도 했다. 일흔이 넘은 모친까지 일하지 않으면 버텨낼 수 없을 정도로 돈이 궁했다. 더구나 알아보니 문제의 땅은 불황이긴 해도 수십 억 엔 정도의 가치가 아닌가. 상속 유류분만이라도 억에 가까운 돈이 된다. 포기할 까닭이 없다.

오기 노보루의 명함에는 경제 애널리스트라고 적혀 있었다. 엄청나게 비싸 보이는 양복을 입고, 고급차를 타고, 장지갑 속에는 두터운 지폐 다발. 서류 가방에 거액의 현금과 칼을 넣어 다니는 터라 도저히 견실한 일을 하는 사람으로는 보이지 않았다.

요청을 거절하니 불온한 움직임이 있었지만 고가 간타도 보통 고집이 아니었다. 본적지를 그 땅으로 옮기고 싫어하는 가족을 설득해서 가족 모두 근처로 이사했다. 만약의 경우에는 이미 갱지가 된 그 땅에 살겠다고 공언했다.

얼마 뒤 사고가 일어났다. 짐을 내리던 중, 인도제 선풍기 더미가 갑자기 무너져 간타가 거기 깔렸다. 오른발을 심하게 다쳐서 절단, 회사는 운영이 불가능해졌다. 채권자가 몰려들었다. 아내는 아이를 데리고 집을 나가고, 혼자서 채권자들을 상대하던 어머니가 쓰러졌다.

의족을 끼게 된 간타가 피눈물을 흘리며 회사를 정리할 때 오기가 찾아왔다. 그는 이 상황을 비웃으며 이번에야말로 유류분을 포기하라고 말했다. 부모에게 불효만 저지르며 유산만 챙기려는 욕심쟁이에게 신이 인도 선풍기로 벌을 내린 거라고.

인도에서 수입한, 무거운 금속제 선풍기의 재고를 옮기는 의뢰가 '고가 운송'에게 들어온 것은 사건 당일의 일이었다. 사고는 작게 보도되었지만, 선풍기가 인도제라는 사실은 일반에는 알려지지 않았다. 간타는 어떻게 그 사실을 알고 있냐며 오기에게 따져 물었다. 오기는 다시 비웃으며, 잃어버린 것이 다리 하나라는 사실을 고맙게 생각하라고 말했다.

"그래서 찔러버린 거지. 근처에 있던 얼음송곳으로 오기 노보루를."

5

"얼음송곳."

전화기 너머에서 고다이 선생님이 음미하듯 반복했다.

"그렇다면 더더욱 《붉은 수확》이 아닌가. 굉장한걸. 이제
는 악녀만 나오면 완벽하겠어. 어디 없나, 악녀?"

주먹을 들어 올렸다가 내리던 고가 간타의 모습을 보았다
면 그렇게 재미있어 할 일은 아니다. 사실 오기 노보루는 흉
기에 엄청 찔렸는지, 현장을 본 형사가 마담에게 "욕실 청소
용 스펀지처럼 구멍투성이였다"고 말했다고 했다.

당시 주간지 기사에 따르면 사건의 전말은 이렇다.

1999년 7월 3일 오전 4시 30분, 그 땅 안쪽에 사람이 쓰러져
있는 것을 순찰 중인 경찰이 발견했다. 사망한 지 12시간 이상

지난 상태였다. 사인은 과다출혈. 온몸이 구멍투성이로, 경동맥에도 빗장밑 동맥에도 상완 동맥에도 자상이 있었던 탓에 피해자는 온몸에서 스프링쿨러처럼 피를 뿜으며 사망한 것으로 추정된다.

그럼에도 불구하고 현장에 혈액은 거의 없었다. 지갑이나 휴대폰 같은 신원을 증명하는 것도 없었다. 다만 오기와 면식이 있었던 형사가 왼쪽 어깨 부근의 특징적인 호랑이 문신을 알아차려 피해자의 신원이 오기 노보루란 사실이 바로 판명되었다. 전날 점심시간 지나서 애인에게 "고가 운송의 쓰레기의 입을 다물게 하고 오겠다"고 말하고 나갔다고 했다. 그 일이 끝나면 하루미로 이동해서 창고 내용물 건으로 거래가 있다고도 말했으며, 적어도 3천만 엔 가까운 현금을 지니고 있던 상태였다.

오기의 자동차는 다카다노바바 현장 근처에 방치되어 있었다. 뒤쪽 좌석과 운전석에서 오기의 혈흔이 발견되었다. 246호선 도로 근처의 고가 운송을 형사가 방문했다. 텅 빈 사무소 안은 피투성이였다. 진통제를 대량으로 복용한 고가 간타가 의식을 잃고 피를 뒤집어 쓴 채 바닥 한복판에 대자로 누워 있었고, 사무실 구석에는 얼음송곳과 오기 노보루의 휴대폰과 지갑이 떨어져 있었다.

"오기 노보루에게는 공갈과 사기, 상해 전과가 여러 건 있었습니다. 간타의 아들이 다니는 초등학교에 들이닥치기도 했고, 간타의 어머니가 쓰러졌을 때도 오기 노보루가 고가 운송의 사무실에서 나오는 장면이 목격되었습니다. 한편 고가 간타는 오른발 절단 이후, 상당한 양의 마약성 진통제를 지속적으로 복용 중이었고, 그 부작용으로 보이는 기억장애와 환각 증상이 있었다고 해요."

피해자에게 상당한 귀책사유가 있었고, 가해자 또한 심신상실을 주장할 수 있다.

"고가 간타에게 내려진 판결은 징역 10년이었다고 하지만, 원래라면 7년이나 그 이하가 될 가능성도 있었어요. 주간지 기사의 주장이지만요."

"3천만 엔은 어떻게 되었나?"

"발견되지 않았다고 합니다."

"그거 이상한걸."

고다이 선생님이 불만인 듯이 말했다.

"애당초 왜 사체를 일부러 다카다노바바까지 옮긴 거지? 오른발이 없어 진통제에 의지하는 인간이 과연 그런 귀찮은 일을 할까? 게다가 가능하기는 한가?"

"공범자가 있지 않을까 하는 이야기는 물론 나왔다고 합니다."

나는 시간을 확인하며 말했다.

"주간지에 따르면 고가 간타는 모든 일을 자신이 했다고 자랑했고, 재판도 그런 노선으로 진행되었다고 하지만요. 일단 키플링의 마담이 잠시 후에 이 사건을 담당했던 전직 형사를 소개해주기로 했습니다. 1시에 만나기로 했으니 자세한 것은 그분을 만나면 알 수 있겠죠."

'쓰노다 지로'의 정체 또한 이로써 밝혀질 것이다.

식사를 하고, 이것저것 조사한 뒤 키플링으로 돌아갔다. 마담 앞의 카운터 자리에는 온화해 보이는 노인과 쓰노다 고다이 선생님이 앉아 있었다. 선생님은 날 보자마자 "와버렸네" 하고 말했다.

"……뭐, 아무래도 상관없지만요."

"경험이 풍부한 전직 수사관의 이야기를 들을 수 있는 이런 기회는 놓칠 수 없지. 게다가 바로 그 '쓰노다 지로'와 관련된 일이니까."

중저음의 미성에 마담은 황홀해했고, 자연스럽게 칭찬을 받은 나이토라는 전직 형사도 미소를 지었다. 사실 의뢰인이 활개 치는 것은 조사에 전혀 도움이 되지 않지만 이번에는 예외로 치기로 했다.

테이블 석으로 이동했다. 고가 간타가 사진을 찢어버린 탓에 태블릿 PC로 '쓰노다 지로'를 확대해서 나이토에게 보여주었다. 그는 단박에 알아보았다.

"이 남자라면 알고 있습니다. 고가 운송에서 일했던 적이 있어서 이야기를 들으러 찾아갔었죠. 이름은 쓰다 지로. 틀림없습니다."

"쓰다 지로……."

드디어 찾았다. 이번에야말로 틀림없다.

나는 크게 한숨을 내쉬었다. 그건 그렇고 굉장한 이름이다. 쓰노다 지로와 한 글자 차이가 아닌가.

"고가 간타의 공범으로 수사하신 건가요."

"으음, 그게……."

나이토가 고개를 갸웃했다.

"애당초 이 사건은 수사본부 자체가 발족되지 않았습니다. 사체가 나왔고, 신원도 바로 확인되었고, 범인과 살해 현장, 흉기가 한꺼번에 나왔으니까요. 고가도 바로 자신이 찔렀다는 사실과 시신을 유기했다는 사실을 인정했고요."

"한쪽 발은 의족에다 진통제에 절어 있었는데, 성인 남성의 사체를 버리러 갔다는 건가요."

"유기 현장에서 고가 간타의 피에 묻은 지문이 나왔습니다. 사이드 브레이크뿐만 아니라 운전석과 핸들에서도 지문이 검출되었고요. 게다가 문제의 주차장에는 CCTV도 있었거든요. 그래서 사체 유기 장면이 처음부터 끝까지 그대로 담겨 있었습니다. 지금처럼 영상이 좋지는 않아서 인물을 특정하기는 쉽지 않았지만, 고가에게는 현저한 신체적 특징이 있었으니까요."

마담이 치즈케이크를 가지고 왔다. 나이토는 기쁜 듯이 케이크의 비닐을 벗겼다. 현역시절부터 단 음식을 좋아했다고 한다.

"굳이 말하자면 차에서 내리는 것은 모를까 싣는 것은 고가 혼자서는 힘들지 않았을까 하는 이야기도 나왔습니다. 하지만 운송업을 하고 있었잖아요. 힘도 세고, 짐수레 같은 것을 사용할 수 있었을 테니."

하긴 한 손으로 나를 들어 올렸을 정도다.

"고가는 취조 당시, 저주받은 땅에 사체를 버리면 다른 시신의 산에 숨길 수 있다고 진술했습니다. 그 땅과 관련된 사람이 다시 의문의 죽음을 당했다는 본보기로서 다른 이들을 쫓아낼 수 있다고도 했지요. 고가는 강한 스트레스를 연달아 받았고, 약 탓도 있어서 약간 정신이 이상해졌어요. 제대로 된 인간이라면 그렇게 되지 않을 거라는 사실 정도는 알고 있을 테니까요. 공범이 있었다면 더더욱 그런 곳에 사체를 버리지는 않지요."

"하지만 거금이 사라졌잖아요."

"3천만 엔 말이죠. 그런 돈은 처음부터 없었다는 결론이 내려졌습니다."

"네?"

나와 고다이 선생님이 동시에 말했다. 나이토는 케이크를 다 먹고 미련이 남은 듯 포크를 핥았다. 나는 내 케이크를 내밀었다.

"주간지 기사를 읽었나 보군요. 확실히 애인은 그렇게 증언했지요."

나이토가 싱글거리며 다시 케이크의 비닐을 벗겼다.

"하지만 달리 그 사실을 증명할 것이 무엇 하나 없었어요. 오기 노보루의 돈의 흐름은 너무나 불투명했고, 사건 본질과는 관계가 없기 때문에 전문적인 수사도 이루어지지 않았습니다. 애인 집에 돈을 얼마나 놔두었는지에 대해서는 당사자와 그 애인밖에 몰랐고요. 후일담인데 애인은 도겐자카에서 음식점을 시작했어요. 가게 권리금을 일시불로 지불했다더군요."

3천만 엔을 가지고 나갔다는 것은 거짓말이고, 애인이 챙겼다고 말하고 싶은 모양이다.

"그렇다면 나이토 씨는 왜 쓰다 지로에게 이야기를 들으러 가셨나요."

"그야 피의자의 최근 상태에 대해서 참고하기 위해서였죠. 특히 고가에게 판단 능력이 있었는지 어땠는지, 사건이 우발적인 것이었는지 아닌지, 주위 이야기도 들어두어야 하니까요. 공범설 또한 수사 당초에는 부정되지 않았었고요."

"그래서 쓰다 지로는 어땠나요?"

"쓰다 지로는 지독히도 불운한 남자였어요."

나이토는 창고에서 찾아왔다면서 오래된 수첩을 뒤적이며 말했다.

"나가노 출생인데 어렸을 적 어머니가 돌아가셔서 양자로 보내졌다고 해요. 그 후 친아버지에게로 돌아왔는데 끝내는 노토의 외조부 쪽에 보내져 그쪽 호적에 들어갔죠. 중학교를 졸업한 후 취직을 위해 도쿄로 상경해서 화과자점의 주인 부부의 눈에 들어 다시 양자가 되었어요. 하지만 그 가게가 망하고 양부모가 죽자 여러 직업을 전전하다 버블 때는 음식점 점장도 맡았습니다. 한때는 벌이가 꽤 좋았던 모양이에요. 롤렉스 손목시계도 보여주더라고요. 그 가게에 마시러 왔던 것이 고가 간타였어요. 당시에는 고가도 벌이가 좋았죠. 하지만 버블이 터지고 말았던 겁니다. 그 여파를 버텨내지 못했던 쓰다 지로는 가게의 빚을 일부 떠안게 되어 고가 간타에게 상담을 했습니다. 그렇다면 우리 회사에서 일하라고 한 겁니다. 고가 집의 방 한 칸을 빌려 살며 3년 만에 빚을 다 갚았습니다. 하지만 그렇게 되니 이번에는 고가 운송이 위험해진 겁니다. 인원 정리를 위해 쓰다는 고가가 소개해준 이사업체에 재취업을 했어요. 인연은 이후에도 계

속 되었습니다. 천성이 성실해서 고가를 은인으로 떠받들었
던 것 같은데, 사무 관련은 젬병. 돈은 없고, 인맥도 없는 탓
에 곤경에 빠진 고가를 도와주지는 못한 것 같습니다."

"공범설도 의심했었다고 하셨죠?"

"맞아요. 하지만 알리바이가 있었습니다. 사건이 발생한
것은 1999년 7월 2일 오후 4시부터 5시인데, 그날 쓰다는
쉬는 날로, 거리를 돌아다니던 중 발견한 미타카의 정식집
에서 이른 저녁을 먹고 있었습니다. 정식집 주인이 증언했
습니다."

"하라시마 식당."

"음, 맞아요. 어라, 그걸 어떻게 아시나요?"

그 질문에 설명하려 했지만 고다이 선생님이 내 발을 발
로 차고는 나이토에게 물었다.

"당시 쓰다가 일했던 이사업체가 어디인지 혹시 아시나
요?"

"시그램 이사였습니다."

고다이 선생님에게 받았던 돈에서 택시비를 꺼내어 나이
토에게 주고 헤어졌다. 저주받은 땅을 자신의 눈으로 보고
싶다는 선생님을 안내하며 다카다노바바를 걸었다.

"15년 전인 1999년 7월, 나와 아내가 도쿄에서 하자키로

이사할 때 부탁했던 것도 시그램 이사였네."

선생님이 어슬렁어슬렁 걸으면서 말했다.

"우리 부부는 물건을 쌓아두는 경향이 있었거든. 이사를 결정한 것도, 그렇게 하면 가재도구를 약간을 줄일 수 있을 거라는 심산도 있었네. 덕분에 작업은 5일이나 걸렸지. 참 많은 것들을 받았었더군. 쓰레기로 버린 것도 있고, 불필요한 물건 중에 필요하다고 하는 물건은 나누어주었지. 정리하러 온 작업원 중에 쓰다 지로가 있었던 게야. 잘 생각은 안 나지만."

"겐부 고이치로의 포스터는 그때 쓰다에게 주었군요."

그리고 호적 초본은 쓰다가 발견해서 훔쳤다.

"집 매매에 필요했는지, 증명서를 받기 위해서였는지는 잘 기억나지 않지만, 어쨌든 부동산 거래를 위해서 호적 초본을 떼어놓았던 걸세."

고다이 선생님이 멍하니 말했다.

"왜 그걸 계속 갖고 있었는지는 모르겠으나, 확인 후에 어디다 대충 놔두었겠지. 그걸 쓰다 지로가 발견한 거야. 신분을 감추고 살고 싶었던 그는 마침 딱 좋은 것을 발견한 거지. 이름은 한 글자 차이. 그렇다고 하면 3천만 엔은 정말로 있었던 게로군."

"그렇겠죠."

"쓰다 지로는 고가 운송 사무소에서 사건 당시 그 자리에 있었든가 직후에 왔거나 했을 거야. 그리고 돈을 보고는 가지고 도망친 거지. 그러니까 내 호적을 도용하기도 하고 하라시마 식당에서 알리바이를 만들기도 한 거야. 그 3천만 엔으로 눈에 띄지 않는 정도로 아주 조금씩 사치를 부린 거겠지. 좋은 고기를 먹고, 참치 대뱃살을 먹고. 하지만 그런 사소한 사치를 위해 정사원도 되지 못하고 싸구려 연립에 혼자 사는 그런 인생에 가치가 있었을까."

쓰다 지로는 양자로 보내졌다가 친가로 돌아왔다가 외조부모의 양자가 되었다가, 다시 도쿄에서 화과자점 양자로 들어갔다. 그 정도로 호적에 집착은 없었다. ……아니, 아예 집착을 가질 수 없었던 것이 아닐까.

게다가 고가 간타는 쓰다 지로를 최근에 본 적이 없다고 했다. 지로는 쭉 고가 간타를 돌봐주었는지도 모른다. 출소했을 때 마중을 나가고, 때로는 좋은 식사를 대접하는 등. 곤란한 때 손을 내밀어준, 의료보험이 없을 때는 아마도 자신의 보험증을 빌려주었을 정도로 친절하게 대해준 은인이니까. 더불어…….

아무리 치료를 해도 낫지 않는 새우등. 나았을 텐데도 통증이 계속해서 느껴지는 등. 지압사는 정신적인 것이라고 말했다.

3천만 엔을 훔쳤기 때문은 아니다. 쓰다 지로는 다른 사람의 호적을 도용할 정도로 겁을 먹고 있었다. 오기 노보루의 사체를 차에 실은 공범은 역시 쓰다 지로였던 것이다. 그리고 어쩌면 그것뿐만이 아니었을지도 모른다.

　오기 노보루의 사체의 상처는 셀 수 없을 정도로 많았다…….

　주차장에 도착했다. 안쪽에 고가 간타의 낡고, 움직이지 않게 된 차가 있었다. 간타의 모습은 보이지 않았다. 차 안에서 자고 있을지도 모른다. 11월의 흐린 하늘 아래 삼면이 빌딩에 가로막힌 이곳의 낮은 어두웠다.

　"그 호적 초본…… 충격이었네."

　고다이 선생님이 주차장 앞에 멈춰 서서 멍하니 말했다. 쓰다 지로에게 무단 도용된 사실을 말하는 것인가 했더니 그렇지 않았다.

　"1990년대 후반에 호적이 전자화되었잖나. 1999년에 초본을 떼서 집에 와서 자세히 보았더니, 전자화된 탓에 죽은 사람의 기록이 호적에서 생략되어 아예 사라졌지 뭔가. 나와 아내의 자식, 히카루라고 이름을 붙였지. 5일밖에 살지 못했지만. 뭐, 그게 합리적이겠지."

　선생님이 주차장을 둘러보았다.

　"문제가 있는 장소만 깨끗하게 피해서 빈틈없이 꽉 빌딩을 세웠군. 죽은 사람의 호적은 지워버리고. 너무나도 효율적이라 구역질이 나."

갑자기 차가 흔들리더니 안에서 고가 간타가 나왔다. 두 다리를 문 밖으로 내밀고 의족을 빼서 차 위에 올렸다. 그러고는 항균탈취제를 꺼내 열심히 의족에 뿌렸다.

선생님이 그 모습을 바라보며 말했다.

"그때 나는 전자화가 되기 전의 낡은 초본을 내놓으라고 소리쳐서 그 전 것을 받았네. 아이가 존재하지 않았던 것처럼 되어 있는 것을 아내에게 보여주고 싶지는 않았으니까. 시라카와 선배가…… 시라카와 선배가 그 낡은 연립에서 아내를 발견해주었네. 욕조가 없는 연립이라 다행이었어. 아내가 세면실에서 손목을 그었거든……."

"시라카와 씨의 카페 주소를 제가 알려드렸던가요?"

얼마간의 침묵 후 내가 물었다.

성야 플러스 1

—

12월

1

세상에는 수많은 사람이 있다. 각자가 각자의 생각이나 규범이나 의리 또는 그 외의 것들로 자신의 행동을 결정한다. 그리고 일단 누군가가 행동을 하면 그것은 다른 사람에게 반드시 파급된다. 파도는 어느 틈에 멀리 떨어진 곳에 살고 있는 사람에게도 도달한다. 경우에 따라서는 아무리 멀리 살고 있어도 그 파도에 휩싸여 익사할 수도 있다.

바로 나처럼.

"지난주 다마 호수 근처에서 백골 사체가 발견된 거 아시나요?"

전화기 너머에서 도야마 야스유키가 말했다.

"그런 일이 있었죠."

나는 하품이 나오는 것을 참으며 멍하니 대답했다.

어째서인지 최근 백골 사체와 인연이 많다. 어느 집 옷장에나 해골이 있다는 말도 있으니 인연이 있어도 그리 이상할 바는 아니지만 당연히 기쁘지는 않다. 하지만 한 번 의식하게 되니 백골 사체 발견 뉴스가 이상하게 기억에 남는다.

다마 호숫가에 살고 있는 시간 많고 선량한 노부인이 크리스마스 카운트다운이 시작된 12월의 어느 날, 문득 이웃한 공터에 멋진 전나무가 솟아 있는 사실을 알아차렸다. 전나무는 도로에 인접해서 다섯 그루가 심어져 있었으나, 대부분이 병충해를 입었는지 변색되었고 작았다.

하지만 노부인의 집과 가장 가까운 한 그루는 달랐다. 2미터 정도의 높이로 성장해 푸르고 건강한 잎을 펼쳤다. 마치 삽화에 나오는 크리스마스트리처럼 좌우 대칭으로 성장해 있었다.

시간 많고 선량한 노부인의 집 앞은 통학로였다. 그래서 노부인은 생각했다. 아이들을 위해 이 전나무에 장식을 하자. 다들 기뻐할 것이다.

이 노부인은 선량했기 때문에 아이들의 미소를 위해서 다른 사람의 땅에 자란 전나무를 무단으로 장식하기로 했다. 시간은 많았으니 집 창고를 뒤져 옛날에 사용했던 천사나 전구나 별이나 장식 띠를 꺼내서 연장 코드를 사용해 전구에 불을 밝혔다.

"전구는 40년이 넘은 오래된 것으로, 향수가 느껴지는 백열등이었어요. 하지만 코드의 구리선이 벗겨져 있었다고 하네요."

도야마가 느긋한 어투로 말했다.

"그 할머니가 전구에 불을 밝힌 채 저녁을 준비하는 동안 누전되어 크리스마스 장식에 불이 붙었습니다. 소방차가 달려와서 호스로 물을 뿜었더니 그 여파로 전나무가 옆으로 쓰러져버린 거예요. 그리고 드러난 뿌리 부근에서 사후 5년 이상이 경과한 백골 사체가 나온 겁니다. 전나무가 한 그루만 건강했던 것은 비료 덕분이었어요."

"네에."

나는 다시 하품을 억지로 참았다. 때가 때인 만큼 화제의 뉴스가 되었지만, 그게 어쨌다는 거지.

"그 크리스마스트리가 있었던 공터의 주인이 바로 소노다 히토시 씨였습니다."

도야마는 팡파르를 울리듯이 드높여 말했다. 나는 순간 머리가 잘 돌아가지 않았다.

"……누구였죠?"

"에이, 너무하시네요. 그 있잖아요, 전직 외교관이자 동서 냉전기의 유럽에서 진짜 스파이 활동을 했던. 르 카레라든가 렌 데이턴이라든가 브라이언 프리맨틀 같은 스파이 작가와도 친분이 있는 그 소노다 씨 말이에요."

소노다 히토시는 몇 년 전에 《리얼 스파이의 초상》을 출판했다. '냉전기 유럽에서 암약했던 전직 외교관의 [회고록]'이라는 광고 카피가 강렬했고, 정재계의 유명 인사들이 언론에서 거론하기도 해서 주목을 받았다. 스파이 소설이나 작가에 대한 언급도 많고, 그들과 소노다 씨의 투샷 사진도 가득 실렸다.

스파이들이 속고 속이거나 위장하는 장면이 치밀하게 묘사되어 미스터리 팬 중에도 애독자가 많다.

그래서 올해 이 작품이 문고본으로 재출간되었을 때, 살인곰 서점에서 사인회를 열었다. 그게 인연이 되어 '죽음에 대한 준비'를 시작한 소노다 씨가 장서 처분을 우리 서점에 맡겼다.

크리스마스이브의 심야, 우리 서점에서는 '크리스마스 미드나이트 파티'라는 이름의 이벤트를 예정 중이다. 실상은 크리스마스이브에 예정이 없는 단골을 모아 새벽 첫 차가 다닐 때까지 밤새 술을 마시는 모임이지만, 아무런 이벤트도 없어서는 미스터리 전문서점의 체면이 깎인다. 그래서 '한밤중의 옥션'이라는 이름으로 고르고 고른 미스터리 책을 경매 형식으로 낙찰 받는 메인 이벤트를 기획했다.

경매의 꽃은 소노다 씨가 양도한 스파이 작가들의 사인본이다.

도야마는 《리얼 스파이의 초상》이 얼마나 재미있는 책인지 그 장점을 뜨겁게 열거하고, 그 장서 처분을 우리가 맡게 된 일이 얼마나 영광인지 자화자찬했지만, 그 어떤 맞장구도 치지 않은 채 묵묵히 듣고 있으니 그제야 본론으로 들어갔다.

"소노다 씨가 작성한 목록에는 《심야 플러스 1》의 하드커버 초판 원서 사인본이 있었는데, 지난번에 보내온 장서에서 그것만 쏙 빠졌더군요. 찾아서 서점까지 가져다주기로 했는데, 아까 소노다 씨에게서 전화가 왔었습니다. 책은 찾았는데 집까지 가지러 왔으면 좋겠다고. 백골 건으로 경찰 조사나 언론 취재 때문에 많이 피곤하다고 하시더라고요. 소노다 씨도 여든 살이니까요. 무리를 시킬 수는 없죠."

나는 손으로 무거운 눈꺼풀을 억지로 들어 올려 시간을 확인했다. 12월 24일 아침 7시 3분 28초.

"……설마 저보고 다녀오란 건가요?"

"달리 누가 있나요. 저는 다리가 이 모양이고, 평일이니 도바시는 회사 일이 있고, 혼고는 하무라 씨가 없으니 죽 계산대 앞을 지켜야 하니까요. 당연히 하무라 씨가 다녀와야죠. ……하무라 씨, 듣고 있어요? 하무라 씨, 대답이 안 들리는데요. 전파가 안 좋은가. 하무라 씨, 하무라 씨!"

도야마는 10월 말에 열린 할로윈 이벤트 때 다리를 다쳐 아직도 걷는 것이 불편하다. 한때는 출근도 힘들었을 정도다. 덕분에 얼마간 나 혼자서 서점을 맡게 되어 눈이 돌아갈 정도로 바빴다. 게다가 남는 시간을 주체 못하던 도야마가 살인곰 서점이 운영하는 SNS를 너무 열심히 갱신하고, 나와 아무런 상담도 없이 생각나는 대로 업로드한 탓에 쓸 데 없는 일만 늘렸다. 어쩔 수 없이 단골손님을 마구 부려서 간신히 버틸 수 있었다.

　보다 못한 도바시가 찾아준 혼고가 아르바이트를 하게 된 뒤로 요 3일간, 오랜만에 백곰 탐정사 조사원으로 일했다. 남편을 쫓아내고 싶으니 이혼할 수 있는 남편의 과실을 발견해달라는 것이 그 의뢰였다. 최근 귀가 후에 운동을 하러 나가게 되었다는 그 남편을 밤마다 미행. 늦은 밤 주택가를 뛰어다닌 결과, 남편이 다른 집 담벼락에 올라 2층 베란다로 들어가 빨랫대에 널어둔 여자 속옷을 주머니에 집어넣는 장면을 사진에 담았다.

　그것으로 해결이라 생각했지만 예상외의 사태가 발생했다. 변태 남편이 2층에서 내려오기 위해 베란다 난간을 넘은 순간 발이 미끄러져 낡은 담벼락을 무너뜨리며 땅에 떨어진 것이다. 남편은 전신에 타박상을 입은 채 그대로 움직이지 않게 되었고, 소동에 놀라 뛰어나온 주민들이 남편 주머니에서 삐져나온 속옷을 발견해서 한적한 주택가에 큰 소동이 일어났다.

"그 자리에서 도망쳐서 바로 의뢰인에게 연락했는데 말이죠."

나는 투덜거렸다.

"의뢰인이 흥분한 모양인지 함께 병원이나 경찰서에 가달라고 하더라고요. 결국 집에 돌아온 것은 새벽 4시였다고요. 그리고 지금은 아직 7시고요. 이런 시간에 깨워서 책을 받아 오라니, 크리스마스이브인데 너무하는 거 아닌가요."

"그런가요. 요컨대 의뢰는 정리된 거군요. 잘됐네요."

"……네?"

"걱정 마세요. 경매는 크리스마스 카운트다운 직후에 시작하니까 아직 17시간이나 남았어요."

다시 말문이 막혔지만, 도야마는 이쪽 속도 모른 채 쾌활하게 말했다.

"단골인 가키자키 씨와 노노무라 씨, 그 밖에도 몇 명인가가 《심야 플러스 1》을 노리고 인터넷상에서 눈치 싸움을 시작했어요."

"뭘 그 정도로. 개빈 라이얼의 사인이 들어간 원서라면 인터넷 서점에서도 250달러 정도에 팔고 있는데요."

"가키자키 씨는 이전에 노렸던 란포의 《범죄환상》 한정

200부 판본을 노노무라 씨에게 빼앗겼다고 해요. 그때의 원한도 있어서 이번에는 노노무라 씨의 코를 납작하게 만들어주고 싶은 걸지도요. 노노무라 씨는 그 시절 스파이 소설의 광팬인데 《심야 플러스 1》을 성전이라 부르며 숭배하고 있고, 그 책을 소장하고 있던 사람이 진짜 스파이니까요. 소노다 씨의 장서는 말하자면 동서냉전기 유럽을 알 수 있는 귀중한 자료이기도 해요. 분명 그 책의 경매가 가장 치열할 거예요. 그런데 실물이 없으면 말이 안 되잖아요."

"그렇다고 해도……"

"소노다 씨는 병원 예약 문제로 오전 중에 와달라고 했어요. 책을 받아서 날짜가 크리스마스로 바뀌기 전까지 서점에 배달하면 될 뿐. 괜찮아요. 하무라 씨라면 할 수 있습니다."

"저기 말이죠……"

"소노다 씨의 주소는 문자로 보낼 테니 잘 부탁해요."

전화가 끊겼다.

이불을 뒤집어쓰고 다시 잠을 청했지만 화가 치밀어서 잠이 오지 않았다. 잠시 후 다시 휴대전화가 울리고는 '소노다 히토시 다마 호수(히가시야마토 시 호반 4가 23번지 X호)'와 전화번호가 적힌 연락 사항이 도착했다. 게다가 메모.

"서점에 소노다 씨에게 드릴 선물을 준비해두었습니다. 계산대 위의 도큐 백화점 쇼핑백이니까 꼭 챙겨가세요."

아, 젠장.

일어나서 팬히터 전원을 켜고, 방이 데워지는 동안 계단을 내려가 욕실로 가서 뜨거운 물로 샤워를 하고 방으로 돌아왔다. 내가 살고 있는 목조 셰어하우스의 문제점은 겨울에 춥다는 것이다. 아마도 이 집이 세워졌을 무렵에는 단열재 같은 것은 존재하지 않았을 것이다. 덕분에 두꺼운 옷을 입고 나갔다 전철 안에서 땀범벅이 되어 감기에 걸리는 동거인이 겨울마다 세 명 정도는 나온다.

코를 풀면서 머리를 말렸다. 덕분에 다소 머리가 식었다. 이렇게 되면 할 일을 빨리 처리해버리자. 냉큼 책을 받아와서 서점에 두고 집에 돌아와 낮잠을 자자. 아마 오늘밤도 밤을 새야 할 테니까.

어젯밤의 조사 보고서를 정리하고, 받아둔 조사비에서 규정 요금과 경비를 제했다. 히가시야마토 시 호수까지 가는 방법을 조사했다. 양모 바지에 캐시미어 V넥 스웨터, 트위드 재킷으로 갈아입었다. 출근하는 동거인들과 함께 토스트를 먹고 수프를 마셨다. 8시 반에 집을 나섰다.

기치조지까지는 버스로 가서 서점에 들렀다. 문을 열고 계산대에서 쇼핑백을 챙겨서 다시 문을 잠그고 역으로 돌아갔다. JR 주오 선을 타고 고쿠분지로. 세이부다마코 선으로 환승해서 무사시야마토 역에서 내릴 예정이다. 역에서 소노다 저택까지는 도보로 15분 정도일 것이다.

무사시야마토 역에는 10시 20분에 도착했다. 생각했던 것보다 시간이 덜 걸렸지만, 다마 지역도 여기까지 오면 기온이 더 내려간다는 사실을 깜박했다. 게다가 구름 낀 흐린 날씨라 멀리 보이는 낮은 하늘에서는 금방이라도 눈이 내릴 것 같았다. 화이트 크리스마스가 될지도 모른다.

그렇다면 어둡고 추운 날씨라도 버텨볼 만하다. 나이만 젊다면.

마스크를 하고 있어도 얼굴이 차갑다. 모자를 쓸 것을 하는 후회와 함께 코를 훌쩍이며 걷고 걸었다. 덕분에 생각했던 것보다 목적지에 빨리 도착했다. 고개를 들어 내비게이션의 포인트와 현실 풍경을 비교했다.

그곳은 출입금지 테이프가 둘러쳐져 있는 공터였다. 잡초가 여기저기 짓밟히고, 몇 그루의 나무가 쓰러지거나 부러진 채 속살을 드러내고 있다. 길에서 보았을 때 가장 오른쪽 나무는 검게 그을린 채 뿌리째 뽑혀 쓰러져 있다.

이건 대체…….

깜짝 놀라 보고 있자니 갑자기 구급차가 사이렌을 울리며 다가왔다. 보니 공터 옆 집 앞에 멈추고는 안에서 구급대원들이 뛰어내렸다. 초인종을 누르고 현관문을 열었다. 아무래도 긴박한 느낌이었다.

사이렌 소리에 뛰쳐나온 구경꾼들 사이로 살펴보았다. 이윽고 여성이 들것에 실려 나왔다. 산소마스크를 하고 얼굴이나 머리에 붕대를 감고 있어 얼굴이 보이지 않았다. 구경꾼들이 술렁이며 억측을 쏟아내었다. 나도 호기심에 이끌려 그 자리에 있다가 퍼뜩 정신을 차렸다.

이럼 안 되지. 그보다는 소노다 저택은 대체 어디에 있는 거지.

"어라. 도야마 씨가 착각했나 보군."

전화를 거니 소노다 히토시가 놀라 말했다.

"그 히가시야마토 시의 주소는 확실히 내 땅이긴 한데 빈 땅이야. 우리 집은 다마 호수가 아니라 다마 시라네."

"다, 다마 시?"

"가장 가까운 역은 게이오 선 세이세키사쿠라가오카라네. 듣고 있나? 다마 호수의 주소는 공터에서 백골이 나온 그 주소라네. 도야마 씨가 묻기에 흥미가 있는 듯해서 그쪽 주소도 알려주었지만, 다마 시와 다마 호수를 혼동한 듯하네만."

잠시 말문이 막혔다. 머릿속에 여러 생각이 엄청난 속도로 교차했기 때문이다. 센가와에 있는 우리 집에서 게이오 선을 타면 세이세키사쿠라가오카까지는 전철로 한 번에 갈 수 있다. 그런데 이런 벽지로 보내다니……. 애당초 세이세키사쿠라가오카에 갈 거라면 그걸 위해서 센가와에서 서점이 있는 기치조지까지 갔다가 다시 센가와로 돌아와서 게이오 선을 타야만 했다. 사람을 험하게 부리는 것은 여전하달까. 사실 그것만으로도 화가 날 상황인데…….

도~야~마~ 절~대~로 가만 안 둬!

2

대각선으로 멘 숄더백에 도큐 백화점 쇼핑백을 집어넣고, 마스크를 벗고, 방향을 바꿔 전속력으로 무사시야마토 역을 향했다. 열심히 달렸으나 10시 47분 고쿠분지 행이 눈앞에서 떠나버렸다. 다음 편은 11시 7분이었다.

검색을 했다. 그에 따르면 고쿠분지에서 주오 선으로 갈아타고, 다치카와에서 난부 선으로 갈아타서, 부바이가와라에서 게이오 선으로 갈아타서 세이세키사쿠라가오카에 도착하는 시간이 11시 57분. 오전 중에 자택까지 도착하기에는 도저히 불가능하지만 어쨌든 갈 수밖에 없다.

고쿠분지 행을 기다리는 동한 가림막 하나 없는 열차 홈에서 추위에 떨며 전화를 걸었다. 마흔이 넘은 뒤에는 손발 냉증이 심해진 듯한 느낌이 든다. 양말은 세 겹을 겹쳐 신고,

장갑도 빼놓을 수 없다. 달려서 땀이 난 탓인지 반대로 온몸이 더 차가워졌다. 콧물이 멈추지 않는다.

이야기를 들은 도야마가 크게 웃었다.

"그거 죄송하군요. 다마 호수까지 가신 건가요. 재미있네요. 인터넷에 올려야지."

"……뭐라고요?"

"지인의 땅에서 백골이 나오는 일은 좀처럼 없으니까요. 그것도 진짜 스파이의 땅에서요. 안 그래도 신경이 쓰였었는데 그 때문에 그쪽 주소를 알려드렸나 보네요. 그거 아세요? 소노다 씨의 땅에서 나온 백골, 여성이래요."

그딴 거 내가 알게 뭐야.

"사후 5년 후로, 연령은 쉰에서 예순다섯 정도. 사실은 전에 우리 서점에서 강연하신 법의학자 선생님이 이번 사건의 담당이시거든요. 좋은 기회라고 생각해서 이것저것 물어보았는데, 이 나이대의 여성 행방불명자는 의외로 많은가 봐요. 그래서인지 관련 문의가 30건 넘게 들어왔다고 해요. 그중에는 반드시 자기 마누라가 틀림없으니 서류에 그렇게 써달라고 끈질기게 부탁하는 사람까지 있다네요."

추위가 팔 위쪽까지 전달되어 오한이 일었다. 백골 따위는 아무래도 상관없다고.

"이번에는 소노다 씨 본인에게 주소를 확인했습니다."

나는 도야마의 말을 싹둑 잘랐다.

"그러니 혹시나 해서 묻겠는데요, 계산대 위 쇼핑백 안에 든 것은 틀림없이 소노다 씨께 드리는 선물이 맞겠죠?"

"네, 도큐 백화점에서 산 요쿠모쿠 쿠키예요. 틀림없습니다. 에이, 하무라 씨도 참. 한 번 실수했다고 해서 그렇게까지 걱정 안 해도 돼요."

뭐?

"……지금 뭐라고?"

"주소를 착각한 것은 제 실수지만 하무라 씨도 참 바보 같은 짓을 하셨네요."

도야마가 뚫린 입이라고 멋대로 혀를 놀렸다.

"나가기 전에 소노다 씨에게 미리 전화를 걸어서 주소와 역에서 댁까지 가는 길 같은 것을 물어보셨어야죠. 프로 탐정이라면 그 정도는 해주실 줄 알았는데."

위험하게도 스마트폰을 선로로 집어던질 뻔했다. 칭찬하고 싶을 정도로 뛰어난 자제심을 발휘해서 전원을 끄는 정도로 마무리했다. 세 번이나 환승하는 동안 무료했지만 전철의 난방과 바깥 온도차 때문에 기분이 나빠져 스마트폰을 들여다볼 마음이 들지 않았다.

세이세키사쿠라가오카에는 예정대로 11시 57분에 도착했다. 역에서 스마트폰 전원을 켜고 소노다 씨의 집 위치를 확인했다. 이미 외출한 다음일지도 모르지만 어쨌든 가볼 수밖에 없다.

역 남쪽으로 나와 다마 강 지류인 오구리 강을 건너, 이로하자카 길을 엉큼성큼 걸어올라 주택가로 들어섰다. 다마 호수든 이 주변이든 교외 주택가는 을씨년스럽게 느껴지는 바가 있다. 비슷하게 지은 주택들이 구역 안에 죽 늘어선 채 확실하게 늙어가고 있다.

보도에 떨어진 낙엽을 밟으며 개를 산책시키는 주민이나 고개를 숙인 채 지팡이를 짚고 걸어가는 노인, 커다란 쇼핑 카트를 힘겹게 끌고 가는 할머니 등과 스쳐 지났다. 가드레일에 앉아 담배를 필터 끝까지 피우고 있는 남자 앞을 지난 그곳이 내비게이션이 가리키는 도착지였다. 보도까지 가지를 뻗은 커다란 벚나무 그늘에 철문이 있고, 철 격자 사이에 'SONODA'라는 문자가 새겨져 있다.

문 앞에는 택시가 정차해 있었다. 뒤쪽 좌석에 흰머리가 보였다. 그 순간 택시가 출발해서 언덕길에서 멀어졌다.

우와, 늦었나.

그래도 한 줄기 희망을 갖고 소노다 저택 안으로 달려 들어갔다.

대문에서 집까지는 바닥이 돌로 되어 있었다. 조그만 탑이 있는 저택이 힐끔 보였다. 돌바닥은 좌우로 커브가 졌으며 도중에는 옆으로 석등과 순록이 장식돼 있었다.

돌바닥 끝은 다소 넓은 공간에 돌이 징검다리처럼 놓여 있었다. 두터운 현관문에 본격적인 크리스마스 리스가 장식되어 있었다. 초인종을 울렸다. 중후한 벨소리가 저택 안에 울려 퍼졌다.

"어머나. 남편은 방금 나갔는데요."

살인곰 서점의 하무라라고 소개하니 인터폰 너머에서 소노다 부인이 안타까운 듯이 말했다.

"병원 예약이 있어서요. 책을 가지러 오셨죠?"

"개빈 라이얼의 《Midnight Plus One》이라는 책인데, 저자 사인이 들어 있는 영어 원서입니다."

"찾아볼게요. 현관문을 열 테니 들어오세요."

거무스름했지만 윤이 나게 잘 닦인 놋쇠 손잡이를 잡아당기며 "실례하겠습니다" 하고 인사하고는 한 걸음 안으로 들어갔다. 눈앞의 현관홀은 천장까지 확 트인 곳으로, 높은 천장에 천사나 별이나 그 밖의 장식들이 매달려 있었다. 현관 옆 계단에는 하얗고 털이 긴 인조 모피가 깔려 있었다.

정신을 차리고 숄더백에 넣어둔 채였던 도큐 백화점 쇼핑백을 꺼내 주름을 폈다. 마스크와 머플러도 벗었다. 코를 너무 풀어서 코 주변의 파운데이션이 완전히 벗겨진 채 빨갛게 되었지만 여기서 화장을 다시 고칠 수는 없다. 소노다 부인이 노안이기를 바랄 수밖에.

"찾았어요. 이거 아닌가요?"

이윽고 안에서 나이 지긋한 여성이 나왔다. 두터운 녹색 스툴로 몸을 감싸고, 타탄체크 랩스커트를 입고, 새하얀 머리를 귀밑 아래 길이에서 잘라 금속 핀으로 가지런히 고정했다. 스툴은 작은 생강쿠키 모양 브로치로 여미고, 털 달린 양말에 헵번 샌들을 신었다. 주름은 있지만 하얀 피부에 볼 터치와 립스틱만 했다.

역시 전직 외교관 부인답게 품위 있고 우아하고 멋진 복장이다.

내민 책을 보았다. 오렌지색 글자로 'MIDNIGHT PLUS ONE'이라고 적혀 있고, 권총을 든 남자가 수풀에 숨어 무장한 삼인조를 살펴보고 있는 표지였다. 표지 테두리가 다소 헐었지만 장정 전체가 살짝 빛이 바랬기 때문에 그렇게 보이는 것일지도 모른다. 표지를 펼치니 만년필로 'Gavin Lyall'이라고 담백한 사인이 들어 있었다.

"틀림없네요. 잘 받았습니다."

도야마가 보내는 거라며 도큐 백화점 쇼핑백을 드리고, 숄더백에 항상 넣고 다니는 비닐봉투를 꺼내서 책을 넣고 다시 숄더백에 넣었다. 정말 다행이라고 생각했다.

책을 못 찾겠으니 남편이 돌아올 때쯤 다시 오라는 말을 듣지 않아도 되어서.

안도한 나머지 긴 한숨을 내쉬자 부인이 말했다.

"하무라 씨, 오늘은 이대로 책을 가지고 와세다로 돌아가시나요?"

"저희 서점은 기치조지에 있습니다만."

"어머, 그랬나요? 와세다의 서점인 줄 알았어요."

"곧장 기치조지의 서점으로 돌아갑니다."

"그렇군요. 3주 전에 슈톨렌을 구웠는데 하나 가지고 가요. 얇게 썰었으니 홍차와 함께 먹으면 맛있을 거랍니다."

거절할 틈도 없이 부인이 몸을 돌렸다. 부인은 크리스마스를 나타내는 색의 리본이 달린 투명 봉투 안에 포일로 감싸인 슈톨렌으로 보이는 것을 세 개나 들고 돌아왔다.

"저는 크리스마스 때 슈톨렌을 굽는데 친구들 나눠줄 생각에 매년 들떠서 만들거든요. 하지만 이제 다들 나이가 들어서 가져다주는 것도 가지러오는 것도 보통 일이 아니지 뭐예요. 우편으로 보낼까 했는데, 그 왜 있잖아요. 다마 호수에서 있었던 일, 아시나요?"

"네에……."

"그 땅은 제 사촌언니 땅이었거든요. 다른 친척이 없어서 7년 전에 제가 물려받았는데, 5년 전에 집을 부수고 갱지로 만들었을 때 해체업자 분들이 남는 전나무를 가져와서 심어

주신 거예요. 금방이라도 구매자가 나올 줄 알았는데 어째
서인지 안 팔리더라고요. 고정 자산세는 계속 나오고, 이따
금 해체업자가 잡초를 제거해주니 사례금도 줘야 하는 등
돈만 계속 나가지 뭐예요. 그런 데다 사람 해골이 나오다니.
남편에게 폐만 끼쳐서 정말 어찌해야 할지."

　부인이 새끼손가락 끝으로 눈가를 훔쳤다. 나는 당황해서
어찌할 바를 몰랐다.

　"아, 하지만 남편분은 냉전기 유럽에서 활약한 분이시니
그런 점에 대해서는 호담하신 편이 아닐까요."

　"하무라 씨, 결혼 안 하셨죠?"

　부인이 예리한 눈초리를 나를 보았다.

　"남자란 대담해 보여도 의외로 기습에 약하거든요. 게다
가 이번 일은 경찰 쪽 영역이라 남편이 관여할 도리가 없어
요. 딱히 나를 책망하거나 하는 것은 아닌데, 생각할수록 기
분이 안 좋아지지 뭐예요. 덕분에 모처럼의 크리스마스인데
슈톨렌 포장도 못한 채 이브 당일이 되고 말았네요. 개별 포
장하는 것도 예삿일이 아닌데 말이죠. 하무라 씨, 이 과자 좀
전해주지 않을래요? 돌아가는 길에 잠깐만 들렀다 가면 되
는데."

　이 상황에서 거절할 수 있는 인간이 과연 있을까.

　"네, 알겠습니다."

"미안해요."

부인은 도큐 백화점 쇼핑백에서 요쿠모쿠 쿠키를 꺼내곤 빈 쇼핑백에 슈톨렌을 넣었다.

"스마트폰은 가지고 있겠죠? 메모해줄래요. 하나는 지토세후나바시의 친구에게. 다른 하나는 스기나미의 호난초. 나머지 하나는 서점 식구들과 함께 드세요. 하무라 씨가 와주어서 정말 다행이에요. 크리스마스에는 역시 기적이 일어나는 법이네요."

"정말로 고마워요. 큰 도움이 되었어요" 하며 성대하게 감사를 받으며 나는 소노다 저택에서 쫓겨났다.

돌아가는 길에 잠깐이라고? 지토세후나바시와 호난초가? 노선도 그렇고 완전 다른 길이잖아.

역시나 전직 외교관 부인. 사람을 부리는 데 도야마보다 뛰어나다. 나는 기침을 연발하며 정원의 돌바닥을 밟았다. 하여간 이놈이고 저놈이고.

그래도 마음을 다잡았다. 책은 손에 넣었고, 간단한 심부름을 할 뿐이다. 오늘은 크리스마스이브다. 다소의 선의를 베풀어도 벌은 받지 않는다.

정원을 지나 대문을 나섰다. 슈톨렌은 말린 과일을 잔뜩 넣고 술을 섞은 독일 전통 빵이다. 시간이 흐를수록 더 맛이 좋아지는 음식이기 때문에 오래 버틸 수 있게 딱딱하게 구워 꽤나 무겁다. 그게 세 개.

도큐 백화점 쇼핑백을 단단히 쥐고 걷기 시작했을 때 남자 하나가 이쪽을 향해 달려왔다. 마스크를 쓰고 털모자를 깊숙이 눌러쓰고는 최근에는 보기 힘든 감색 피코트를 입었다. 아까 가드레일에 앉아서 담배를 피우던 중년 남성이다. 안짱다리에, 오른발과 오른팔이 동시에 나오는 듯한 모습으로 허둥지둥 언덕길을 달려오고 있다. 운동 음치를 그림으로 그린 듯한 모습이었다.

그 남자를 관찰하는 동안 어느새 그 남자가 눈앞까지 다가와서 갑자기 주먹을 내질렀다.

아마도 사람을 때린 적도 없는 것이 틀림없다. 간단히 피할 수 있는 주먹질이었지만, 의표를 찔려 깜짝 놀랐다. 그 탓에 비틀거리자 남자는 숄더백에는 눈길도 주지 않은 채 도큐 백화점 쇼핑백을 낚아채서는 도망쳤다.

나는 어안이 벙벙해서 입을 떡 벌렸다.

대, 대체 무슨 일이지.

3

자세를 바로잡고 뒤쫓았다. 오른팔과 오른발, 왼팔과 왼발을 동시에 교차하며 달리는 주제에 남자는 엄청 빨랐다. 순식간에 언덕길을 내려간다.

졸린 기운이 단숨에 달아났다. 아침부터 끓어오르던 짜증이 순식간에 분출한 듯했다.

놓칠 것 같냐.

나는 전속력으로 뒤쫓았다. 뒤쫓으면서 도둑, 날치기라며 외쳤다.

그 목소리가 들렸는지 남자가 몇 번인가 뒤돌아보았다. 내가 귀신같은 형상을 했는지, 뒤돌아본 채 앞으로 균형을 잃었다. 자세를 바로 잡으려다 다시 돌부리에 발이 걸려 하늘에 붕 뜨더니 얼굴부터 땅위로 떨어졌다.

나는 속도를 늦췄다. 숨을 헐떡이며 남자에게 다가갔다. 그러자 짜부라진 바퀴벌레처럼 납작 엎어졌던 남자가 갑자기 일어나서는 쇼핑백을 그대로 놔두고는 기는 듯이 다시 도망쳤다.

무릎을 세게 부딪쳤는지 이번에는 속도가 빠르지 않았다. 금방이라도 뒤쫓을 수 있을 것 같았는데 갑자기 전속력으로 질주한 탓에 나도 기침이 멈추지 않았다. 잠시 몸을 숙이고 호흡부터 골랐다. 진정이 되자 도큐 백화점 쇼핑백을 되찾으러 갔다.

쇼핑백에서 빠져나온 포장된 슈톨렌이 보도에 나뒹굴었다. 튼튼한 음식이라 다행이었다. 요쿠모쿠 쿠키라면 산산조각이 났을지도 모르지만 슈톨렌은 꿈쩍도 하지 않았다.

슈톨렌을 주워 봉투에 다시 담고는 남자를 찾았다. 멀리 저편에서 안짱다리로 열심히 도망치는 중이었다. 지나가다 모든 일을 목격한 듯한 개를 데리고 있던 노인이 내게 말을 걸었다.

"뭔가 저건. 날치기인가."

"글쎄요. 크리스마스 과자를 훔쳐서 뭘 어쩌려던 걸까요."

쓴웃음을 짓자, 노인이 깅엄체크 옷을 입힌 소형견을 안아 올리며 말했다.

"경찰을 부를 텐가. 목격자가 필요하다면 내가 증언해주겠네."

잠시 생각했다. 그 무엇도 도둑맞지 않았고 다치지도 않았다. 연말이라 엄청 바쁠 경찰이 신고를 제대로 처리해줄지도 의문이고, 수사를 해줄지는 더욱 의심스럽다. 사정을 설명하는 시간만 뺏길 뿐이다.

노인에게 감사인사를 하고 헤어졌다. 기분은 좋지 않았다. 기묘한 도둑이다. 숄더백이 아니라 쇼핑백을 노리다니. 게다가 담배를 피우며 그런 장소에 앉아 있었다. 오가는 사람들도 꽤 있어서 비교적 눈길을 끈다. 만약 날치기에 성공해도 목격 증언은 얼마든지 나올 것이다. 말하자면 그는 아마추어다.

돈에 쪼들린 끝에 도둑질을 하는 인간은 물론 있다. 특히 연말에는. 하지만 그런 짓을 하더라도 백화점 쇼핑백을 노리지는 않는다.

희미해지는 정신을 간신히 다잡고 세이세키사쿠라가오카 역에 도착했다. 어깨가 뭉치고, 오한이 멈추지 않고, 배도 고팠다. 역 빌딩에서 점심을 때우기로 했다. 치킨이 전문인 가게는 만원이어서 햄버거 가게에 들어갔다. 치즈버거와 포테이토를 샀지만 먹기 시작하니 신물이 올라왔다. 설탕 세 봉지를 타 넣은 커피를 마시고 혈당치가 오른 후에야 지토세후나바시로 가는 방법을 검색했다.

특급을 타고 메이다이마에까지 가서 이노카시라 선으로 시모키타자와, 거기다 오다큐 선으로 지토세후나바시. 혹은 부바이가와라에서 난부 선을 갈아타고 노보리토, 거기다 오다큐 선. 혹은 게이오 선으로 지토세가라스야마까지 나와서 버스로 지토세후나바시.

어떤 루트든 귀찮기가 이만저만이 아니다.

지토세후나바시에서 호난초까지 가는 길은 더 심했다. 시모키타자와에서 이노카시라 선으로 갈아타고 신다이타에서 버스를 타든지, 오다큐 선으로 신주쿠까지 나와서 마루노우치 내선으로 갈아타야 했다. 뭐가 가는 길에 잠깐이야, 아예 다른 길이잖아.

차가 있었다면 이렇게까지 힘들지는 않았을 거란 생각이 들었다. 지금이라도 렌터카를 빌려서 도야마에게 청구서를 보낼까. 어제까지의 탐정업으로 들어온 수입에서 2할을 살인곰 서점에 지불하게 되어 있지만, 거기서 렌터카 비용을 제하면 되지 않을까.

그렇다고는 해도 크리스마스이브에 비어 있는 렌터카가 있으리라는 생각은 들지 않았다. 아마 도로도 막힐 것이다.

포기하고 게이오 선 특급을 기다리자 도야마에게 전화가 걸려왔다.

"오늘 밤 파티 말인데요."

도야마가 말했다.

"치킨과 샌드위치와 과일을 준비했는데 케이크는 어떻게 해야 하나 해서요. 혹시 하무라 씨가 눈치 빠르게 미리 케이크 예약을 했다든가."

"안 했는데요."

"이거 어쩐담. 아까 단골인 가키자키 씨가 크리스마스 케이크를 우리 파티 때 지참할 생각이라고 글을 썼더라고요. 그랬더니 노노무라 씨가 화를 내며 케이크로 환심을 사서 《심야 플러스 1》을 경매 전에 손에 넣을 생각이라면 자신도 생각이 있다느니 어떻다느니 그렇게 썼지 뭐예요. 책 경매로 불타올라야 하는데 분위기가 나빠질 것 같아서요."

바보 같기는. 난 목 안쪽의 통증을 참으며 말했다.

"애도 아니니 케이크 정도로 넘어가지는 않는다고 말해주지 그랬어요."

"노노무라 씨는 대체 왜 그러는 걸까요. 평소에는 그렇게까지 과격하지는 않은데. '옛날에 내부자 거래를 통해 번 돈으로 고서점가를 헤집고, 고서 가격을 폭등시킨 남자'라며 가키자키 씨가 험담한 탓일까요."

"노노무라 씨는 전에 광고회사에 다니지 않았던가요."

"노노무라 씨는 20년 정도 전에 방송국 PD와 함께 건강 관련 방송을 제작했어요. 이런저런 식재료를 건강이나 다이

어트에 잘 듣는다고 방송에서 다루면 그것을 믿은 시청자가 마트로 달려가 매진이 되거나, 그 식자재를 취급하는 식품 회사의 주가가 폭등하죠. 그러던 중 자신이 가지고 있는 주식의 주가가 오르도록 식자재를 선택하게 된 거예요. 지금 그런 짓을 했다간 큰일이지만요. 그건 그렇고……."

특급 열차가 홈으로 들어왔다. 소노다 부인의 부탁으로 지금부터 여기저기 들러야 한다고 말하려 했더니 기침이 나왔다. 기침 탓에 이쪽은 할 말도 못하고 있는데 도야마는 신경도 쓰지 않고 멋대로 말했다.

"올 때 크리스마스 케이크 좀 사다주세요. 하무라 씨가 가져온다는 구실로 가키자키 씨의 케이크를 거절했으니까요. 부탁해요."

간신히 기침이 멈췄을 때는 이미 전화가 끊어진 다음이었다. 이번에는 게이오 선 선로에 휴대전화를 던질 뻔했다.

특급을 타고 있는 동안만이라도 눈 좀 붙이고 싶었지만 신경이 곤두서 있었다. 문득 신경이 쓰여 도야마가 어떤 글을 업로드했는지 조사해보았다. 진짜 스파이인 S씨의 장서 처분을 위임받았다는 것, 경매 상품인 개빈 라이얼의 사인본이 서점에 도착하는 것이 오늘이 되었다는 것, 서점의 여성 종업원 H씨가 책을 혼자서 받으러 갔는데 주소를 착각해서 다마 호수로 갔다는 것, K씨와 N씨의 사인본을 둘러싼 신경전과 케이크의 전말까지 모조리 적혀 있었다.

이름을 이니셜로 표기하면 뭐든 말해도 좋다는 규칙 같은 것은 이 세상 그 어디에도 없다.

머리에 피가 치밀어 오른 상태로 열차를 여러 번 갈아탄 끝에 오후 2시 9분에 지토세후나바시 역에 도착했다.

슈톨렌의 첫 번째 친구는 시나가와 에리코라고 했다. 시로야마 길을 교도 방향으로 나아간 앞쪽의 맨션 3층에 살고 있었다.

"소노다 언니에게서 아까 전화를 받았어요."

에리코는 소노다 부인의 고등학교 2년 후배라고 말했다. 혼자 살고 있는 듯했는데 꽃 자수를 한 니트 앙상블에 롱스커트, 옅은 화장을 하고, 머리도 예쁘게 정돈되어 있었다. 집에 돌아가자마자 화장을 지우고 웨스트고무 팬츠에 3년 된 유니클로 후리스로 갈아입는 여자 입장에서는 같은 인류라고는 생각되지 않았다.

수고했다며, 아무것도 없지만 하다못해 홍차라도 마시고 가라며 억지로 잡아끌었다. 여자의 친절에는 대개 흑심이 숨겨져 있다. 홍차를 한 모금 다 마시기도 전에 에리코가 입을 열었다.

"여기 와주셔서 정말 다행이에요. 하무라 씨라고 했죠. 지금부터 호난초의 쓰지 씨 댁에 가신다죠?"

"네에."

"짐이 되어 죄송하지만 가는 김에 이것도 전해주시면 안 될까요. 쓰지 씨의 손주분이 만들어달라고 부탁한 거거든요."

식탁 반대쪽 의자에 하얀 봉제 곰인형이 두 마리 앉아 있었다. 산타 모자를 쓰고, 목에는 녹색 리본을 감고 있다.

"이거 두 마리 다 말인가요?"

"어머, 두 마리 다 데려가주시는 건가요? 하무라 씨는 소노다 언니가 말씀하신 것처럼 정말 친절하군요. 고마워요. 한 마리는 아사가야의 고이시바라 미야코 씨에게. 고이시바라 씨는 참 안됐어요. 멋진 남편을 만나 유키라는 딸도 낳았는데, 남편은 일찍 죽고, 유키는 한심한 남자와 결혼을 해버리다니."

시나가와 에리코는 생기 넘치는 얼굴로 뒷담화를 하며 우아한 손동작으로 홍차를 따랐다.

"사위도 공무원이었을 때는 성실하게 일했던 모양이에요. 하지만 정년퇴직을 해서 퇴직금과 연금은 들어왔는데 시간은 또 남아도니 도박에 푹 빠진 거죠. 그런 것일수록 의존증이 강하니까요. 순식간에 퇴직금과 저금까지 날리고 집까지 저당을 잡혔는데도 아직도 끊지를 못했대요. 그래서 고이시바라 씨는 딸에게 이혼하라고 엄청 닦달했나 봐요."

일부러 시계를 보는 척을 했으나 에리코는 신경도 쓰지 않고 계속 말했다.

"하지만 유키는 어떻게든 남편을 정신 차리게 하려고 노력했나 봐요. 남편과 어머니 사이에 껴서 크게 싸우고는 고이시바라 씨에게는 요 몇 년 동안 전화 한 통 하지 않았대요. 정말 안됐어요. 하다못해 고이시바라 씨께도 크리스마스 선물을 하고 싶어서 이 아이를 한 마리 더 만들었지 뭐예요. 내일 전해드릴 생각이었는데, 하무라 씨가 호난초에서 기치조지로 돌아간다면 가는 길이니까요."

내가 입을 열기 전에 에리코는 카드에 아사가야의 주소를 적기 시작했다.

우편으로 보내면 되잖아, 우편으로. 택배를 이용하면 다음 날에는 대부분 도착할 거고, 일본 경제에 도움도 될 거고.

답례로 내게도 꼭 흰곰을 선물하고 싶다는 말을 사양하고 지토세후나바시 역으로 돌아와, 두 마리의 흰곰과 두 개의 슈톨렌이 든 쇼핑백을 안고 3시 넘어 오다큐 선 신주쿠 행을 탔다. 마스크를 하고 있음에도 기침이 계속 나와서 주위 승객들의 눈총을 샀다. 오한이 들고 서 있는 것도 힘들다. 어떻게든 해야겠다.

신주쿠는 혼잡했다. 약국으로 달려가 갈근탕과 영양 드링크를 사서 마셨다. 같은 조합으로 마시는 사람이 그 밖에도 여럿 있었다. 모든 사람들이 크리스마스 분위기에 취해 있는 것만은 아닌 모양이다.

이브가 대체 뭐 어쨌다고 말하고 싶은 듯이 휴대전화로 업무 통화를 이어가는 샐러리맨. 장을 보고 지친 얼굴로 귀갓길을 서두르는 주부. 한손에 참고서를 든 안색이 나쁜 수험생. 대량의 크리스마스 케이크를 팔기 위해 소리 높여 외치는 아르바이트생.

마루노우치 선을 타고 4시 조금 전에 호난초 역에 도착했다. 간판과 가로등에 불이 들어오기 시작한 호난 길을 오미야하치만 쪽으로 직진하다, 남하해서 주택가로 들어갔다. 쓰지 사토코는 소노다 부인에게 연락을 받고 집에 있었다. 슈톨렌과 흰곰을 재빨리 전달하고는 뭔가 부탁을 받기 전에 선수를 쳐서 서둘러 아사가야로 가야한다고 말했다.

"기치조지로 빨리 돌아가고 싶지만, 시나가와 씨가 꼭 부탁한다고 해서요."

"그거 참 민폐로군요. 좋은 사람이지만 남의 말을 잘 안 들으셔서. 이 봉제인형도 딱히 부탁한 것도 아닌데."

쓰지 사토코가 쓴웃음을 지으며 고개를 저었다. 그녀의 집은 오래된 목조 가옥이었다. 그 때문일 것이다. 발목까지 올라오는 실내용 부츠를 신고, 가장자리를 모피로 두른 모자를 쓰고 있었다.

"아사가야라고 말씀하셨는데, 혹시 고이시바라 미야코 씨 댁인가요."

"네."

나는 포기하고 대답했다. 이번엔 대체 어떤 부탁을…….

"사실은…… 처음 보는 당신에게 말씀드리기 좀 그렇지만 괜찮을까요."

싫다고 대답할 수 있다면 나는 지금 여기 서 있지 않았을 것이다. 잠자코 있으니 쓰지 사토코가 멋대로 말하기 시작했다.

"미야코 씨에게서 아까 전화가 와서요. 사위가 전화를 해서는 협박했다니 뭐라느니. 그 사위에게 살해당할지도 모른다며 두려워하더라고요."

잠깐만요, 그건 대체…….

뭐라 대답을 해야 할지 고민하다 간신히 입을 떼려 하자 쓰지 사토코가 손을 저었다.

"정말로 협박하거나 한 것은 아닐 거예요. 사위 이야기를 할 때마다 점점 악당이 되고 있으니까요. 딸과의 사이가 악화된 것이 사위 탓이라며 원망하고 있거든요. 사위 역시 미야코 씨에게는 다가가려 하지 않고요. 전에 사위와 만났을 때는 경찰을 불렀다고도 하고."

뭐라고 대답을 하려다 재채기가 나왔다. 나는 벗어두었던

마스크를 다시 썼다.

"미야코 씨는 저보다 다섯 살 연상이고 혼자 살아요. 딸과 소원해진 뒤 다른 교우 관계는 더 말할 것도 없죠. 얼마 전부터는 실제 있었던 일이라고는 생각되지 않는 말을 입에 담게 되었는데, 그래서 좀 걱정이 되어서요."

교양 있는 사람들은 남이 치매에 걸렸다는 말을 하기가 그렇게 힘든가.

"하무라 씨, 바쁜데 죄송하지만, 만났는데 만약 미야코 씨의 상태가 이상하다면 알려주실 수 있을까요. 오랜 지인이 크리스마스이브에 사위에게 협박당하고 있다는 망상에 홀로 겁을 먹고 있다면 그냥 놔둘 수 없어서요."

나는 한차례 기침을 했다. 일부러 한 것은 아니다. 추운 현관 앞에 선 채 이야기를 듣고 있다 보니 정말로 목이 아파서 힘들었기 때문이다. 다만 이렇게 상태가 안 좋아 보이면 역시 됐다고 말해주지 않을까 다소 기대했지만, 그것은 내 착각이었다. 크리스마스의 선의는 가족이나 지인에게만 향해지는 것이다. 첫 대면인 심부름꾼에게는 아니다. 쓰지 사토코는 내 기침이 멈출 때까지 큰 눈을 더 크게 뜬 채 잠자코 기다렸다.

쓰지 사토코의 휴대전화 번호를 스마트폰에 입력하고 마루노우치 선 호난초 역으로 향했다. 이젠 모든 차가 전조등을 밝힌 채 달리고 있었다. 전선은 저녁노을을 배경으로 검은 선처럼 뻗어 있었다. 상점 윈도의 전구 장식이 드디어 원래 힘을 발휘해 낮의 잔재를 가리고 거리를 크리스마스 왕국처럼 보이게 했다.

마루노우치 선은 사람들로 혼잡했다. 어렸을 적 마루노우치 선을 달리는 오래된 열차의 백색 등이 꺼지고 오렌지색 비상등으로 전환되는 순간을 이상하게 좋아했다는 사실이 떠올랐다. 그 순간, 지하철이 속도를 낮추고 천천히 꿈틀거리듯이 나아갔다.

미나미아사가야 역에는 5시 약간 전에 도착했다. 약 효과가 있는지 어깨 결림과 두통이 좀 나아졌다. 빨리 고이시바라 댁에 흰곰을 배달하고 책과 슈톨렌과 케이크를 기치조지로 가져 가, 감기가 심해 다른 사람에게 옮길지도 모른다는 이유를 대고 바로 집으로 돌아가자. 택시를 타면 7시 좀 넘어서는 집에 돌아갈 것이다. 뜨거운 물에 몸을 담그고 찜질 팩을 이불 속에 넣고 잠을 청하자.

고이시바라 미야코의 집은 오메 가도 남쪽, 아사가야 주택가 근처에 있었다. 지금까지 방문한 집 중에서 가장 낡았다. 주위에 신축 저택이나 리모델링한 듯한 집이 늘어서 있는 탓에 더욱 비교가 되었다. 이웃은 크리스마스트리와 눈사람과 산타의 선물 바구니, 조명 장식까지 되어 있었다. 개인 주택의 조명은 대개 서툴고 허접하다. 요즘 세상에 전기를 낭비해도 아무것도 느끼지 않다니 부러울 따름이다.

고이시바라 미야코 댁의 초인종 눌렀다. 안에서 우당탕거리는 소리가 들렸다. 잠시 기다리니 문이 벌컥 열리고 머리가 산발인 노파가 양말 차림으로 뛰어나왔다.

"살려줘. 사위가 날 죽인다."

노파가 내게 달라붙었다.

우와. 짜증이 치밀었다. 이건 상상했던 것보다 훨씬 중증이다. 바로 쓰지 사토코에게 보고해야겠다는 생각이 들었다.

그렇게 생각한 순간, 남자가 집 안쪽에서 식칼을 휘두르며 뛰쳐나왔다.

4

"당신만 인정하면 돼."

남자는 뺨이 홀쭉했고, 머리카락도 수염도 지저분하게 얼굴에 달라붙어 있어 나이가 꽤 들어 보였다. 잠옷 같은 하늘하늘한 천의 상하의를 입고, 검은 가죽구두를 신고, 다운코트를 걸쳤다.

나는 눈에 보이지 않는 듯 남자가 입가에 게거품을 물며 외쳤다. 식칼이 크리스마스 조명 빛에 반사되어 붉은색이 되었다 흰색이 되었다 금색이 되는 등 반짝반짝 빛났다.

"어머니니까 딸이라고 하면 된단 말이야. 남편과 친모가 인정하면 그건 유키라는 게 돼. 그렇게 하면 유키가 죽었다는 것이 인정되고 나는 살 수 있어."

"이 노름에 미친 놈."

고이시바라 미야코로 생각되는 노파가 내 등 뒤로 숨으며
외쳤다.

　"왜 내가 너 같은 놈을 위해 경찰에 거짓말을 해야 하지.
어서 내 집에서 나가."

　"뭐야, 이 늙은이. 내가 살해당하면 어쩌려고."

　"자업자득이다. 너 같은 놈은 죽어도 싸."

　"그렇다면 너도 죽여주지."

　고이시바라 미야코의 사위가 나를 향해 식칼을 들어올렸
다. 도망치려 했지만 미야코가 엄청난 힘으로 나를 붙잡고
있어 움직일 수가 없었다.

　나는 재빨리 사위의 무릎을 발로 찼다. 이어서 미야코의
양발밖에 신지 않은 발을 있는 힘껏 짓밟았다.

　장모와 사위가 앞뒤에서 비명을 질렀다. 어딘가의 창문이
열리는 소리가 들리고 지나가던 사람이 멈춰 섰다. 또다시
나를 붙들려는 노파에게서 도망쳤지만, 미야코가 허우적대
며 손을 휘둘렀다. 그 손에 맞아 내 얼굴에서 마스크가 벗겨
져 땅에 떨어졌다. 고개를 돌린 순간 미야코가 숄더백 끈을
붙잡았다.

　"살려줘."

　노파가 외쳤다. 파스와 건어물과 방충제가 뒤섞인 듯한 냄
새가 났다. 행인에게 경찰에 신고해달라고 말한 순간 재채

기가 나왔다. 침이 미야코의 얼굴에 튀었지만 그래도 그녀
는 숄더백 끈을 놓으려 하지 않았다.

"빌어먹을 늙은이. 죽어버려!"

사위가 자세를 다시 잡고 식칼을 휘두르며 이쪽을 향해
왔다. 나는 휜곰과 슈톨렌이 든 쇼핑백을 사위에게 던지고
는 그 틈에 간신히 숄더백 끈에서 고개를 뺐다.

쇼핑백이 찢어지며 땅에 떨어졌다. 나는 간신히 노파에게
풀려나 이웃집 앞까지 도망쳤다. 돌아보니 미야코는 숄더백
을 감싸 안듯이 땅에 주저 앉아 몸을 수그렸고, 사위는 그
위에서 식칼을 휘둘렀다. 조명 빛이 반짝거릴 때마다 두 사
람의 움직임이 비춰져, 밤길에서 예술 퍼포먼스라도 벌이는
듯했다.

나는 이웃집 산타를 잡아떼 들고 뛰어가서는 사위의 뒤통
수를 세게 갈겼다. 때리고 나서야 알아차렸지만 산타는 플
라스틱제라 투웅 하는 가벼운 소리만 났을 뿐이다. 아차 싶
었는데, 놀라서 착각했는지 사위가 앞으로 비틀거렸다.

신고한 행인이 달려와서 비틀거리는 사위의 손에서 식칼
을 낚아채려 했다. 저항하려는 사위의 머리를 나는 다시 한
번 더 산타로 때렸다. 식칼은 행인은 손으로 넘어갔고 사위
는 땅에 털퍽 주저앉았다.

"이러다 내가 죽는다고."

사위가 땅바닥을 때리며 외쳤다.

"거짓말이 아니야. 위험한 놈들에게 돈을 빌렸어. 제길, 반드시 딸 수 있을 거라 생각했는데. 틀림없는 정보라고 해서 300만 엔을 질렀는데, 왜 가격이 계속 떨어지는 거지."

그제야 경찰이 왔다. 사위는 딴사람처럼 얌전해져서는 쭈뼛거리며 단순한 가족 간 다툼이라고 중얼거렸다. 숨과 고동을 간신히 진정시킨 나는 고이시바라 미야코에게서 숄더백을 돌려받으려 했지만 미야코는 백을 감싼 채 나를 노려보며 말했다.

"무슨 짓이야 이 도둑놈. 이건 내 거야."

야단법석 끝에 미나미아사가야 경찰서에 가게 되었다. 우사미라는 담당 형사에게 사정을 설명했지만, 아무런 관계가 없다고 몇 번을 주장해도 그는 내게 할머니를 떠넘길 뿐이었다.

관계가 없다니, 크리스마스 선물을 전달하러 왔잖아. 처음 보는 거라니, 이름도 집안 사정도 알고 있었잖아. 하무라라고 했나? 크리스마스이브에 이렇게 불쌍한 할머니를 경찰서에 두고 가려 하다니 너무하는 거 아닌가 등등.

우사미는 짜증이 나 있는 상태였다. 안 그래도 바빠 죽겠는데 이런 한심한 칼부림이나 담당하게 된 것이다. 평소라면 동정도 할 수 있었다. 하지만 내 기력도 체력도 쓸데없는 이동과 이리저리 혹사당한 스트레스, 심해지기만 하는 감기와의 싸움으로 눈에 띄게 줄어 완전히 바닥나기 직전이었다.

스트레스에 절어 있는 사람끼리 우사미와 나 사이에는 날선 설전이 오갔다.

쓰지 사토코에게 전화를 걸게 해주세요. 하면 되잖습니까. 쓰지 사토코의 연락처는 스마트폰에 입력되어 있고, 스마트폰은 고이시바라 미야코가 품에 안고 놓지 않는 숄더백에 들어 있거든요. 그런데 당신, 신분을 증명할 것은? 그것도 숄더백 안에 있습니다.

고이시바라 미야코가 배고프다고 칭얼댔다.

아는 사이라면 당신이 뭐라도 사주지 그래? 지갑도 숄더백 안에 들어 있거든요. 자기 가방이라면 알아서 돌려받으면 되잖아.

우사미는 볼펜을 돌리며 자리에서 꿈쩍도 하지 않았다. 별수 없이 되돌려 받으려 하니 고이시바라 미야코는 가방을 감싸 안은 채 소리 지르고, 울고, 난동을 부렸다. 사위가 이 할머니를 찌른 다음에 산타로 갈길 걸 하며 순간 진심으로 후회했다.

나는 찢어진 쇼핑백으로 내용물을 감싼 채 들고 있었다. 순간 소노다 부인의 슈톨렌이 들어 있다는 것이 생각났다.

서점의 모두와 먹으라고 했지만 경찰 모두와 먹는다고 그 기품 있는 부인이 난동을 부리지는 않을 것이다.

투명 봉투 안의 알루미늄 포일을 펼쳐 얇게 자른 슈톨렌을 꺼냈다. 브랜디와 말린 과일, 거기에 구운 밀가루와 설탕이 잘 섞여 기적 같은 달콤한 향기가 살풍경한 경찰 사무실에 퍼졌다.

이걸 코앞에 들이대니 싱겁게 해결되었다. 고이시바라 미야코는 내 핸드백을 내던지고는 슈톨렌을 들고 먹기 시작했다.

미야코의 냄새가 완전히 배어버린 가방을 바닥에서 집어 들고는 내용물을 확인했다. 스마트폰, 지갑, 탐정 업무를 위한 비품, 그리고 《Midnight Plus One》. 모든 것이 무사했다. 책 모서리가 조금 찌부러졌……는지도 모르지만, 신경 쓰지 않기로 했다. 설령 좀 찌부러졌다 해도 뭐 어떤가. 모험소설에 상처와 위험은 항상 함께하는 법이다.

연락을 하니 쓰지 사토코가 바로 이쪽으로 온다고 했다. 미야코의 처우가 결정되니 신기하게도 우사미의 날 선 행동이 수그러들었다. 아무래도 천애고독한 노인을 크리스마스이브에 홀로 방생하는 것을 두려워했던 모양이다. 무리도 아니다. 누구든 이브에 나쁜 인간이 되고 싶지는 않다.

"그건 그렇고 결국 이나가와는 무슨 생각으로 그런 짓을."

슈톨렌 한 조각을 먹더니 한층 더 누그러진 표정으로 우사미가 말했다. 이나가와 겐고라는 것이 오이시바라 미야코의 사위 이름이라고 한다.

"혹시 지난주에 다마 호숫가 공터의 크리스마스트리 아래에서 여성의 백골 사체가 나온 사건은 알고 계신가요?"

"아까 범인이 체포되었어."

우사미가 별 일 아닌 듯이 말했다. 나는 놀랐다.

"누군가요?"

"사체가 발견된 공터 근처에 사는 해체업자의 짓이라더군. 5년 전, 친하게 지내던 술집 마담이 빚 독촉을 해서 약간의 언쟁이 있었는데 상대가 갑자기 쓰러져서 죽었다나 뭐라나."

"거짓말이겠죠."

"적어도 본인은 그렇게 주장하고 있는 모양이야. 경찰에 신고하면 살인범으로 오해받을까 봐 자신이 집의 해체를 담당했던 갱지에 마담의 사체를 묻었고, 표식으로 전나무도 심었지. 땅이 팔려 공사가 시작되기 전에 사체를 옮길 생각이었나 봐. 하지만 일단 묻었더니 사체가 어떻게 되었을지 상상하는 것만으로도 무서워서 파내지 못했다더군."

소노다 부인이 해체업자 이야기를 했던 것이 생각났다. 어째서인지 땅이 팔리지 않았다는 사실도. 해체업자라면 부동산업자와도 긴밀한 관계를 맺고 있을 것이다. 땅이 팔리지 않게 해체업자가 뒤에서 손을 썼을 수도 있다.

"그렇다고 해도 용케 범인을 붙잡았군요."

도야마가 법의학자에게 얻은 정보로는 백골 사체의 신원은 밝혀지지 않았었다. 물론 사체의 신원을 알았다 해도 도야마 같은 외부 아마추어에게 법의학자 선생님이 정보를 유출했을 리는 없지만.

우사미는 세 개째 슈톨렌을 씹으면서 어깨를 으쓱했다.

"공터 이웃에 살고 있는 시간 많고 선량한 노부인이 전나무를 크리스마스트리로 삼으려다 불을 냈지 않나. 덕분에 백골이 발견되었지. 그래서 화가 난 해체업자가 오늘 아침 선량한 노부인에게 달려가 쓸데없는 짓을 했다며 때리고 차고."

"어떻게 그럴 수가."

그래서 구급차가 왔던 건가.

"술에 취해서 그랬다더군. 언제 자신에게 수사의 손이 미칠지 불안해서 마시지 않고는 견딜 수 없었겠지. 범죄자는 대개 자멸하는 법이니까. ……그런데 이 사건과 이나가와 겐고가 무슨 관계가 있단 거지?"

나는 백골 감정을 하고 있는 법의학자에게 자기 아내가 분명하다며 서류에 그렇게 써달라며 끈질기게 주장했던 남자가 있었다는 이야기를 했다. 그 이야기와 이나가와가 중얼거린 사실을 조합하면…….

"누구든 상관없으니 조건이 맞는 시신을 미야코 씨의 딸이자 자기 아내인 유키라는 것으로 해서 생명보험금을 타내려 했던 것이 아닐까요. 말도 안 되는 이야기지만, 친모를 끌어들이면 어떻게든 될 거라고 생각했을지도 몰라요. 아무리 부모가 자기 딸이라고 인정해도 상대는 백골 사체고, 일단은 살인이 추정되는 사건이니 그런 억지가 받아들여질 리가 없지만 말이죠. 뭐, 거의 제정신이 아닌 상태였으니까요. 정말로 질 나쁜 사람들에게 돈을 빌려서 궁지에 몰렸는지도요."

"흠."

우사미가 콧김을 내뱉고는 볼펜으로 관자놀이를 긁었다.

"범죄자가 아니어도 자멸하는 녀석은 있는 법이지. 하지만 만약 당신 말이 맞다고 해도…… 녀석의 부인은 지금 어디서 어쩌고 있는 거지? 치매에 걸린 어머니에게 전혀 연락도 없이."

이나가와 겐고라면 모를까 그것은 내가 대답할 수 없는 질문이었다.

슈톨렌 찌꺼기로 범벅이 된 얼굴을 봉제 인형에 비비고 있는 고이시바라 미야코에게 작별 인사를 하고 미나미아사가야 경찰서를 나왔다. 시계를 보고 기절할 뻔했다. 벌써 8시 반이 넘은 시간. 정말 지긋지긋했다.

아사가야 역까지 걸어가서 주오 선으로 기치조지까지 가기로 했다. 나카스기 길을 걷고 있으니 폐가 비명을 질렀다. 기온은 점점 내려갔고, 셔터를 내리기 시작한 상점도 슬슬 나오기 시작했다. 크리스마스 캐롤이 차갑게 울려 퍼졌다. 커피라도 마시고 싶었다. 뜨겁고 진한 것으로. 가능하면 향신료가 들어 있는 것으로.

아사가야 역 앞에 도착했을 때 전화벨이 울렸다.

"소노다일세."

소노다 히토시의 목소리는 어째서인지 긴장한 듯했다.

"하무라 씨, 혹시나 해서 묻는데 벌써 그 책이 팔렸나?"

"그 책이라고 하시면."

"개빈 라이얼 말일세. 《Midnight Plus One》의 사인본."

"아뇨, 아직 제가 갖고 있습니다. 여러 일들이 많아서 아직 서점에는 도착하지 못했습니다."

소노다 씨가 크게 한숨을 내쉬었다.

"아내가 귀찮은 부탁을 한 모양이군. 미안하게 됐네. 그래도 정말 다행이야. 미안하지만, 그 책, 잘못 가져갔어."

나는 휴대전화를 든 채 자리에 못이 박힌 채 서버렸다.

"네?"

"아내가 건넨 것은 미국판 《Midnight Plus One》이었어. 그것은 팔면 안 되는 책이라네."

5

　아사가야 역에서 주오 선으로 신주쿠로 나와서 사람이 가
득 찬 게이오 선 특급으로 갈아탔다. 세이세키사쿠라가오카
에는 9시 반에 도착했다. 온몸이 나른했다. 언덕길을 올라가
고 싶지 않았지만 택시는 한 대도 보이지 않았다. 별 수 없
이 걸어서 소노다 저택에 도착했다. 도중에 휘청거렸다. 하
지만 쓰러질 정도는 아니었다. 쓰러질 수만 있다면 진짜로
쓰러지고 싶었다.

　"정말로 미안하게 됐네."

　소노다 히토시가 현관에서 나를 맞이하고는 서재로 안내
했다. 가족 파티가 한창인지 안에서 웃음소리가 들렸다.

　낮에 부인이 준 책을 꺼냈다. 소노다는 그 책을 받고 다른
책을 내게 주었다. 흰 표지에 오렌지색 문자로 크게 'GAVIN

LYALL'이라고 적혀 있고, 검은색으로 제목과 권총. 파란색 잉크로 권총 옆에 여성 모습이 인쇄되어 있었다.

"이쪽이 영국판. 요컨대 원판일세. 표지를 펼쳐보게. 사인도 있을 테니."

"그러네요."

확인하고 나는 고개를 갸웃했다. 낮에 받았던 책의 사인과…….

"이 책의 사인, 어째서인지 좀 다르네요."

소노다 히토시는 잠시 침묵했지만 뜻을 정했는지 말을 꺼냈다.

"그래, 자네 말이 맞아. 왜냐하면 낮에 받은 책은 내가 한 거니까."

"했다니, 사인을요?"

"그래."

"그럼 이거 가짜 사인본이라는 말인가요. 소노다 씨가 만든."

"그렇다네. 그러니 이것을 팔 수는 없지."

서재 구석에 위스키와 컵이 쟁반에 담겨 놓여 있었다. "한 잔 할 텐가" 하며 소노다 씨가 말했지만 고개를 젓자 자신의 잔에 위스키를 따랐다. 우와. 이런 거 외국 드라마에서는 본 적이 있지만 실물로 보는 것은 처음이다.

"하무라 씨는 내 책,《리얼 스파이의 초상》을 읽었나?"

"네, 꽤 흥미 있게 읽었습니다."

나는 오늘 아침에 들었던 도야마의 뜨거운 감상을 그대로 이용하기로 했다.

"소설이나 드라마에서만 알 수 있는 스파이의 정보전이 정말로 어떤 것인지 알 수 있어서 재미있었습니다. 신문기사 속의 아주 사소한 글에서 정보를 유추하거나, 기업 주재원이나 관광 가이드나 다양한 직업군의 인간이 적에게 매수되거나, 매수된 것처럼 보이고는 그쪽에서 정보를 빼내 오거나. 속고 속이는 첩보전이 손에 땀을 쥐게 만들더군요."

소노다 히토시가 미소를 지었다.

"그렇다면 하무라 씨는 그걸 논픽션이라고 생각했나?"

대답하기까지 다소 시간이 걸렸다.

"……설마, 아닌가요."

"그건 소설일세. 물론 실제 경험하거나 보고 들은 것을 토대로 했지만, 대다수는 완전한 허구라네."

나는 입을 벌렸다.

"하지만 띠지에 회고록이라 적혀 있고, 소노다 씨와 스파이 작가의 투샷 사진이나 당시 부임지에서 촬영한 사진들도 게재되어 있지 않던가요."

"처음부터 늙은 스파이가 오래전 일을 돌아본다는 회고록 같은 설정으로 쓴 거라네. 작품을 가지고 갔을 때 편집자가 말하더군. 이 책은 논픽션 느낌이 나게 하는 편이 반드시 팔릴 거라고. 그러니까 실제 사진을 써서 현실미를 더했네. 사진은 진짜니까. 내용이 소설이 아니라고는 그 어디에도 적혀 있지 않지만."

소설이라고도 적혀 있지는 않지만……. 그러고 보니 띠지 카피에 있었던 '회고록'에는 괄호가 쳐져 있었다.

이럴 수가. 작품 그 자체가 속임수였다니.

"나중에 다시 읽어보고 느낀 건데."

소노다 씨가 미소를 머금었다.

"내 문장, 별로 뛰어나지 않더군. 소설이었다면 화가 났을지도 몰라. 하지만 논픽션 형식을 취하니 어설픈 문장이 오히려 현실미를 가미해주더군."

소노다 씨가 책상의자에 앉아 한숨을 내쉬었다.

"당시 나는 유럽 대사관에 근무했는데, 아주 평범한 일상생활을 보냈네. 물론 저명인과 만나거나 하는 일은 있었고, 나만 모를 뿐, 중요한 일에 결부되었던 적도 있었을 거야. 신문기사에서 중요하다고 생각되는 정보를 픽업하거나 기업 주재원이나 신문사 특파원과 정보도 교환했네. 하지만 그게 대국적으로 어떤 의미를 가지는지 진정한 의미로 이해하지는 못했네. 정보전이라 해도 일본은 그 시절에 세상의 중심

밖에 있었으니까. 진짜 중요한 정보는 우리를 그냥 스쳐 지나갔지."

그는 위스키를 한 모금 마셨다.

"혹은 그것조차 내 착각일지도 모르고. 사실은 중요한 정보를 접했음에도 놓치거나 알아차리지 못했던 것일지도 몰라. 동료나 상사는 알았는데 나만 몰랐을 수도 있고. 뜬구름을 잡는 듯한 이야기지만 커다란 코끼리가 눈앞에 있는데 자신이 그 코끼리를 만지고 있는지 아닌지조차 모르는. 그 정도로 그 코끼리가 엄청 크고 복잡하게 움직이고 있는…… 알겠나?"

"글쎄요. 전혀."

"내가 스파이 소설 애독자가 된 것은, 소설에 등장하는 스파이라면 적어도 코끼리를 손바닥으로 여기저기 만지는 모습을 보여주기 때문일세. 소설이라면 세상의 전체 모습이 개인의 눈을 통해서도 부감할 수 있기 때문이고. 그 카타르시스는 현실을 이해함에 있어서 이루 말할 수 없을 정도로 컸네."

소노다 씨가 미국판《Midnight Plus One》을 손에 들어보였다.

"귀국한 후, 한 파티 석상에서 스파이 소설에서 얻은 지식으로 국제 정세를 논했더니 갑자기 정보통이라느니, 지식이 뛰어나다느니 하는 말을 듣게 되었네. 정치가의 초대를 받아 이야기를 나눈 적도 있었지. 정치 따위는 정말 웃기는 거라고 생각했네."

집 안쪽에서 다시 웃음소리가 들렸다. 즐거워 보이는 가족 파티. 크리스마스이브의 밤은 더욱 깊어져 간다.

"그즈음 한 정치가에게 자네는 스파이 작가와도 친분이 있을 테니 개빈 라이얼이라고 하던가 하는 작가의 사인을 받아줄 수 있겠냐는 부탁을 받았네. 나는 단순한 독자일 뿐, 국제전화 한 통화로 사인본을 받을 수 있을 정도로 친하지도 않았지. 물론 사인본은 가지고 있었지만, '개빈 라이얼이라고 하던가 하는' 같은 말을 들으니 그 책을 넘기고 싶은 마음이 안 들더군. 진본을 넘길 필요는 없겠다는 생각에 집에 있던 미국판에 내가 가짜 사인을 한 거라네. 다행히 상대는 그런 부탁을 했다는 사실도 잊은 듯 그 후에 연락이 없었기 때문에 가짜 사인본이 이 집에 그대로 남아 있게 된 거야."

장서 정리를 할 때 이게 섞여 들어가서는 안 된다는 생각에 다른 곳에 고이 모셔둔 것이 오히려 화근이 되었다. 아내가 하필이면 그 책을 줬다는 사실을 밤이 되어서야 알아차렸다. 경매의 주요 상품이라면 더더욱 그런 것이 세상에 나가서는 안 된다.

"거듭 발걸음하게 해서 미안하네. 아내도 폐를 끼친 모양이라 더더욱 할 말이 없어."

소노다 씨가 고개를 숙였다. 나는 서재를 돌아보았다. 책장은 이미 텅텅 빈 상태. 분쇄기로 분쇄한 종이 조각이 비닐봉지에 든 채 방 구석에 쌓여 있었다.

"이런 말씀을 드려 죄송하지만, 이쪽의 장서나 자료는 이미……?"

"그래, 거의 처분을 끝냈네. 페이퍼백 같은 것은 골판지 박스에 넣어 창고에 몇 박스 쌓아두기는 했지만 거의 돈도 안되는 것뿐이고."

오늘 안에 기치조지로 돌아가기 위한 데드라인이 코앞이었다. 나는 《심야 플러스 1》 원서를 들고 소노다 씨에게 작별인사를 했다. 현관에서 신발을 신을 때 소노다 부인이 나왔다. 알코올이 좀 들어갔는지 얼굴이 살짝 불콰했다.

"어머, 이 시간에 와세다로 바로 가시는 건가요?"

"저희 서점은 기치조지입니다."

"그렇다면 슈톨렌을 가져가세요. 3주 전에 구웠거든요. 숙성이 잘 되어 꽤 맛있답니다. 크리스마스에는 역시 슈톨렌이니까요."

아까도 받았다며 거절할 틈도 없이 부인이 안쪽으로 돌아갔다. 보기보다 술을 많이 드신 모양이다. 나는 현관에 멀뚱히 선 채 소노다 씨에게 물었다.

"혹시 와세다의 고서점과 거래를 하셨나요?"

소노다 씨가 나쁜 짓을 하다 들킨 것처럼 머쓱하게 어깨를 으쓱했다.

"그 책을 출간한 뒤 장서 정리를 자기 서점에 맡겨달라는 고서점이 있었네. 내가 가지고 있는 자료는 일본이나 유럽 근대사 연구에 분명 도움이 될 거라며. 대학 도서관이나 연구실이 필요로 할 거라고 하더군. 그 말에 오싹해져서는 거절했네. 그런 자료를 높이 평가하면 할수록 곤란하니까. 그렇다고 지금 하무라 씨에게 말한 것 같은 사실을 밝힐 수 있는 상대도 아니었고. 착각이 심한 듯한 사람이라."

사람에 따라서는 사기니 속 빈 강정이니 하며 떠들어댈 가능성도 높다. 논픽션을 가장해서 픽션을 파는 수법은 소설 세계에서는 가끔 있지만, 근현대사를 취급하는 고서점 점주라면 사실을 알았을 경우 화를 낼 것이 분명하다.

하나 더 기억난 사실이 있다. 우리 서점의 단골인 노노무라 씨. 내부자 거래로 얻은 수입으로 고서점가를 헤집고, 고서의 가격을 상승시킨 남자. 더구나 스파이 소설 광팬.

"그게 무슨 문제라도?"

나도 모르게 미소를 짓고 있었던 모양이다. 소노다 씨가 영문을 모르겠다는 듯이 나를 바라보았다. 나는 고개를 젓고는 부인이 쇼핑백에 담아 가지고 온 슈톨렌을 감사히 받았다.

세이세키가오카에서 특급을 타고 메이다이마에로 나와서, 이노카시라 선으로 기치조지에 돌아와서 시계를 확인했다. 23시 27분. 역 앞은 막차 전에 귀가하려는 인파로 인산인해였다.

아직 문을 연 가게가 있어서 팔다 남은 커다란 크리스마스 케이크를 샀다. 이미 세팅되어 있는 드라이아이스 때문에 상자에 서리가 서려 있었다. 쿠키로 만든 과자집, 산타에 순록, 썰매, 마지팬 과자로 만든 난쟁이, 크리스마스트리에 장미꽃, 눈사람. 완벽한 크리스마스 케이크였다.

케이크 위에 쇼핑백을 올리고 케이크 상자를 양손으로 든 채 밤길을 서둘렀다. 살인곰 서점의 불빛이 보이는 곳까지 다다랐을 무렵 갑자기 누군가가 앞을 가로막았다. 피코트의 남자 외 두 명.

"책을 내놔."

피코트 남자가 말했다.

내가 고개를 젓자, 왼쪽에 있던 남자가 다가와서 케이크 상자 위에 올려두었던 쇼핑백을 낚아챘다. 가로등 불빛 아래서 안의 책을 확인하고 고개를 끄덕였다. 그사이에 나는 꼼짝도 못했다. 케이크를 들고 있던 탓에 양손이 막혀 있었기 때문이다.

피코트 남자의 코에는 커다란 반창고가 붙어 있었다. 이 남자가 얼굴을 세게 부딪쳤다는 사실이 떠올랐다.

내가 그 사실을 떠올렸다는 것을 피코트 남자도 알아차린 모양이다. 잠자코 떠나려다 돌아와서는 내 얼굴에 손가락을 들이댔다.

"너희는 두 번 다시 소노다 선생님에게 접근하지 마. 너희에게 장서 처분을 맡겼다간 책을 잃어버릴 거라는 사실을 모두가 곧 알게 될 테니까."

"그런 소문을 인터넷에 흘리려고?"

"나는 그러지 않아. 하지만 원하던 책을 입수하지 못하게 되면 누구라도 불평 한 줄 정도는 써놓지 않을까."

피코트 남자가 코웃음을 치고는 떠났다.

그들의 모습이 사라지자 나는 양손으로 케이크를 감싸 안은 채 살인곰 서점으로 발걸음을 서둘렀다. 빠르게 걸으면서 생각했다. 그 피코트 남자가 와세다의 고서점이 아닐까 생각했는데 정답이었던 모양이다.

그는 소노다 히토시의 장서 처분을 우리 서점이 맡게 된 사실을 도야마의 글로 알게 되었다. 고서에 거금을 지불하는 VIP가 우리 서점의 경매에 참가한다는 사실도. 살인곰 서점의 여성 종업원이 혼자서 귀중한 사인본을 소노다 저택까지 받으러 갔다는 사실도. 그 종업원이 오늘 밤, 날짜가 바뀌기 전까지 책을 서점에 배달할 거라는 사실까지 전부.

그래서 귀중한 책을 도중에 빼앗으면 우리와 소노다 씨의 관계가 파탄난다. 더불어 빼앗은 책을 노노무라에게 비싸게 팔 수도 있다. 나아가서 우리 서점의 평판을 떨어뜨릴 수도 있다.

혹시나 그런 생각을 한 것은 아닐까 해서 준비를 해두길 잘했다. 피코트는 약하지만 만약 동료를 데리고 오면 감기에 걸려 비틀거리는 나 혼자서는 대응하기 힘들다. 예상대로였다.

서점에 도착했다. 파티가 열리고 있는 2층으로 뛰어올라갔다. 문을 여니 열 명 정도의 손님이 금색 고깔모자를 쓰고 카운트다운을 막 시작한 참이었다.

나는 커다란 케이크를 테이블 위에 두었다. 힘들게 숨을 내쉬며 숄더백을 어깨에서 풀었을 때 모두가 일제히 "하나!"라고 외치고, 다음 순간 메리 크리스마스라는 말과 함께 폭죽을 터트렸다.

나는 숄더백 안쪽에서 《Midnight Plus One》을 꺼내 도야마에게 건넸다. 물론 영국판. 양장본 초판. 진짜 사인본이다.

소노다 저택 서재를 나오기 직전, 모든 사실을 털어놓아

후련해 보이는 소노다 히토시에게 가짜 사인본을 어떡할 생각인지 물었다. 그는 버릴 수밖에 없다고 말했다. 그렇다면 주실 수 있을까요? 크리스마스 선물로, 혹은 심부름 삯으로. 물론 사인을 펜으로 직직 긋거나, 가짜 사인이라고 크게 적은 다음에.

소노다 씨는 영문을 모르겠다는 얼굴이었지만 내 말대로 해주었다. 피코트 남자는 나중에 빼앗은 책을 살펴보다 깜짝 놀랄 것이다. 제대로 된 사인이 아니라는 사실은 누구라도 한눈에 알 수 있다.

기다리고 기다리던 주역의 극적인 도착에 모두 환호성을 질렀다. 도야마가 내게 뭐라고 말했지만 그 환호성에 휩쓸려 들리지 않았다.

나는 서점을 나왔다. 누구도 나를 막으려 하지 않았다.

밤하늘은 조용하게 맑았다. 역까지 돌아가는 길에 슈톨렌을 두고 오는 것을 깜박했다는 사실을 깨달았다. 그냥 걸었다. 성야는 막 1분이 지난 시간이었다. 번화가의 네온사인이 반사되어 하늘은 마치 밝은 터널 같았다.

도야마 점장의
미스터리 소개

　안녕하십니까, 살인곰 서점 점장 도야마 야스유키입니다. 이번 책에서도 작중에 등장하는 미스터리에 대해 소개하라며, 분순문고 부장 하나다 도모코 님께 엄명을 받았습니다. 도저히 거절할 수 없는 무서운 분이다 보니 어쩔 수가 없네요. 간단히 해설하도록 하겠습니다. 아, 마니아 여러분. 미스터리 전문서점 점장의 해설인데 이 정도밖에 안 되냐는 말씀은 참아주세요. 모쪼록 잘 부탁드립니다.

　p22. 코지 미스터리 : 폭력 행위가 비교적 적으며, 끝 맛도 깔끔한 미스터리를 일컫는 말. 최근에는 음식이나 애완동물이 등장하는 즐거운 무대에, 수수께끼나 살인을 약간 가미한 미스터리를 주로 코지 미스터리라고 부르는 것 같습니

다. 이 책에서 열거한 것 이외에도 치즈, 벌꿀, 중국차 등 다양한 음식을 내세운 시리즈가 있는데요, 솔직히 저도 그 전부를 읽지는 못했습니다.

p.23 〈제시카의 추리극장〉: 〈형사 콜롬보〉를 탄생시킨 리처드 레빈슨 & 윌리엄 링크 콤비가 만든 1980년대를 대표하는 탐정 드라마. "내 이름은 제시카 플레처. 미스터리 작가입니다. 머릿속에서 추리를 하면서 소설을 쓰는 일은 정말 즐거운 일이죠"라는 일본판의 오리지널 내레이션이 그립네요. 레시피 책의 제목은《THE MURDER, SHE WROTE COOKBOOK》. 드라마 출연진이나 스태프들의 레시피를 모은 가벼운 책입니다.

p.23 레시피 책: 본문에서 거론한 책은《The Sherlock Holmes cookbook, BY MRS HUDSON》, 《Crèmes & châtiments : Recettes délicieuses et criminelles d'Agatha Christie》, 《James M Cain Cookbook》, 《The Nancy Drew Cookbook》, 《ROALD DAHL'S Cookbook》 등인데, 그 밖에도 'A Mrs. Murphy Mystery' 시리즈나 드라마 〈그녀는 요술쟁이〉, 사립탐정 네로 울프 등의 요리책이 있습니다.

p.23 렌 데이턴 : 영국의 스파이 소설 작가. 원래《이프크레스 파일》주인공에게 이름은 없습니다만, 마이클 케인 주연으로 영화화되었을 때, 해리 파머가 되었습니다. 더불어 이 레시피 책에는 디저트 레시피가 가득 실려 있습니다. 잉글리시 트라이플 레시피에는 "맨 위에는 아몬드나 체리, 안젤리카로 꽃을 만들어 장식한다"라고 지정까지 되어 있습니다. 하드보일드한 스파이 소설 요리책치고는 꽤 소녀틱하죠.

p.24 사카키 쓰카사 :《화과자의 앤》, 속편《앤과 청춘》. 두 권 모두 화과자에 대한 묘사가 뛰어납니다. 이 책을 읽고는 그 전까지는 그다지 좋아하지 않던 네리키리 화과자를 결국 사고 말았네요.

p.24 조앤 플루크 : 베이커리 카페를 운영하는 한나 스웬슨이 주인공인 시리즈는 설탕과 유지방이 듬뿍 들어간 쿠키 레시피가 자주 등장하는 악마의 책.

p.24 버트럼 호텔 : 코지 미스터리의 원점이 애거서 크리스티의《버트럼 호텔에서》라고 할 수 있습니다. 범작이지만, 호텔 티타임의 묘사가 너무 멋져서 후대에 큰 영향을 끼치고 말았습니다. 역시 여왕답게 이 멋진 호텔을 미스터리적인 반

전 요소로 사용해버리지만, 만약 이 책이 요즘에 출간되었었다면 출판사의 협박으로 반전 요소는 삭제되고, '버트럼 호텔 시리즈 18번째 작품 발매 중!'이 되었을지도 모릅니다.

p.43 《악마의 공놀이 노래》 : 요코미조 세이시의 대표작. 긴다이치 고스케는 고갯길에서 "나와 보셔라. 오린이 왔어라. ……모쪼록 잘 봐주이소"라고 중얼거리며 걷는 허리가 굽은 노파를 만나게 됩니다. 그리고 참극의 막이 오릅니다.

p.66 크레이그 라이스 등 : 미국의 여성 미스터리 작가. 《스위트홈 살인사건》에는 "아내의 진한 초콜릿 케이크"를 자랑하는 형사가 등장합니다. 애거서 크리스티의 시드 케이크는 《깨어진 거울》에서 언급됩니다. 《스타일장의 괴사건》드라마 판에도 등장했고요. 참고로 시드 케이크란 캐러웨이 시드 같은 씨앗 계열 허브를 사용한 케이크로, 알갱이가 씹히는 식감이 최고라고 하네요.

p.67 대프니 듀 모리에 《레베카》 : 고딕 미스터리 계보의 정점에 서 있는 걸작. 한 여성이 상류계급 가문의 후처로 들어가는데, 죽은 뒤에도 저택을 계속해서 지배하는 전 부인 레베카의 그림자에 괴로워한다는 이야기. 상류계급의 부인은

엄청 무거운 은제 티포트를 한손으로 들고 아무렇지도 않은 얼굴로 끊임없이 대화를 계속해야 하는 것이 필수라고 하네요. 셀럽이 되려면 근육부터 키워야 할지도 모르겠네요.

p.91 다카기 아키미쓰 :《문신 살인사건》,《대낮의 사각》으로 유명한 작가. 명탐정 스미노 로진 시리즈는《대도쿄 요쓰야 괴담》을 포함해 전부 다섯 작품인데, 꼭 출간된 순서대로 읽으세요.

p.103 패트리샤 모이스 등 :《죽음의 천사》는 티베트 경감 부부가 카리브 해에서 휴가 중에 사건과 조우한다는 이야기입니다. 그 유명한《조스》는 해변에 식인 상어가 출현해서는 관광객들을 잡아먹어서 대소동이 벌어지는 이야기.《매그레의 바캉스》는 해변 마을에서 홍합 요리를 먹은 매그레 부인이 입원. 그 병원에서 발생한 사건에 매그레 반장이 관여하게 됩니다. 아리스가와 아리스의 데뷔작《월광 게임》은 대학의 미스터리 동아리가 산으로 캠프를 갔다가 화산 분화와 살인사건에 휘말리게 됩니다. 미스터리 작가분들은 여름휴가에 무슨 원한이라도 있는 걸까요.

p.117 《공포의 유희》 등 : 번역 작품. 호러 단편 앤솔러지가

이렇게나 폭넓게 출판된 국가도 별로 없을 것입니다.《공포의 유희》는 '영미 괴담 번역의 명장' 히라이 데이이치 씨가 엄선해서 엮었습니다.《환상과 괴기》는 하야카와 문고,《괴기와 환상》은 가도카와 문고. 여기에《세계 호러 걸작 베스트》까지 읽으면 고전 명작은 거의 섭렵했다 할 수 있습니다.

p.118 《위어드 테일즈 걸작집》: 1975년에 쓰구쇼보에서 출판.《위어드 테일즈》에 게재된 단편을 엄선한 책으로, 아라마타 히로시가 해설을 썼습니다. 엄청 희귀한 책입니다.

p.137 감기 미스터리 페어 : 이때 다룬 것은, 단편으로는 시가 나오야의 〈면도칼〉, 곤노 빈 〈엄동〉, 〈병결〉, 애거서 크리스티 〈사냥꾼 별장의 모험〉, 제임스 야페 〈어머니는 아리아를 노래한다〉, 아시하라 스나오 〈우메미즈키〉, 니카이도 레이토 〈감기의 증언〉, 다나카 히로후미 〈감기 우동〉 등. 장편으로는 독감으로 경찰서의 기능이 정지되는《밤의 프로스트》, 약국이 중요하게 나오는 해리 케멜먼의《수요일, 랍비는 흠뻑 젖어 있었다》, 1년 내내 감기에 걸려 있는 뢴이라는 형사가 나오는 마르틴 베크 시리즈 등. 영상물 중에는 영화 〈지하의 하이재킹〉. 드라마 〈파트너〉 시리즈에도 '우쿄, 감기에 걸리다'라는 편이 있었습니다.

이 밖에도 누군가가 "감기 이야기가 아니잖아요" 하고 딴지를 걸어주었으면 하는 마음에 로스 맥도날드《소름》, 로빈 쿡《열병》, 호시 신이치 〈재채기〉도 함께 섞어두었습니다. 그런데 왜 손님이 안 오는 걸까요. 로이 비커스의《벨프라지 살인사건》이 있었으면 좋았을 텐데. 감기에 걸려 몽롱한 상태에서 일어난 사건을 아마추어 탐정이 조사한다는 이야기입니다. 희귀본이죠.

p.145 실종 작가 : 애거서 크리스티는《애크로이드 살인사건》을 발표한 해에 11일 동안 실종되었습니다. 이 사건을 기반으로 한 영화 중에 〈애거서〉가 있습니다. 또한 이 실종에서 영감을 받아 〈나를 찾아줘〉가 탄생했다는 말이 있습니다.《악마의 사전》으로 유명한 앰브로즈 비어스는 1913년에 혁명 중인 멕시코에서 행방불명되었습니다. 프레드릭 브라운의《악마의 칭찬》은 비어스의 실종을 참고했습니다.

p.145 알프레드 베스터 등 : 베스터는《타이거, 타이거》로 유명한 SF 작가입니다. 커트 보니것 2세는《제5도살장》,《타이탄의 미녀》로 유명합니다. 훗날 이름에서 2세를 빼게 되는데, TV 드라마 〈크리미널 마인드〉에서는 수사관들이 보니것 이야기로 불타오르는 장면이 등장하기도 했습니다. 노먼 메

일러는 소설과 논픽션으로 각각 퓰리처상을 받은 뉴저널리즘 작가입니다.

p.148 칼 구스타프 융 : '집단 무의식'이라는 개념으로 명성이 높은 스위스의 심리학자. 말년의 저서 《현대의 신화―유에프오 현상에 대한 심오하고 탁월한 분석심리학적 고찰》에서는 UFO와 인간의 무의식과의 밀접한 관계에 대해 논했습니다.

p.149 존 킬 : 미국의 오컬트 연구가. 그의 저서 《UFO―트로이의 목마작전》은 영화화된 《모스맨》에 견줄 만한 대표작으로, UFO의 의외의 정체를 밝혀낸 책이라더군요.

p.184 《브라이튼 록》: 《세 번째 남자》와 《휴먼 팩터》로 유명한 영국 작가 그레이엄 그린의 소설. 브라이튼 록은 영국 남부 브라이튼의 유명한 사탕을 말합니다. 내용은, 헤일이라는 남자가 브라이튼에서 사망하고 한 여성이 그의 죽음에 의심을 품고 죽음의 진상을 파헤치고자 합니다. 한편 살인의 주모자인 소년은 완벽한 알리바이를 자신하지만 자신들의 수상한 행동을 목격한 사람이 있다는 사실을 알고 그녀에게 접근하는데…….

p.200 학자 미스터리 : 타이타닉 호와 함께 바다로 사라진 재크 푸트렐이 탄생시킨 것이 '싱킹 머신'이라 불리는 명탐정. 철학박사, 법학박사, 의학박사에 왕립학회 회원이라는 타이틀을 갖고 있는데, 이 정도쯤 갖고 있지 않으면 홈스의 대항마는 될 수 없었던 것일까요. 그렇다고 해도 학자 명탐정은 많고도 많습니다. 수사 정보를 입수할 수 있고, 추리할 여유가 있어서일까요.

p.201 고마이 게이조 : 균류학자 시토 이오가 등장하는 〈암모니아〉는…… 존재하지 않습니다.

p.201 니키 에쓰코 : 일본의 애거서 크리스티라 불리는 여성작가. 식물학자인 오빠 니키 유타로와 음대생인 여동생 니키 에쓰코의 남매 탐정이 등장하는 대표작 《고양이는 알고 있다》는 고양이 미스터리의 최고 걸작입니다. 반론은 받지 않겠다냥.

p.212 헨리 데이비드 소로 : 미국의 작가, 사상가. 2년간의 자급자족 생활을 글로 쓴 것이 《월든, 숲속의 생활》. 휘트먼이나 에밀리 디킨슨과 함께 미국 미스터리 소설에 자주 언급됩니다.

p.212 딕 프랜시스 : 경마 시리즈로 유명한 영국 작가. 하무라 씨가 말한 것은《디사이더》라는 작품일 것입니다. 아내와 여섯 명의 아이들을 데리고 폐옥을 부활시켜서 판매하는 것을 생업으로 하고 있는 건축가 리 모리스가 등장합니다.

p.262 기타무라 마스오 등 :《배덕의 밤》,《죽은 자와의 계약》의 기타무라 마스오,《하얀 현기증》,《한낮의 분기점》의 시마우치 도오루. 이 두 명 모두 지금은 잊힌 작가지만, 옛 향취를 불러일으키는 맛이 있습니다. 사립탐정 마키 시리즈《공원에는 아무도 없다》,《어두운 낙일》은 유우키 쇼지의 대표작. 이쪽은 모두가 인정하는 걸작 하드보일드입니다.

p.262 헤밍웨이 등 : 하드보일드의 정의는 다양하지만, 쓰노다 고다이 선생님의 말씀에 따르면 헤밍웨이의《누구를 위하여 종은 울리나》, 대실 해밋의《붉은 수확》, 로스 맥도널드의《얼룩말 무늬의 영구차》와 같은, 건조한 문체로 사실만을 써 내려가면서 등장인물의 마음의 변화를 독자가 상상할 수 있도록 하는 것이 정통파 하드보일드라고 합니다.

p.262 쓰노다 지로 :《무한의 파이터》로 한 시대를 풍미했으며,《공포신문》,《뒤쪽의 햐쿠타로》로도 잘 알려진 만화가.

고다이 선생은 《공포신문》과 《뒤쪽의 햐쿠타로》의 내용을 뒤섞어 말씀하신 것 같네요. 더불어 쓰노다 지로가 그린 《악마의 공놀이 노래》에서는 살해당하는 소녀들이 〈악마의 공놀이 노래〉를 부르는 3인조 아이돌 가수라는 신기한 설정이 추가되었습니다.

p.269 《주해—경찰 등이 다루는 사체의 사인 혹은 신원 조사 등에 관한 법률》: 사인·신원조사법제연구회 저, 다치바나쇼보 간행. 미스터리 작가나 작가를 꿈꾸는 사람들을 위해서 우리 서점에서는 참고 자료가 될 듯한 법률, 경찰, 법의학, 정신의학 관련 서적도 취급합니다. 꼭 들러주세요.

p.302 《붉은 수확》: 대실 해밋의 걸작. 《피의 수확》이라는 일본판 제목이 좀 더 가슴에 와 닿습니다. 의견이 분분한데, 저는 '원전에 충실'한 쪽보다도 '생생한 일본어' 쪽을 선호하는 편이에요. 《2년간의 여름방학》보다는 《15소년 표류기》, 《리틀 로드 폰틀로이》보다는 《소공자》. 이런 식으로 말이죠.

p.327 르 카레: 존 르 카레의 대표작 《추운 나라에서 온 스파이》는 그레이엄 그린이 절찬하기도 했습니다. 영국에서는 전통 모험소설과 미스터리 소설 양쪽 모두에서 높은 평가

를 받은 기적의 책이죠.《오랜 친구와의 작별》로 유명한 브라이언 프리맨틀도 그린의 영향을 받았다고 하네요.

p.331 개빈 라이얼 : 루이스 케인은 경찰과 적에게 쫓기는 남자를 약속한 시간까지 호송하는 역할을 맡게 됩니다. 총탄이 빗발치는 가운데 유럽을 차로 질주하죠. 모험소설 장르에서 특히 사랑받은 작품이 바로 이《심야 플러스 1》입니다.

p.331 에도가와 란포의 《범죄환상》: 특별한 장정으로 출간된 한정판이라는 말을 들으면 고서점 주인과 미스터리 마니아 양쪽의 피가 끓어오릅니다. 특히 에도가와 란포의《범죄환상》한정 200부는 란포의 단편 11편에 무나카타 시코의 목판화 11점이 삽입된 정말로 특별한 한 권입니다. 복각판이 나와 있기는 하지만 역시 오리지널이 갖고 싶네요.

이상, '살인곰 서점' 점장 도야마 야스유키가 알려드렸습니다.

MURDER BEAR BOOKSHOP
특별 이벤트 기획
이 자리를 빌려 알립니다

살인곰 서점 점장
도야마 야스유키와 함께하는

영국 미스터리 투어 7박 8일

개점 5주년을 기념해서
미스터리 투어를 감행합니다
많은 분들의 참가를 기다립니다
(예정 참가인원 25명)

현지에서의 이벤트 예정
* 베이커 스트리트, 본드 스트리트, 피카딜리 서커스 등 런던의 유서 깊은 미스터리 명소들을 둘러본 후 모자 수집 경쟁.
* 심야, 햄스테드 히스에서 찰스 디킨스의 강령 & 사인회.
* 옥스퍼드 숲 산책.
* 《바스커빌 가문의 사냥개》의 무대가 된 다트무어에서 야숙. 탈옥수의 기분을 느껴볼 기회.
* 《그리고 아무도 없었다》의 무대가 된 '바 아일랜드'로, 통조림으로 저녁식사 후 머더 게임을 즐길 예정.

조용한 무더위
살인곰 서점의 사건파일

1판 1쇄 발행 2019년 7월 25일
1판 2쇄 발행 2020년 4월 20일

지은이 와카타케 나나미
펴낸이 문준식

디자인 공중정원
제작 제이오

펴낸곳 내 친구의 서재
등록 2016년 6월 7일 제25100-2016-000044호
주소 서울시 성북구 정릉로 305, 104-1109 우편번호 02719
전화 070-8800-0215 **팩스** 0505-099-0215
이메일 mytomobook@gmail.com **인스타그램** mytomobook

ISBN 979-11-961843-6-0 03830

http://blog.daum.net/mytomobook
내 친구의 서재 블로그를 방문하시면 더 많은 이야기를 만나실 수 있습니다

이 도서의 국립중앙도서관 출판예정도서목록(CIP)은 서지정보유통지원시스템 홈페이지
(http://seoji.nl.go.kr)와 국가자료공동목록시스템(http://www.nl.go.kr/kolisnet)에서 이
용하실 수 있습니다.(CIP 제어번호 : CIP2019025273)